赫尔曼·黑塞
与托马斯·曼书信集

[德]赫尔曼·黑塞　[德]托马斯·曼
——— 著

黄霄翎
——— 译

Hermann

Hesse

Thomas

Mann

Briefwechsel

上海译文出版社

《书信集》1968年由安妮·卡尔松（Anni Carlsson）首次出版。第二版添加了福尔克·米歇尔斯（Volker Michels）后来找到的二十封信，修订后于1975年托马斯·曼百年诞辰时出版。本书为第三版，另加了三封信，米歇尔斯修订了注解和书后附录。

赫尔曼·黑塞，1912 年摄于伯尔尼

托马斯·曼，1906 年摄于慕尼黑

目录

i / 序

1 / 书信集

347 / 跋

355 / 附录

391 / 编者注

序

瑞士文学评论家奥托·巴斯勒（Otto Basler, 1902—1984）为我们留下了一件颇具代表性的趣事。巴斯勒同赫尔曼·黑塞和托马斯·曼都是至交，两人还先后到瑞士阿尔高拜访过他。1950年7月6日，托马斯·曼来到巴斯勒家门口，巴斯勒用席勒的名言欢迎他："一位忠实的贵客，还从未有过一个更好的人跨过这道门槛。"曼氏一愣，赶紧缩回脚，调皮地问道："亲爱的朋友，可您不是说黑塞刚来过吗？""噢，是啊，"巴斯勒回答，"不过黑塞是从另一边进去的。""那就好。"曼氏乐呵呵地进了门。

达到这种欣赏程度约莫用了二十年。黑塞曾称托马斯·曼为"淘气的嘲弄者"，而曼氏眼中的黑塞则是"德国庸常笼养金丝雀中的一只夜莺"。究竟是什么东西先把二人分开，最终却将他们相连，正如曼氏1937年在黑塞六十寿辰贺词中所说的，"这种喜爱源于我们两人既迥异又相似"？

人即使再努力，也永远无法完全摆脱自己的成长环境。无论你长大后使用何种交通工具，童年时期的历次转轨都永不磨灭。或为20世纪德语文学全球代表性人物的托马斯·曼和赫尔曼·黑塞的生平与作品恐怕是最能体现这一点的了。纵观两人的一生，尽管他们使出浑身解数试图改变命运，却始终呈现出各自父亲的面貌：曼氏是北德富商和注重公众形象的参议员之子，黑塞是南德传教士和苦行僧的后代。两人都离经叛道，被卫道士批评给祖国抹了黑。但是两人凭借自己的天赋做出了何等大事！

一个数代只重生财的吕贝克商人家族凭借托马斯·曼从家族私利领域进入全人类的范畴，使千百万读者从中受益；而黑塞则将祖上旨在感化和征服印度的"外邦宣教"变成了对每种欧洲中心主义宗教和殖民诉求的修正，凭借一种至今仍在全力以促进交流来克服基督教会独占狂的、诗意的融合力，在西方普及了佛教、印度教和道教思想。重名利的"积极生活"（vita activa），若无重生活质量和人性的"沉思生活"（vita contemplativa）予以制衡，后果必然是文明自戕，而几乎无人能比叛逆的教士之子黑塞更可信地经历并以令人难忘的、富有诗意的寓言体裁来描述这一点。

比较托马斯·曼和年少两岁的黑塞在全球声誉的发展史，会发现两位文豪有些共性，但其读者群的差异耐人寻味。黑塞读者的年龄层次主要在14到35岁，读过或未读过大学的都有，然后是摆脱了职场和相关限制的老年人；而读曼氏的主要是大中学生和各个年龄层次的职场人士。我们会发现，这种差异与两人的出身、生活情况和要求的差异有关。不过，后来发展道路迥异的两位文豪的起点却惊人地相似。

托马斯·曼给黑塞75岁生日贺信的结束语是："再见，蹚过给予我们梦想、游戏和文字慰藉的泪谷的亲爱老友。"

梦想的慰藉？托马斯·曼和黑塞从小就常常梦想借此脱离自己难以适应的生活。父母和学校的期望让他们不堪重负，无法满足这种期望成了两人共同的创伤。不过导致他们中学都没能毕业的原因与成绩单中的记载不符，问题并不在于他们天性愚笨懈怠，而正是由于天赋高、主意大，他们才无法遵守家庭的预定计划和学校的教育理念，乖乖服从学校的授业规则。这类受不了死记硬背、迅速吞下并机械地吐出大量知识的学生，被视为懒人或顽固的做梦者。若是有人胆敢思考和研究所学的东西，比如荷马的《奥德赛》激起黑塞《在轮下》（*Unterm Rad*）中少年汉斯·吉本拉特的思考、席勒的《唐·卡洛》（*Don Carlos*）激起曼氏同名小说中托尼奥·克勒格尔的思考，这些思考者就会掉队，因为理解所学知识和不断接受新信息，两者无法兼得。对机械学习的厌恶使得曼氏和黑塞都没等拿到文理中学的毕业文凭就辍学了。辍学时黑塞16岁，留过两级的曼氏18岁。这对两人来说都是一种后果深重的耻辱，因为辍学引起的自尊心受损迫使他们竭力提供反证，驳斥对迷糊和懒惰的指责，并用一生来证明自己的见识、勤勉和学问超过任何通过学校授业所能达到的水平。这种少年创伤难以磨灭的一个例子是：曼氏 76 岁时在最后一部小说《大骗子克鲁尔的自白》(*Bekenntnisse des Hochstaplers Felix Krull*) 中重温了 1909 年就构思出来的骗子形象，而黑塞七十多岁时还念念不忘要补上三年课程，拿到中学文凭，"或许还是能够成为一个正派人"。

托马斯·曼称自己的创作动力为一种"对现实的崇高复仇"，受此激励，他自学了几乎全部学科和领域的知识，为了用作品折服那些认为他活该留两级的人：遍布经济学术语的《陛下》(*Königliche Hoheit*)；活像一部战前医学和精神潮流百科全书的《魔山》(*Zauberberg*)；俨然是一部考古民族学文化史的《约瑟和他的兄弟们》(*Joseph und seine Brüder*)……就连专家也对曼氏表达近乎嫉妒的敬意并授予他众多学科的荣誉博士学位，可以想见，这使曼氏倍感得意，并将其当作一种玩笑般的补偿。

而黑塞则留下了约三千篇书评，评论、陪伴并充实了从世纪之交到 20 世纪 50 年代的德语评论，连刚正不阿的图霍尔斯基（Kurt Tucholsky，1890—1935）都不禁在《世界舞台》(*Die Weltbühne*) 周报上指出："黑塞的书评在德国无能出其右者。篇篇言之有物，甚至可以学到很多东西。"而黑塞本人却从未把这一大批学术教育文章结集出版过——若是悉数出版，估计会有五卷 4000 页。这些书评在他有生之年散落在约六十份包括德国在内的多国报刊上，属于黑塞遗产中最令人钦佩的惊喜。黑塞的做法虽异于曼氏，但在效果和追求真理的渴望上十分接近：用一项足以让每位学者自惭的壮举弥补学历教育不足的缺陷。

渴求又嫉妒"逍遥客"的无忧无虑和优雅自如，在厚脸厚皮、没心没肺生活的"正常人"面前自惭无能，这是托马斯·曼作品以各种形式不断出现的主题之一：为了摆脱将他压垮的学校的暴力和父亲对他职业上的期望，小汉诺·布登勃洛克试图在音乐中找到庇护；笨拙的托尼奥·克勒格尔在活泼讨喜的汉斯·汉森和英格·霍尔姆面前永无可能被认同和被爱，因为他忧郁严肃的模样从来也赶不上他们轻松愉快的魅力。1901年，托马斯·曼告诉其兄海因里希·曼（Heinrich Mann, 1871—1950）："我总是傻乎乎地爱慕聪明人，虽然从长远来看我配不上他们。"他30岁时写的小说《陛下》中又出现了同样的主题。《布登勃洛克一家》（*Buddenbrooks*）的好评如潮使曼氏自信心大增，从此他不再把无能感视为一种缺陷，而是开始将之化为一种个人风格。因此《陛下》里的克劳斯·海因里希亲王不再像汉诺·布登勃洛克和托尼奥·克勒格尔一样是逃入艺术的市民，而是王位继承人。海因里希亲王的瑕疵是体弱，一条残臂使他不能像健全人一样行动自如，为了弥补这一不足，亲王就像曼氏一样要求自己建功立业、勤奋工作。亲王还娶了家境富裕、富有活力的工业家之女，成功挽救了王室的贫穷衰落。故事主角和作者生活轨迹的相似之处显而易见：当时曼氏娶了出身于富有教授家庭的高中毕业生卡佳·普林斯海姆（Katia Pringsheim），妻子的能干活跃弥补了曼氏在日常生活中的笨拙，她的知识分子家庭出身也使学业失败的他跃升至中产学术阶层。就像他笔下的海因里希亲王一样，职业道德家曼氏也逐渐证明了自己的能力：曼氏后来暗示自己是瓦格纳、席勒和歌德的继承人，甚至是"德国之师"（Praezeptor Germaniae），这份自信，时至今日，或许只有文盲才会视之为狂妄。（我们还记得他流亡美国期间那句大胆但绝非无理的名言："我到哪里，哪里就有德国文化"。）

不通世故的"痴儿"（Simplicissimus）迫于自卑感，比常人更仔细地观察世界，这一模式延续了下去：没有受过任何文化熏陶但求知若渴的骗子菲利克斯·克鲁尔，"魔山"上懵懂的汉斯·卡斯托尔普，耽于幻想、什么梦都敢做的约瑟，与魔鬼签下契约的梅毒天才浮士德博士，生于罪恶又继续乱伦的可怜虫、因污点和罪恶而成为"被选中者"、最终爬上教皇之位的格雷戈里乌斯。

没有人比托马斯·曼更为入世，更有雄心，擅长转弱为强、化自卑为力量和职业的坦途，达到不但和谐而且令人欣慰和鼓舞的高度。托马斯·曼的情况就先说到这里。

要解决同样的问题，出生于寒酸的施瓦本小镇的赫尔曼·黑塞无需陛下、骗子、法老和教皇相助。不要光芒和派头的黑塞根本不将天生的局外人身份视为骄傲的奖状，而是痛苦地、火花飞溅地与社会的准则相碰擦，这样一个逐利、伪善，被殖民主义、工业化和民族自大狂所腐化的社会，把任何敢于保持自我、不为适应通行标准而折腰的人打入地狱。

黑塞笔下的人物，从厌倦文明的彼得·卡门青、流浪汉克诺尔普到"荒原狼"，他们都不是从出身环境脱颖而出的英雄，而是失败者、独行客和异类。一旦习俗和外部势力阻止他们保持本性和独立，他们就用自己的方式抗争。他们是局外人、冒险家、流浪汉、无家可归者、由于某种困境而成为罪犯的人，还有试验另类生存方式的人。黑塞本人就在30岁时去瑞士威利塔山"生活改革者营地"体验当时就以生态和整体为导向的"回归自然"法能否持续并适合未来。我们难以想象《陛下》的作者曼氏会出现在这个遁世者、素食"苤蓝使徒"、催眠术士和各种教派人士组成的裸体人群当中。近一个月后，这些并不适用于那个时代的试验治愈了黑塞，他转而开始研究好战的"威廉辉煌时代"的亚洲反面模式。几年后，他前往印尼，寻找更具善意的人类共处方式。虽然他在当地生活中也只找到了一点点善意，但是他从中获得了灵感，在《德米安》（*Demian*）、《悉达多》（*Siddhartha*）、《东方之旅》（*Die Morgenlandfahrt*）和《玻璃球游戏》（*Das Glasperlenspiel*）等书中将东方模式与西方人道主义传统进行对比，努力融东西方文化于一体。黑塞作品现在遍布全球，销量上亿，影响力之大在德国文学史上独一无二，恰恰证明了黑塞的东西方文化整合方案永不过时。

总之，面对现实问题，黑塞不是精心描摹和冷嘲热讽，而是心忧世界、关怀人性。正如他的箴言："为使可能之事出现，必须反复尝试不可能的事情。"这位小镇教区牧师之子最为同情小人物的命运，完全符合其传教士祖先致力于改善世界的传统。

汉萨同盟世家子弟托马斯·曼身上也有成长环境的印记：认同精英，用讽刺与普通人拉开距离。文学创作是曼氏树立个人风格的途径，但有根有据，并不虚张声势。而对于黑塞来说，文学创作是忏悔和灵魂的自我疗愈，他不夸大个人困境，但是毫不留情地揭露它。外向的托马斯·曼会连用几页纸来描写人物外貌，而内向的黑塞则对人物及其行为条件高度共情。曼氏是保持距离的旁观者，黑塞则代表青春叛逆和理想主义的破灭。

一个是渴望被欣赏、渴望成为受到高层认可的"德国之师"，另一个是避免与统治者有任何交集的"荒原狼"，如此不同的两个人能走到一起吗？

但是，由于艺术的关键在于水平高超，没有嫉妒心的黑塞对于和托马斯·曼的交往并不感到为难。事实上也是黑塞主动开始和曼氏的精彩互动的：1903 年，黑塞为曼氏的小说集《特里斯坦》（*Tristan*）写了一篇书评。

"人们可以认为，"时年 26 岁的黑塞在 1903 年关于托马斯·曼的首次公开评论中称曼氏有成为"全能艺术家"的雄心，"在《布登勃洛克一家》中，他是一个从容自信地担起宏大题材的大力士；在《特里斯坦》中，他又成了一个娇小的杂耍家，处理细节的大师。"黑塞评论道，这些小说严肃得让人笑不出来，又滑稽得让人哭不出来。"酿造这种混酒的人绝非单纯的艺术家，而必定是喝尽了不满和欲求的苦酒，否则艺术家就成不了文学家。"1909 年黑塞又写道：

"托马斯·曼也许是在当今的严肃文学知识分子中唯一一个,既有极强的叙事能力,又有老练的怀疑者头脑的。他的小说不仅是讲故事,更是人物研究,而且每句话都很独到、犀利、深思熟虑,是一种货真价实的值得细细品鉴的艺术。"

家住慕尼黑的托马斯·曼是否看到过黑塞在《新苏黎世报》(*Neue Zürcher Zeitung*)上发表的这篇书评,我们无从得知。不过,四个月后,曼氏在慕尼黑的一家宾馆与《彼得·卡门青》的作者相会了。两人共同的出版商萨穆埃尔·菲舍尔(Samuel Fischer)于1904年4月初邀请这两位出版社新星小聚。"当时我们俩都还单身,"黑塞回忆道,"除此以外,我俩不怎么像,从衣着和鞋子上就可以看出区别来。"

就像《伊索寓言》中那则人尽皆知的寓言情节一样,优雅的城里老鼠托马斯·曼对土气的乡下老鼠黑塞有点不屑,1907年2月,菲舍尔办的《新评论》(*Die Neue Rundschau*)杂志编辑担心曼氏会转而为黑塞新办的慕尼黑文化杂志《三月》(*März*)撰稿,曼氏在给编辑的回信中写道:"您不必担心。"这是迄今发现的首个曼氏对黑塞的评价。"我觉得《三月》俗气粗鄙,政治上是南德民主主义,文学上是赫尔曼·黑塞,我虽然并非唯美主义者,但还是觉得黑塞太实心眼了。"当时曼氏正在写作《陛下》这部技巧精湛还远离民主的自传体小说,离黑塞大自然气息浓厚的《彼得·卡门青》和反对皇帝、反对拥有亮闪闪大炮的普鲁士霍亨索伦家族的傲慢的《在轮下》似有千里之遥,不过与黑塞几乎同期的音乐家小说《盖特露德》

（Gertrud）所写的艺术家难题距离就没那么远了。黑塞在1904年11月写给亚历山大·冯·贝尔努斯男爵（Alexander Freiherr von Bernus, 1880—1965）的信中评论了自己与曼氏的第一次会面："我在慕尼黑和他共度了一晚，觉得他文雅可爱。"

1910年，《三月》发表了黑塞关于托马斯·曼的第二次公开表态，一份三页长、毁誉参半的《陛下》书评，题为"优秀新书"（Gute neue Bücher）。此文我们应该细读，不是因为其批评意见，而是因为它直观地体现了黑塞的"实心眼"和曼氏更狡黠的叙事方式之间的差异。黑塞在书评开头再次提到《布登勃洛克一家》，称其为一件"读者或将渐渐以为是亲身经历"的作品。"《布登勃洛克一家》就像大自然的一部分，无心、真实、自然、令人信服，读者在它面前会失去美学视角，沉醉其中，就像在欣赏大自然一样。而《陛下》……只是一部小说、一件作品，我们怀着兴趣、爱意和钦佩欣赏它，但是无法真正忘我地投入。"黑塞认为，虽然曼氏有基于极高文化水平的好品味，但没有纯稚天才的梦游式自信，这类天才根本不考虑读者，而多疑的知识分子曼氏试图通过一手讽刺、一手提供方便和备忘记号的办法来和读者拉开距离，包括让每个角色再现时展示其刻板标志的恶搞，还有一套俗气的名称和面具游戏。"他塑造了一位绿脸红须的'赘骨博士'、一个制皂工之女'油脂小姐'，还有剪报的'鞋匠先生'。这些人物都只是面具而已。读过托马斯·曼对大自然充满爱意的思考和艺术警句的人，不会理解此人怎能如此糟蹋自己的艺术。他用这种好玩、逗乐、必定暗自得意的把戏给普通读者一种优越感,但是他隐瞒了所有精微、严肃、确有价值的东西,这些他虽然也有谈及,却淡然随意得让读者难以察觉。""希望有朝一日我们能够读到托马斯·曼的这样一本书,"黑塞总结道,"他根本不惦记读者,不打算吸引或讽刺任何人。可是我们永远也读不到这本书。因为曼氏天生就爱耍弄老鼠。尽管如此,我们仍然乐见《陛下》,因为这位雅士最普通的作品终究还是高于常人。"

黑塞将发表这篇书评的《三月》寄给了此前结识的托马斯·曼,还再次邀请曼氏参与编纂黑塞与路德维希·托马(Ludwig Thoma, 1867—1921)合编、曼氏现在也读的这份刊物。

托马斯·曼在给黑塞的回信中否认自己故意戏弄公众,并辩解说,给人物起漫画式的名字和不断重复人物的刻板外形特征源于对瓦格纳"蛊惑人心的艺术之偏爱":"它兴许永远影响甚至腐蚀了我。"

托马斯·曼指的是瓦格纳旨在迷醉听众、追求宏大和心理征服的"总体艺术"倾向[1]以及自我引用的主题作曲技巧。事实上曼氏确实在整个创作生涯中都无法摆脱这种影响,因为曼氏爱恨交加地称为"做作戏子"的瓦格纳的影响源自他最早的文化经验,后来无论是顺境还是逆境对他影响都很大。瓦格纳的歌剧《尼伯龙根的指环》(*Der Ring des Nibelungen*)也在曼氏关于第一次世界大战的浪

---

[1] "总体艺术作品"(Gesamtkunstwerk)是瓦格纳提出的艺术概念,即不以单独的艺术门类,如音乐,诗歌、舞蹈等为区分,而旨在将它们结合起来,从中升华出一种崭新的艺术。

漫化爱国主义言论里回响，当时托马斯·曼嘲笑德国的所有对手，尤其是其兄海因里希·曼高度重视的邻国法国。

黑塞则喜欢15至18世纪的音乐、巴赫和声学的清晰格局、巴洛克音乐、莫扎特与肖邦，还有同样深受托马斯·曼喜爱的舒伯特。在1949年写给卡尔·德廷格（Karl Dettinger）的信中，黑塞谈到曼氏与音乐的关系："这是一种浪漫而感伤的关系，他奋力将之变成了一种知性的关系。"黑塞和曼氏后来会面时还进行过多次关于瓦格纳的辩论。1934年3月，纳粹在莱比锡举办瓦格纳庆典时，希特勒自比瓦格纳，黑塞几乎幸灾乐祸地写信给曼氏："您知道我非常赞同您批评瓦格纳做戏和狂妄，而您即便如此却还是爱瓦格纳，我既觉崇敬，也很感动，但只能理解一点儿……说实话，我受不了瓦格纳。一看到那份希特勒大赞瓦格纳的报纸，我若在您面前，大概会说：'看，这就是您那个瓦格纳！'这个狡猾无良的成功制造者正是适合今日德国的偶像！"

但是，托马斯·曼对瓦格纳那种始于9岁的激情是非常坚定的，不会由于"希特勒兄弟"（曼氏1939年在一篇精彩杂文中并非完全没有道理地这样称呼学画不成而变为政治自大狂的希特勒，罗马皇帝尼禄和纳粹戈培尔等众多政治灾星都是早期尝试创作、后被出版社拒绝的失败艺术家）的滥用而改变。因此，1947年，曼氏努力说服了高度质疑瓦格纳的黑塞一起去瑞士特里布申参观瓦格纳博物馆，此事令人百感交集。黑塞在信中写道："和他一起走过这些漂亮的房间，纪念品大多俗得吓人，感觉怪异。我不予置评，他仍然感到有责任为自己的英雄辩护,崇拜英雄的瑕不掩瑜……我在一间偏房里看到尼采的一些作品,我少时常在周日从巴塞尔到卢塞恩看尼采,这次参观算值了。"

说到尼采,两人又有了共同点。在这两位《浮士德博士》和《查拉图斯特拉归来》(*Zarathustras Wiederkehr*)的作者心中,尼采都曾是生活的指南针。曼氏赞尼采是"最有经验的颓废派心理学家",黑塞则称尼采为"只把良心视为最高权威的反爱国主义者和一切集体主义的批判者"。不过,尽管托马斯·曼和黑塞都爱尼采,但两人喜爱尼采的理由却截然不同,而这正是托马斯·曼和黑塞开始对话后不久即中断通信、直到一战后很久才恢复的原因。

1912年,黑塞出于对柏林那个真"陛下"夸耀的统治的不满,偕家人迁回曾度过童年重要岁月的瑞士,定居伯尔尼,参与编纂《痴儿》(*Simplicissimus*)周刊和《三月》。因此,一战爆发时,黑塞已离开德国,而曼氏还在慕尼黑,这或许是两人对这场闹剧的反应大相径庭的原因。

我们后来从黑塞的信件和日记中了解到,他在1915年之前绝非没有声援同胞,但他认为欧洲民族主义的自相残杀是野蛮和落后的。只是他对战争能够彻底终结君主制、给予德国一个自由社会抱有希望,这导致他一度对屠杀的合理性摇摆不定。然而他的公开声明,从1914年10月的"哦朋友,不要用这种口气"(O Freunde, nicht diese Töne)到1919年1月的《查拉图斯特拉归来》都是反对德国参战的。

已逝的瑞士托马斯·曼研究者汉斯·维斯林（Hans Wysling，1926—1995）在其主要作品、重量级的托马斯·曼传记中把黑塞视作战争宣传者，并一口气列出了托马斯·曼、霍夫曼施塔尔（Hugo von Hofmannsthal，1874—1929）、豪普特曼（Gerhart Hauptmann，1862—1946）、穆齐尔（Robert Musil，1880—1942）、德布林（Alfred Döblin，1878—1957）、克尔（Alfred Kerr，1867—1948）等多人。为了佐证这一点，维斯林不仅例举曼氏《战争中的思考》（*Gedanken im Kriege*）一文，还列出了整整两页其他作家对"伟大时代"的十二篇大同小异的赞颂文章。但是，关于黑塞的过错，维斯林并未提供证据，因为这种证据不存在。维斯林认为，不仅托马斯·曼，其他知识分子在当时也被爱国主义冲昏了头脑。这一事实可能会减轻曼氏的过错。但若模糊了曼氏和黑塞对德国政治观点的差异，就会掩盖两人日后关系的一个重要基础。想与敬爱的"魔术师"曼氏团结一致无可厚非，但是"魔术师"的弟子们有美化政治分歧的致命倾向，这对曼氏研究也殊无益处。无论是《陛下》中对德意志帝国、一战时对"士兵国王"弗里德里希·威廉一世（Friedrich Wilhelm I）的这种"文学戏仿"，还是魏玛共和国期间代表普鲁士艺术学院文学部、后来为逃亡国外的作家代言、在东西方冷战期间扮演穿越铁幕的桥梁、1947年和1955年分别前往资本主义和共产主义的两个阵营的德国出席歌德与席勒纪念庆典这种"亲身戏仿"，若能认识到此种有害于生活但有利于创作的"戏仿"源于曼氏的精英意识，这并无损于曼氏的伟大。

每个角色都扮演得游刃有余的托马斯·曼用比所有政客更细腻更聪明的方式为角色的世界观辩护：并非——像反对者指责的那样——出于机会主义，而是一种摆脱父权制传统束缚和贵族艺术家意识的、痛苦的政治发展过程，（一战期间他曾说过："民主是由下层的水平决定的。"）最终演变为对民主和克服意识形态障碍的一种深层拥护。

而黑塞的这一发展过程要比托马斯·曼早得多，这并不奇怪。黑塞为人朴实腼腆，正直不阿，无心突出自己，远离大都市，厌恶文化界的竞争和表现欲。因此，曼氏经历的波折和弯路，黑塞大多顺利躲过。不过黑塞也付出了代价：黑塞作品的世界性、深刻性和复杂性较弱，宛若一曲民歌，相较之下，曼氏作品俨然是一部布局精妙的交响乐，尽管两人作品的主题和素材常常惊人地相似。

再回到一战的话题：传教士之子黑塞于1915年创建了德国战俘救济会，彼时富商公子曼氏还在呼吁德国除了精神极致也终应赢得现实政治的极致。换了黑塞，永远不会失口说出"'战争艺术'一词表明战争也是一种艺术，所以战时文学家应自视为艺术家团体的一员"这种话来。

一发而不可收的战争使得黑塞当时就经历了托马斯·曼二十年后的遭遇：德国媒体齐声痛斥黑塞卖国，1917年后，黑塞甚至被迫用化名发表警世时评，从此堕入一个日后求助于心理分析才得以摆脱的炼狱。而曼氏的炼狱则是《一个不问政治者的看法》

(Betrachtungen eines Unpolitischen），此文是一种对浪漫中产阶级生活的痛苦捍卫，也是一场深刻、雄辩、从贵族到民主主义者的辩解和撤退战，直到1924年才以《魔山》收尾。

黑塞的自我疗法则是写于1917年、两年后以一战时评所用化名"埃米尔·辛克莱（Emil Sinclair）"发表的《德米安》。

属于《德米安》首批读者的托马斯·曼在1919年5月29日的日记中写道："继续读辛克莱的小说。深感钦佩又觉不安，因为精神分析元素运用得似乎比《魔山》更有智慧和分量，但有几处又奇特地相似。"因为没能猜出作者是谁，曼氏几天后写信给两人共同的出版商菲舍尔："请您告诉我，埃米尔·辛克莱是谁？多大？是哪里人？《德米安》在近期所有新作中给我留下的印象最深。此书是一部美好、聪慧、严肃、重要之作，让我大为感动，由衷喜悦。（……）还从未有人用这种方式写过战争。"

曼氏五年后问世的《魔山》也将写到战争。此前，由于写作《一个不问政治者的看法》，刚开了个头的《魔山》被搁置了，这时他又重新开始创作。

一年后，奥托·弗莱克（Otto Flake，1880—1963）在妻子提示下（女性读者大多更细心）揭开了辛克莱化名之谜。曼氏在给菲利普·维特科普（Philipp Witkop，1880—1942）的信中写道："我深爱的《德米安》真是黑塞写的吗？他竟然精通精神分析学，让我大吃一惊。可他为什么要在写出最极致、最优秀作品的时候突然隐身呢？"几十年后，曼氏在为《德米安》美国版写的序言中还将此书与歌德的《少年维特之烦恼》相提并论，说《德米安》"以神秘的准确性触到了时代的神经，让深感同辈中出现了一位宿愿宣告者的一代青少年心怀感激和喜悦。"

1924年1月，《魔山》出版前十个月，黑塞的《温泉疗养客》（*Kurgast*）以《心理日志》（*Psychologia Balnearia*）为题首先内部出版。这部讽刺小说是托马斯·曼最喜欢的书之一，曼氏说就像是他"本人的一部分"，尽管黑塞的幽默主要在于自嘲，而非嘲讽他人。1926年10月初，来到《温泉疗养客》故事发生地瑞士巴登的曼氏给黑塞寄了一张明信片："亲爱的黑塞先生，在这里没法不想到您和您最可爱的书！请接受跟随您脚步前来的三个游人充满回忆与感激的问候：托马斯·曼、卡佳·曼（Katia Mann）及恩斯特·贝尔特拉姆（Ernst Bertram）。"

估计是作为对《温泉疗养客》的回应，托马斯·曼在一封至今尚未找到的信中邀请黑塞到慕尼黑家中做客。黑塞1925年游纽伦堡时出人意料地接受了这个提议。黑塞很少主动拜访作家同行，而作家同行们却争先恐后地去看黑塞，连他最偏僻的居住地也不放过。1925年11月25日，黑塞在给德国作家、演员艾美·鲍尔-亨宁斯（Emmy Ball-Hennings, 1885—1948）的信里写到对曼氏的拜访："昨晚我去托马斯·曼家吃晚餐，一直待到深夜。我们十六七年没见了，他一点也没变，还是文雅整洁、轻松愉快，我又一下子喜欢上他了。"此前不久，黑塞在给试图贬低曼氏来巴结他的大量读者回信中，择取一封为曼氏的新书辩护："您这么贬低《魔山》，我不敢苟

xvii

同。该书的天赋和口才偶尔不免让人联想到关于'鸣的锣'的比喻①。但是在我们今日瘦弱贫瘠的文学里，我们应该很高兴拥有这种品质，即使托马斯·曼有时似乎缺乏真正的虔诚和爱，但是他有对自己作品和才能的深爱、敬畏和牺牲的意愿。这在如今已是难能可贵了。"

难怪教士后代黑塞用《圣经》中"鸣的锣"一说来形容托马斯·曼偶尔喜欢炫耀一知半解、用诗意装饰的知识，曼氏有时太重辞藻，而朴素的黑塞往往比曼氏更为感性，真心关切的力量使得黑塞无需科学、文化和哲学相助也能令读者信服。两人截然不同的工作方式也表明了这一点：黑塞不是一个像钟表一样朝九午一地伏案写作、逼迫灵感涌出的职业道德家。黑塞天性自由，实在文思泉涌或"当魔鸟对他歌唱时"才动笔——后者是他本人的描述。由于这种情况随时可能发生，包括夜里，黑塞的家人一定深受其害，因为他一动笔就如火山喷发似的停不下来，而且一遇打扰就发火。

对不断有人贬低曼氏来抬高他的行为，黑塞也深感恼火。"我很难过，"他在给一位奉承者的回信中写道，"连您这样一位看似很有水平的读者，也无法在欣赏黑塞的同时，不贬低托马斯·曼。我一点也不喜欢这样，而且任何读者一用贬他来赞我，这位读者的话在我心中就失去了分量。如果您读得懂黑塞，却读不懂托马斯·曼，那是您的事。如果您无法理解和正确对待这个德语世界中可爱而独

---

① 出自《圣经·新约·哥林多前书》第十三章。

特的人物，这是您本人的损失，与我无关。但是（……）身为托马斯·曼的忠实崇拜者，我非常讨厌不断被人利用来贬低他。"他写下这段话时是1947年。而在二十年前，两人的分歧还很大，主要在政治方面。回顾那个时代，黑塞在1933年给瑞士作家、翻译家胡姆（Rudolf Jakob Humm，1895—1977）的信中写道："托马斯·曼和我关系很好，但偶尔几次我们谈论社会问题，他尽管理智上赞成社会主义，但他的心比我的右倾很多，这个整洁文雅的人竟对世界的裂痕无动于衷，这让我毛骨悚然。"

这种分歧在魏玛共和国时期尤为明显，当时黑塞因为托马斯·曼的缘故，1926年勉强加入了普鲁士艺术学院文学部，这是他一生中唯一接受过的官方隶属关系，四年后即退出了，因为他逐渐看清了真相，他在给德国作家威廉·舍费尔（Wilhelm Schäfer，1868—1952）的陈情函中写道："在下一场战争中，该院将再次大力帮助那批像1914年一样受政府委托在所有重大问题上欺骗民众的近百位名人。"

托马斯·曼对当时的政治路线没有那么怀疑，还在1931年试图说服黑塞重新加入该机构。"我怀疑目前的政府，"黑塞回答说，"并非因为它是新的和共和派的，而是因为它既不够新又不够共和。"他认为，政府将一批自由的英才集中在一所学院里，是为了更好控制这些经常令人不快的批评家。曼氏并不回应这个政治话题，而是强调个人因素："我很清楚，您从根本上反对文学社团的官方性质。但是，"曼氏补充说，"谁又不是这样呢？"黑塞可能像我们一样，对曼氏此问一笑了之,因为大家都了解曼氏的口才和表现欲,难怪黑塞没有接这个茬,而是继续谈论实质问题:"我不加入一家德国官方社团的最终原因是我极度不信任德意志共和国。这个既无根基又无精神的国家生于真空和战后的精疲力竭。(其实并非革命的)那场'革命'的几个善良的英才,在99%民众的同意下被打死了。法院不公,官员漠然,民众无比幼稚。"黑塞认为寥寥几个善良的共和党人无权无势,将会出现一波法西斯恐怖的血腥浪潮。

黑塞的预言在整整一年后应验了,托马斯·曼在希特勒夺权前四周还写信宽慰黑塞:"但我认为,我们已经翻过山了。疯狂之巅显然已过,等我们老了,还能看到非常快乐的日子。"八周后,国会大厦被焚毁,恰在阿姆斯特丹、布鲁塞尔和巴黎巡回演讲而逃过一劫的曼氏此后十四年没有再踏上德国土地。1933年3月,曼氏也发电报声明退出普鲁士艺术学院,并在次日的日记中写道:"越来越不安和沮丧……迷惘,发抖,像打寒战,担心丧失理智。"三天后,他妻子卡佳致电黑塞,说丈夫仍然伤心卧床。名列恐怖主义新政府开列的人民公敌和不受法律保护者黑名单榜首的曼氏恨不得马上去卢加诺与黑塞面议。曼氏于3月26日抵达,住了一个月。"很好,"他在日记中写道,"我们头一晚就去了黑塞家,他的苏黎世朋友博德曼送了他一座漂亮优雅的房子。"曼氏一直艳羡这座房子,直到1941年,定居美国的曼氏还写信给《华盛顿邮报》记者阿格尼丝·伊利莎白·梅耶(Agnes Elisabeth Meyer,1887—1970):"我朋友赫尔曼·黑塞的一位富有的瑞士赞助人在蒙塔诺拉给他造了一座漂亮的房子,我常去那儿看他。黑塞这个大好人连所有权都不要……房子还归赞助人所有，黑塞夫妇只是终身居住。为什么美国就没有一座城市或者一所大学想到送我一个类似的东西，好宣布'我们拥有托马斯·曼，他是我们的'？"

托马斯·曼在流亡的最初几周里与黑塞聚了十次左右，有几回是阖家拜访。当然其他流亡作家也常去叨扰黑塞，包括同时来到蒙塔诺拉但尽量避免见到曼氏的布莱希特（Bertolt Brecht，1898—1956）。"最近托马斯·曼常来看我们，"黑塞1933年3月底告知好友药理学家阿图尔·施托尔（Arthur Stoll，1887—1971），"看到他渐渐摆脱了严重的沮丧情绪，我很高兴。我们在一起待了好几个半天。他物质上不缺什么。他不知道自己在慕尼黑的住宅和子女会怎么样。他的护照就快过期了，想换新的，但是没有一家德国领事馆肯办。他要同国际联盟联系。"

不久后，曼氏从流亡的下一站——法国南部——写信给黑塞："我想念与您的交谈。"他写道，在那些纠结的日子里，没有什么事情比与黑塞交谈更有益、更治愈。"您的良言，坚定了我心里渐渐萌生的猜想：起初的重创和惊吓，最终却能给我带来收获。"黑塞回信道，当他想到自己在一战期间无比艰难、花了很长时间才理清自己对德国的爱中的伤感成分，他可以理解流亡人士的乡愁。但是他们现在必须走出"国籍带来的虚假安全感，克服孤立与排斥，走进世界主义干净而略为清冷的空气中"。

后来托马斯·曼经常深情回忆最初几次造访蒙塔诺拉时的情景，

并在1938年离开欧洲前与黑塞频繁见面，有时在提契诺和巴登，有时在屈斯纳赫特曼氏家中。1930年，曼氏获诺贝尔文学奖和奖项举荐权后不久，就以《纳齐斯与戈德蒙》（*Narziß und Goldmund*）为由举荐已成为他同代作家中"最亲最近之人"的黑塞。1933年，曼氏在给弗雷德里克·博克（Fredrik Böök, 1883—1961）的信中再荐黑塞："我数年前就举荐了《荒原狼》作者赫尔曼·黑塞。选择黑塞，就等于同时向从前那个真实、纯洁、理性、永恒的德国和瑞士致敬！世界会理解这一点，今天沉默和痛苦的德国也会衷心感谢您。"后来曼氏又多次举荐，1946年，斯德哥尔摩终于把奖项授予了黑塞。

黑塞怕见生人和媒体，不像仪表堂堂的豪普特曼那样四处干扰作为"歌德继承人"和"德国思想界代表"的托马斯·曼在国际上亮相。曼氏对黑塞的善意可能与此有关，但是还有更深层的理由。黑塞和曼氏都不喜欢唱"新调"，赶"时髦"，并不痴迷于摆脱传统、发出新声音、宣告新时代。相反，两人都深深植根于精神发展史，通过与传统的联系，致力于道德与精神、伦理与美学的互动，黑塞秉承的传统是印度、中国和德国浪漫主义，曼氏则是对自然主义的叙述。两人都把传统变得现时、精确、包容，但曼氏尤为重视创新深化和建设性地利用史料，《约瑟和他的兄弟们》便是一个例证，硬是凭30来页《旧约》资料写出了1350页。黑塞说曼氏"没有编任何新故事。有时可以看到我们作家并非完全多余"。而曼氏则这样评价《德米安》:"新时代最好的仆人应该是了解、热爱旧时代并将其传承至新时代的人。"

因此,托马斯·曼也为他1937年出版的期刊取名为《尺度和价值》(*Maß und Wert*),他认为尺度就是秩序和光亮。他在1935年2月给卡尔·凯雷尼(Karl Kerényi,1897—1973)的信中写道:"我是一个平衡者,船有向右翻的危险时,我会本能地向左靠,反之亦然。"

黑塞作品中也体现了这种平衡欲,此处只举两例:1930年,在谈及对新作《纳齐斯与戈德蒙》的批评时,黑塞说:"指责《荒原狼》太前卫、作家有失体面的同一批人现在又批评《纳齐斯与戈德蒙》是'逃入历史'。其实我在这本书中表达了我从小藏在心里的关于德国和德国人本性的想法,并向它坦陈我的爱,而这正是因为我深恨今天所有'德国'的东西。"

在一年后动笔、一段一段给托马斯·曼阅读的晚年力作《玻璃球游戏》中,黑塞继续进行这种新旧对比。曼氏也马上注意到了黑塞反德意志民族"血与土"神话的倾向,在1934年5月6日的日记中这样评价"呼风唤雨大师"(Regenmacher)一章:"写得极好,仁慈对待原始事物而不刻意美化。"当时曼氏对《约瑟和他的兄弟们》的过去之旅的处理方式和黑塞很像,他在1941年写给凯雷尼的一封信中再度描述自己的意图:"必须消灭知识法西斯主义的神话,转为以人为本。我早已非此不为。"那么新的当权者对此有何反应呢?

虽然托马斯·曼被迫流亡，《约瑟和他的兄弟们》的前两部还是于1933和1934年由柏林菲舍尔出版社出版了，该社同样是黑塞长期的合作者。1934年10月，萨穆埃尔·菲舍尔去世前不久，命女婿戈特弗里德·贝尔曼·菲舍尔（Gottfried Bermann Fischer，1897—1995）和彼得·苏尔坎普（Peter Suhrkamp，1891—1959）继任。贝尔曼·菲舍尔虽因身为犹太人而处境艰难，但他尽力留守柏林，直到最后一刻才迫于政治形势偕家人离开纳粹德国。贝尔曼·菲舍尔于1936年奇迹般地顺利出境，把20万帝国马克资金和（包括曼氏在内的）"政治错误"作家的总数78万册库存书籍带到奥地利第一家流亡出版社。多亏苏尔坎普与帝国文学院巧妙周旋，该院才肯放走出版社的"不良书籍"，可惜条件是也被挤到流亡出版社的"雅利安"作家赫尔曼·黑塞的作品必须留在柏林总社。曼氏在1936年3月7日给黑塞的信中写道："您过去的书口碑很好，所以德国不肯放走。您的书必须留在德国。"曼氏还不无醋意地补充道："我的书可以离开，问题只是能否再回去。"

完全不接受这种文化政治胁迫的黑塞试图在1936年4月从柏林总社购买自己作品的版权，可惜未成，因为正如苏尔坎普1936年5月6日函告黑塞的那样，此举会使出版社的生存陷入"极度危险"的境地。从此，对于黑塞的书，就是在"容忍与抵制"之间勉强求生了，这绝非好事，因为不久后黑塞的全部批判性作品就被禁止重印，而其他还能重印的书的微薄稿酬则被冻结在德国的锁定账户里，害得黑塞就像在一战和通胀时期一样，只好主要依靠几位瑞士朋友的资助撑过纳粹年代。而托马斯·曼的情况则截然不同，他后来在维也纳、阿姆斯特丹、斯德哥尔摩和美国出版了很多书，所以生活水平几乎没有下降。黑塞的极权主义时代教育反制作品《玻璃球游戏》当时无法在德国出版，只好推迟一年，直到1943年底才在市场相对狭小的瑞士出版。

虽然托马斯·曼已经事先了解《玻璃球游戏》的大部分内容，但当1944年3月上下两卷《玻璃球游戏》送抵曼氏的加州流亡住地时，他还是奇怪地感到不安了。曼氏当时正好已写了一年《浮士德博士》。他在日记中写下的第一反应是"有点吓着了。也是虚构传记的点子。发现世上并不只有你一个人，总是不快的（……）我的书更尖锐、犀利、滑稽又悲伤，而他的更有哲思、情感和宗教性，不过也有文学幽默感和姓名游戏"。同一天，曼氏在给美国赞助人阿格尼丝·伊利莎白·梅耶女士的信中写道："昨天老赫尔曼·黑塞写了十几年（……）的晚年巨著从瑞士抵达，给我可怜的灵魂一记有益的重击。《玻璃球游戏》是如此怪诞、孤独、深刻、纯洁、远离美元、不可译，极'德国'。而且，也是虚构传记，音乐也是重头，与我正在写的书有一种阴森的、幽灵兄弟般的亲缘关系。发现世上并不只有你个人，总是一种奇异的伤害。歌德就提过一个放肆的问题：'若是世上还有别人活着，那你还算活着吗？'"

1948年，《浮士德博士》刚问世三个月，托马斯·曼在给为他寄来黑塞《关于音乐的思考》（*Musikalische Betrachtungen*）的奥托·巴斯勒的回信中写道："感谢寄来这些可爱迷人的音乐评论。幸好我没在写《浮士德博士》时读这篇文章，否则我很可能会气馁。读《玻璃球游戏》时也有这种危险，只是不紧迫，因为那个故事发生在借助贝多芬落入人间的最美的音乐中，而音乐最终又随着莱韦屈恩落入了地狱。当代文学的两大杰作渊源深厚，却又各行其是，互不妨碍，真好（……）它们是各有特色的兄弟作品，德国人拥有两个这样的人，应该再次感到高兴，可惜他们从来不知道自己拥有什么。"

从此，当有人贬黑塞而赞曼氏时，曼氏也为黑塞辩护，例如1947年12月他这样回复历史学家和文化哲学家埃里希·冯·卡勒（Erich von Kahler，1885—1970）的贬抑之词："我认为您这样说黑塞不妥。他代表了德国以外的优秀德国文化……《纳齐斯与戈德蒙》很美，《德米安》也有触动神经的东西，而《玻璃球游戏》那种践行精神的梦幻般的勇气很吸引我……《玻璃球游戏》属于我们这个遭到践踏的苦难时代所能提供的寥寥几部勇敢而执着的伟大作品。"而对于这种至今常见、尤其盛行于文学评论界的把黑塞与曼氏对立起来的令人不快的做法，黑塞在1947年7月3日写给曼氏的信中写道，他刚刚总算收到一封"在我们俩身上均匀地分配了读者的忠诚和崇拜"的信，"我常常听到、读到天真的流浪爱好者视我为同类，欣赏我不是一个冷漠的知识分子和衣冠楚楚的社交名人。您肯定也常收到此类信件，用您与那个幼稚的施瓦本田园爱好者的比较来为奉承加料。"

在黑塞的《玻璃球游戏》发表四年后，《浮士德博士》终于也在

1947年10月出版了，曼氏给黑塞赠书的题词是："给赫尔曼·黑塞——这是他的朋友托马斯·曼玩的黑玻璃球游戏。"也就是说，现代浮士德与魔鬼签约是恶的"黑魔法"，而"玻璃球游戏"是善的"白魔法"，曼氏想事先定好调子，免得将来再生枝节。

托马斯·曼现在急切地期盼听到黑塞关于《浮士德博士》这一招险棋的评价。不久以后，1947年12月，黑塞写给曼氏一封长信，有理有据地赞扬了新书。但曼氏显然不信会有这等美事，他在给两人共同的朋友奥托·巴斯勒的信中写道："私下里我很清楚，黑塞不太喜欢《浮士德博士》。他没有明说。但此前我们曾说起我要再写《克鲁尔》，他说自己十分期待一次'艺术天空漫步'和'不谈现实恐怖问题的游戏'。而《浮士德博士》谈的正是现实恐怖问题，是一本血淋淋的书，黑塞礼貌地说我写此书时'几乎从未失去好情绪和表演的兴致'。'几乎从未'措词很委婉。"

托马斯·曼的怀疑并非空穴来风。虽然黑塞致信出版商贝尔曼·菲舍尔的妻子，说自己晚上乐于阅读莱韦屈恩的故事，并在给格斯（Albrecht Goes，1908—2000）的信中赞扬这本大部头新书令人愉快，"细节上虽略嫌繁琐讥嘲，但每句话都精确清晰，所以读者就像听复调音乐一样，必须时刻警醒，才能避免听漏"。但是，读完全书后，黑塞的态度还是有所保留。比如我们可以在他1948年1月20日给奥托·巴斯勒的信中读到："也许托马斯·曼想看看自己眼里和心里的'浮士德式'德国魔鬼，而且是富有德国音乐才能的魔鬼，这种音乐才能既是天赋又是恶习，就像托马斯·曼或许觉得自己对瓦格纳的深爱是有问题的、危险的一样。这是关键。而且这还是一部影射当代历史的小说,这是书中更糟糕也更有趣的部分,并因此而击中要害,因为慕尼黑确实在反动历史上发挥过主导作用,而且可能还在持续。"不过,南德阿雷曼人黑塞认为曼氏北德人的优越感虽不公正但情有可原:"托马斯·曼对南德的态度几乎一直只是讥讽嘲笑,虽然他经常观察得很到位,但是缺乏情感。不过,这个痴迷于事业的工作狂肯定需要简化许多在我们眼里更为复杂的事情。"黑塞还在 1950 年 7 月 20 日给路德维希·雷纳(Ludwig Renner, 1884—1962)的信中谈到自己和曼氏的关系:"就算我在他眼里只是一个土气老实的小兄弟,他对我身处的陌生环境还是感觉敏锐、相当了解的。"

托马斯·曼犹豫了很久以后才从流亡地加利福尼亚返回欧洲。"千年帝国"十二年统治期间向曼氏喷洒的毒药后患无穷,尤其是留在纳粹德国的"内心流亡"作家当中只有彭措尔特(Ernst Penzoldt, 1892—1955)、格斯和安德施(Alfred Andersch, 1914—1980)等几个人敢于公开维护曼氏。

为了探探形势,曼氏于 1947 年、1949 年和 1950 年三次赴故国进行巡回演讲。1952 年,他明智地决定放弃受希特勒威胁前居住三十年之久的慕尼黑,去黑塞所在的瑞士定居。

自此,托马斯·曼和黑塞每年重聚,多数在蒙塔诺拉。1954 年他们也在恩加丁住了几周,就在尼采住过的锡尔斯玛利亚。他们住在同一家宾馆的同一侧，曼氏夫妇住楼上，黑塞夫妇住楼下。他们朗读、说笑、惊奇地观察德国如何大张旗鼓地反思历史，无论是占领国方面美国新闻主管汉斯·哈贝（Hans Habe，1911—1977）试图在战后德国封上黑塞的嘴，还是时任巴塞尔大学校长的瓦尔特·穆施格（Walter Muschg，1898—1965）气势汹汹地指责曼氏用虚无主义作品将德国推入纳粹的怀抱。

穆施格1948年发表《悲惨的文学史》（*Tragische Literaturgeschichte*）攻击曼氏后，黑塞立即奋起反驳。数年后，曼氏辗转获悉此事，他在给奥托·巴斯勒的信中称黑塞为"奇人"："一脸苍老、疲惫、厌世、沉默，然后突然像个青年斗士一样抡拳就打，火花四溅。有趣。"在黑塞眼里，攻击曼氏不亚于德国复辟和重新武装，甚至比攻击他本人更为恶劣。这是他最不能容忍的。德布林把曼氏作品贬为"退化"资产阶级的"裤线文"，黑塞则干脆就是"淡汽水"，这或许还可以归因于对诺奖得主的嫉妒；但是曼弗雷德·豪斯曼（Manfred Hausmann，1898—1986）的攻击和写"废墟文学"的战后归来一代及文学团体"四七社"（Gruppe 47）的傲慢诋毁就不只是嫉妒了。

"德国读者无法欣赏托马斯·曼，"黑塞直到1951年还在给瓦尔特·豪斯曼（Walter Haussmann）的信中写道，"这一点很突出。德国青少年只知用英雄主义和愤世嫉俗对付他们天生的伤感，却不懂讽刺。"将近十年后情况依然如旧，于是黑塞在1960年5月给维利·克尔韦克（Willi Kehrwecker）的信中写道，德国仍然有"千万名读者只看到托马斯·曼是冰冷的理性主义者和无情的讽刺者，而大赞黑塞的温暖"。

在黑塞看来，托马斯·曼的轻松开朗和讽刺式疏离，是曼氏避免自己被迷惑和控制的一种方式。黑塞说，曼氏的朗读方式也体现了这一点：他在 1950 年 5 月给黑塞朗读了《被选中者》(Der Erwählte) 的两章，他"极有活力，还是那么文雅而略带嘲讽。听他说话，仅仅在语言上就是一种乐趣……""他这样朗读也这样说话，抑扬顿挫，面部略带表情，疏离而嘲讽，总是有几分淘气之意，若非此前就由于其他原因喜欢上了他，也会因为他的这副样子喜欢上他"。

"您可别死在我前头！"托马斯·曼在黑塞 75 岁生日时写道，"首先，这太唐突，因为理应先轮到我的。而且，若是您先死，我会深感困惑并整天想您，因为您是我的伙伴、帮手、榜样和力量，失去了您，我会感到无比寂寞。"黑塞在回信中写道："若您先于我'长颂尘世'（这个美丽的说法其实就是'赞美变化'之意），估计我无法赞美歌颂，而会伤心沉默。"后来曼氏真的先他去世，黑塞说感到世界空荡荡的、自己被撇下了，就像两年前失去最后一个同胞姐妹时一样。黑塞怀着深深的悲痛送别曼氏，于 1955 年在《新苏黎世报》上写道："这位德国文学大师尽管获得殊荣，却被世人误解，德国广大读者数十年来都未能理解，他的讽刺和高超技艺后面隐藏着多少情感、忠诚、责任感和爱的能力，这一点将使他的作品和世人对他的怀念比我们迷茫的时代长命得多。"

黑塞关于曼氏的预言成真了。曼氏关于黑塞的亦然。如曼氏所言,"对自我和世界关系问题的思考丰厚无匹"的赫尔曼·黑塞身后真的跨越国界,赢得了"全人类的喜爱"。

福尔克·米歇尔斯(Volker Michels)

书信集

一

慕尼黑,1910年4月1日

尊敬的黑塞先生:

由于身体欠佳,我迟至今日才能为您3月24日的友好来信[1]致谢。此种拖延或许甚至会导致误解,这更让我感到抱歉。所以我今天不再犹豫,我要告诉您,您的来信让我感到真心喜悦,我尤其喜欢您在《三月》上刊出的对《陛下》的评论[2]。您说自己的书评是"挑刺",不,这篇书评不是挑刺,它具有批判性,而所有叫做(也的确是!)"批判"和"认识"的东西,我都衷心喜爱,阅读时只会感觉到兴趣和愉快。《柱廊》[3]的书评肯定更为可口,容易下咽,但是我更喜欢您的书评。而《柱廊》的那一篇只证明了您所说的,也有几个读者对该书感到满意:这既可以看成是一个严重问题,也可以看成是一种特殊优点,最好是将之视为一种事实。您的书评中有些敏锐的怀疑说法,促使我重新思考。我向您保证,我没有算计、成心耍弄读者。《陛下》中那些讨喜的元素,与艺术性元素一样,也是出于诚意和直觉的。我常想,您说的"耍弄读者"是我对于瓦格纳艺术长期爱恨交加的结果——既孤傲又蛊惑人心的瓦格纳艺术兴许永远影响甚至腐蚀了我的理想和追求。尼采曾说瓦格纳"变换姿态":有时出于最粗鄙的欲望,有时出于最诡诈的意图[4]。这就是我指的"影响",而且我不知道此生还能否找到力量完全摆脱这种影响。对于哗众取宠的艺术家,我始终心怀鄙视,此种宠爱无法满足我。*我也渴望笨拙*。不过这是事后心理学,写的时候我是随心所欲的。

给《三月》写稿[5],我早有此愿,可惜我做事缓慢,而且常常感觉力不从心!我越来越只能专心完成少数几件主要的任务。尽管如此,我还是希望不久后就能完成此愿。您的约稿令我倍感荣幸。

亲爱的黑塞先生,我向您表达真诚的敬意。

您忠实的托马斯·曼

---

1. 此信一直未能找到。托马斯·曼写给黑塞的信件和明信片多数被保存下来。从查证到的曼氏回信中可以看出,黑塞的信约缺十三封。曼氏慕尼黑住宅中的信件手稿,1933年后被纳粹悉数没收,曼氏流亡后因频繁搬家也遗失了一批物品。部分遗失信件存有黑塞夫人妮侬的抄件,由黑塞夫妇发表在黑塞与多人的《书信集》中。(参见1974年出版的黑塞《书信选集》。)

2. 黑塞书评"优秀新书",1910年2月15日发表在黑塞、托马和阿拉姆(Kurt Aram)在慕尼黑创办的德国文化半月刊《三月》第四年度第一卷,第281—283页,见下文。

3. 芬克(Dr. Ludwig Finckh)书评"优秀新小说",发表于恩格尔(Eduard Engel)在慕尼黑主编的《柱廊》(*Die Propyläen*)周刊

第七年度（1909/10）第 25 期，第 388—390 页。

4. 尼采著作《瓦格纳事件》(*Der Fall Wagner*) 和《尼采反对瓦格纳》(*Nietzsche contra Wagner*)。见书后附录。

5. 黑塞在《陛下》书评附信中邀请曼氏为 1907 年创刊、阿尔贝特·朗根（Albert Langen）出版社出版、黑塞主管文化部分的《三月》撰稿。预登曼氏重要作品的菲舍尔出版社杂志《新评论》编辑奥斯卡·比（Oskar Bie）担心曼氏会转而为《三月》撰稿。曼氏读了 1907 年 2 月 14 日首期《三月》后，给奥斯卡·比回信道："您不必担心。我觉得《三月》俗气粗鄙，政治上是南德民主主义，文学上是赫尔曼·黑塞，我虽然并非唯美主义者，但还是觉得黑塞太实心眼了。"

优秀新书
赫尔曼·黑塞

托马斯·曼的一部长篇新作应该称得上当代文学的一件盛事。虽然没有人会期待他带来惊喜，因为当代文学界几乎没有哪位作家像他一样，头一本书就那么成熟，从一开始就展现了包含所有要点的全貌：一个高贵、聪明、敏锐的人；一个冷静的观察者，文风老辣，几因羞于自己的艺术家风格而成了忧郁者，因为智商高、戒心重而容易成为讽刺家。这些在《矮个儿先生弗里德曼》(*Der kleine*

Herr Friedemann）中已初露端倪的特征经过充分和谐的发展，在《布登勃洛克一家》中表现得难以置信地完满。

托马斯·曼的大部头新作《陛下》确实没有带来惊喜，那些近年来不断愉快研读《布登勃洛克一家》的人，这部新作也许会让他们失望，因为《布登勃洛克一家》这种书，即便是文学大师也无法每年都出一部，十年也未必能出一部。除了一些小怪癖、小游戏，《布登勃洛克一家》是一件读者或将渐渐以为是亲身经历的作品，就像巴尔扎克、福楼拜、托尔斯泰和赫曼·邦等人的伟大作品一样，就像大自然的一部分，无意、真实、自然、令人信服，读者在它面前会失去美学视角，沉醉其中，就像在观赏大自然一样。而《陛下》——从好的也从坏的意义上来说——都只是一部小说、一项发明、一种艺术、一件作品，我们怀着兴趣、爱意和钦佩欣赏它，但是无法真正忘我地投入。

可能还有一点原因：在《陛下》中，读者更加强烈地感觉到了那几个烦人的怪癖。因为现在吸引我们沉浸于《布登勃洛克一家》的那种力量消失了，我们就成了更严格、更冷静的法官。我们惊讶地发现这位大艺术家有一个致命弱点：他的好品位不是每回都能使他免于误判和流于俗气。托马斯·曼也有俗气的时候，这听来不可思议，但却是事实。

纵然托马斯·曼有基于极高文化水平的好品位，但是他缺乏纯稚天才的梦游式自信。事实就是，他是一位作家，一位有才华的，或许是伟大的作家，但他也是、甚至更是一位知识分子。他有才华，但是没有巴尔扎克或狄更斯的天真。他的极高天分更像是一个令他感到寂寞的特点，而非一枚令他骄傲的勋章，因此他倾向于冷嘲热讽，偶尔也会破坏艺术形式。

我认为，天真的、"纯粹"的作家根本不考虑读者。平庸的作家会努力迎合讨好读者。而托马斯·曼这种多疑的知识分子则努力与读者保持距离：他为他们提供方便和备忘记号，明里迎合、暗地讽刺他们，包括——令人遗憾地——让每个人物再现时展示其刻板特征的恶搞，好让读者说：原来是某人啊！托马斯·曼擅长用这种低级玩笑时而吸引、时而愚弄读者，他甚至还玩孩子气又俗套的名字和面具游戏，一种最老式、最糟糕的喜剧：他塑造了绿脸红须的"赘骨博士"、锁骨突出的"油脂小姐"（肥皂工人之女！），还有剪报的"鞋匠先生"，这些人物都只是面具而已。读过曼氏对大自然充满爱意的思考和艺术警句的人，不会理解此人怎能如此糟蹋自己的艺术。

此话听来颇为苛责。但正是因为我们对托马斯·曼既爱又敬，我们才要严厉批评他的矫情之处。这种让我们恼火的花招和把戏，若是一位分量不重的作家，很可能还得以借此炫耀，赢得夸奖。但是我们觉得，像曼氏这样一位艺术家，文化水平之高足以超越任何偏见和评价，他有能力纯粹地观察、纯粹地塑造，他本该能够在严肃策划、创作的伟大作品中省去这种好玩、逗乐、必定暗自得意的把戏。他用这些——当然是成心的——把戏赋予普通读者一种优越感，但是他隐瞒了所有精微、严肃、确有价值的东西，这些东西他

曼氏著作《陛下》第一版封面（1909年）

虽然也说，却淡然随意得让读者难以察觉。他的语言则貌似一位"优秀记者"，表面上只想要清晰精确，暗地里却充满挖苦、讽刺、风度和难掩的光彩，让读者不断感受到魅力和惊喜。

这类书读者会感到有趣，尤其因为《陛下》的情节比较传奇，但是读者会错过很多亮点，而对这些亮点有感觉的人只能享受一半，而且会有点惭愧，因为尽管慧美兼具，这类书却只是浅层艺术。希望有朝一日我们能够读到托马斯·曼的这样一本书：他根本不惦记读者，不打算吸引或讽刺任何人。可是我们永远也读不到这本书。我们有这种愿望是不公平的，因为曼氏天生就爱耍弄老鼠。不过，似乎还是追求一定客观性的曼氏或许会强迫自己，把这个过于主观的技术变得客观些，因为始终耍弄读者的前提是始终惦记读者，而要写出纯粹的艺术作品，就不能惦记读者。

在此之前，我们仍然乐见《陛下》，乐见这位雅士的任何作品，因为他最普通的作品终究还是高于常人。

黑塞评论的第一部曼氏作品是1903年柏林菲舍尔出版社出版的中篇小说集《特里斯坦》。黑塞的评论发表在1903年12月5日的《新苏黎世报》上。

特里斯坦 中篇小说六篇

几乎可以认定托马斯·曼有成为全能艺术家的雄心。在《布登勃洛克一家》中,他是一个从容自信地担起宏大题材的大力士;在《特里斯坦》中,他又成了一个娇小的杂耍家,处理细节的大师。当然其实两本书有着极强的亲缘关系。只是《特里斯坦》中像是瞬间表情变化的东西,在《布登勃洛克一家》中由于素材的庞大和连贯而长成了一张巨大的悲剧性面孔。他的新作优美得几乎像在和自己调情,可能会诱使有些人视之为一个极聪明的艺术家的精致作品。但是它们却不仅是一个技术上的小杰作。除了《小路易斯》以外,这些小说近乎滑稽剧,有时让人想起那些借《巨人传》之名而创作的古老的怪异版画。看得更仔细些,就会发现其实怪物不是怪物,鬼脸也不是鬼脸,而只是看似巧合、实际上深思熟虑、精心设计的光源;移动一下灯笼,就会认出我们的朋友、兄弟、亲戚、邻居,甚至是我们自己的特征。这时我们的感觉半是惊骇、半是释然,半是满足、半是失望。细想一下,其实这也是《布登勃洛克一家》的基调。我们有时用一种掺杂了冷静批评和暗自渴求的态度看世界,此时看到的人和物就同托马斯·曼刻画的一样,严肃得让人笑不出来,又滑稽得让人哭不出来。酿造这种混酒的人绝非单纯的艺术家,而必定是喝尽了不满和欲求的苦酒,否则艺术家就成不了文学家。《特里斯坦》就是这样一本书:你能找到很不一样的东西,能用很不一样的方式享受,这是一本专供文学爱好者和行家阅读的书,读者会发现它属于即将结束的本年度的最美佳作。

二

巴特特尔茨[1]，1916年8月2日

亲爱的、尊敬的黑塞先生：

您的来信和所托之事[2]怎会让我感到奇怪呢？我乐意效劳，应该也能帮上忙。不过我本人不出钱，昨天在邮局收到您的来信时，我正好又为了一位挨饿的同行给出去一张钞票。大家对我个人的要求太高了。但是我会把您的呼吁信转给一个地方，希望那儿会有回应。另外我会给菲舍尔[3]写信，请他免费给您寄我的书。

请您相信，我非常敬重您的义举。

您忠实的托马斯·曼

---

1. 托马斯·曼1908年在德国巴特特尔茨（Bad Tölz）造了一座乡村别墅，1909至1917年间和家人在那里度夏。
2. 黑塞1912至1919年住在伯尔尼。1914年一战爆发，黑塞报名参加志愿军，由于近视而未被录用，后被分配到德国驻伯尔尼公使馆工作，1916年创建德国战俘救济会，为在法英俄意四国的数十万名战俘和拘留人员提供读物，编辑出版《德国战俘报》（*Deutsche Interniertenzeitung*）等报刊，并创建德国战俘图书总站

出版社（Verlag der Bücherzentrale für deutsche Kriegsgefangene）。1918至1919年共出版22本小册子，其中一册刊登了托马斯·曼的两篇中篇小说。黑塞还写了一封私信给曼氏，请求曼氏为战俘捐款捐书，并附寄了一封黑塞公开募捐信的复本。

3. 萨穆埃尔·菲舍尔于1886年成立了德国最著名的严肃文学出版社"菲舍尔出版社"，该社自1898年起出版托马斯·曼的作品，自1904年起出版黑塞的作品。

三　明信片

巴特特尔茨，1916 年 8 月 10 日

亲爱的黑塞先生：

我为了您所托付的事情敲了一个亲戚五十马克，打算给您，但是还没想好怎么给[1]。不过我会想出办法来的。我也给菲舍尔写过信了，但愿他能大方地给您寄书！[2]

托马斯·曼

---

1. 战时向国外汇款受限。
2. 菲舍尔寄去五十本黑塞自选的书，另加曼氏作品每本五册。

四　明信片

巴登，1926年10月4日

亲爱的黑塞先生，在这里没法不想到您和您最可爱的书![1] 请接受跟随您脚步前来的三个游人充满回忆与感激的问候。

托马斯·曼，卡佳·曼[2]，恩斯特·贝尔特拉姆[3]

---

1. 黑塞1925年在柏林发表的《温泉疗养客》描述了在巴登（Baden）的一次疗养，1924年在蒙塔诺拉内部发表，首次印刷时题为《心理日志》。1937年托马斯·曼在给黑塞六十寿辰贺词中写道："我为什么不说呢？他的一些作品，比如《浴疗客》……我读后感觉就像是我本人的一部分。"
2. 卡佳·曼（Katia Mann, 1883—1980），娘家姓普林斯海姆，1905年与托马斯·曼结婚。
3. 恩斯特·贝尔特拉姆（Ernst Bertram, 1884—1957），科隆大学德语文学教授，自1910年起与托马斯·曼交好。

五

慕尼黑 27 区，1928 年 1 月 3 日

亲爱的黑塞先生：

感谢惠寄大作[1]，我深感荣幸，此书的氛围并非人人都能欣赏[2]。请您相信，虽然我的新陈代谢是生理性的，但我心里明白。您忧郁气质的可爱之处、新的对"绽放"[3]的渴望深深打动了我，就像您的作品已经多次感动我一样。一个人读书越多就越挑剔，大部分书都看不上眼。很长时间了，《荒原狼》是头一本再次告诉我什么才叫做"阅读"的书。

托马斯·曼

---

1. 黑塞日记体诗集《危机》(*Krisis：Ein Stück Tagebuch*)，1928 年在柏林出版，限量印刷一千册。

2. 暗指黑塞 1927 年发表的长篇小说《荒原狼》(*Steppenwolf*) 中"普通人不得入内，专为狂人而设！"的"魔剧院"(das Magische Theater)，黑塞曾打算在书中引用《危机》组诗。

3. 意境如同黑塞诗歌《天堂梦》(*Paradies-Traum*) 中的最后四行：

展开千翼

我原以为只有一个的灵魂,

化身千万,成为多彩的宇宙,

我将消逝,与世界融为一体。

六

慕尼黑，1929 年 12 月 21 日

亲爱的赫尔曼·黑塞：

我想向您提一个建议，一个请求。您知道，12 月 24 日是菲舍尔的 70 岁生日。老先生不愿在柏林办正式寿宴。后来大家说定，菲舍尔夫妇在生日的一周以后，来我家参加一个小型私人除夕晚会。您若能出席[1]，菲舍尔肯定会很高兴，我们也会很高兴。除了菲舍尔一家，我们打算只请瓦瑟曼夫妇、席克勒和莱西格尔[2]。衷心希望您不嫌路远，来参加聚会，让菲舍尔和我们高兴一场。我知道这有点强您所难，但是最后我说服自己，请菲舍尔老先生喜欢的人受点累、来为他过生日，老先生配得上这个。

亲爱的黑塞先生，我们祝您圣诞安康！

托马斯·曼

---

1. 黑塞在信上标注了"不去"。
2. 德国作家雅各布·瓦瑟曼（Jakob Wassermann, 1873—1934）和妻子玛尔塔（Marta）、热内·席克勒（René Schickele, 1883—1940）和汉斯·莱西格尔（Hans Reisiger, 1884—1968）。

七　明信片

慕尼黑，1930年12月23日

亲爱的黑塞先生：感谢来信，并再次感谢惠赠令人赞叹的《戈德蒙》[1]！祝您早日、最晚通过恩加丁的疗养康复！我们可能会在恩加丁见面[2]。祝您节日愉快！

托马斯·曼　致上

---

1. 指1930年在柏林出版的黑塞长篇小说《纳齐斯与戈德蒙》。
2. 1931年1月中下旬，托马斯·曼、黑塞和雅各布·瓦瑟曼同时在圣莫里茨香塔瑞拉疗养，参见插图。

1930年12月6日，托马斯·曼对柏林《日书》（*Das Tage-Buch*）周刊关于"年度最佳书籍"的答复：

老一代作家作品中我最喜欢赫尔曼·黑塞的长篇小说《纳齐斯与戈德蒙》，这是一本绝美的书，富有诗意的智慧，兼具德国浪漫主义和现代心理学，即心理分析元素。

赫尔曼·黑塞和托马斯·曼
1931年2月摄于圣莫里茨香塔瑞拉
摄影：阿尔弗雷德·克诺普夫

"雪中三男子"

黑塞、托马斯·曼、雅各布·瓦瑟曼

1931年在圣莫里茨

八　明信片

慕尼黑，1931 年 2 月 18 日

亲爱的赫尔曼·黑塞：

寄上一份《法兰克福报》，上有家兄关于学院[1]的一篇文章，望您一读。此文对形势的分析清晰而准确。

昨日我收到了美国传来的佳音！我力荐的《戈德蒙》有望在《每月书会》发表[2]。若是真成了，您就送妮侬女士[3]一点漂亮玩意儿。

祝好！

托马斯·曼

---

1. 1931 年 2 月 15 日《法兰克福报》（Die Frankfurter Zeitung）登载的海因里希·曼的文章"巴黎广场 4 号"（Pariser Platz 4），见书后附录。1926 年，黑塞在最初的犹豫之后，被托马斯·曼说服，同意成为新成立的普鲁士艺术学院文学部的外籍成员。1930 年 11 月 10 日，黑塞由于政治原因退出。
2. 《纳齐斯与戈德蒙》后来并未在《每月书会》（Book of the Month-Club）杂志发表。一年后，由邓洛普（Geoffrey Dunlop）翻译的

英译本（*Dead and The Lover*）由陶德·曼图书公司（Dodd, Mead & Co.）同时在伦敦和纽约出版。
3. 妮侬·多布林（Ninon Doblin，1895—1966），娘家姓奥斯伦德尔（Ausländer），1931年2月14日成为黑塞的第三任妻子。

九

恩加丁香塔瑞拉，1931年2月20日

亲爱的、尊敬的托马斯·曼先生：

谢谢您的问候，也谢谢寄来令兄的文章。妮依前不久很高兴收到尊夫人的问候，我们常常愉快地谈到你们三位[1]。

我们眼下被雪困住了。雪下了整整三天。从昨天开始，路人只能在几条总算清出来的路上勉强走两步。雪深达数米，很危险，滑雪是不可能的，很容易雪崩——今早就有个附近的农夫和两匹马陷进了雪里，农夫赶紧呼救，大伙儿把人和马都挖了出来。

学院的事[2]我有顾虑，因为我和其他退出者被混为一谈了，令兄文中也只说是退出的"先生们"[3]。

此事会被迅速忘却，那些今天视我为同类的极端民族主义者很快就又有机会视我为寇仇了[4]。

私下里说，我对此事的个人立场大致是这样的：我怀疑目前的政府，并非因为它是新的共和派的，而是因为它既不够新又不够共和。我永远无法完全忘记普鲁士政府及文教部是学院的后台，同时是各高校及其野蛮思想的主管机构，而且我也在将这些"自由"的英才集中在一所学院的做法中，看到了一点儿更易控制这些经常令人不快的政府批评家的企图。

还有一点：我身为瑞士公民[5]无法主动做什么。如果我是学院成员，就等于认可普鲁士政府及其管理艺术的方式，而我并非德国或普鲁士公民。这一矛盾最困扰我，解决它是我退出的最重要目的。

我们反正会再见面的，说不定所有事情也都渐渐会起变化。

我和妮侬祝您安好，我也会把信给她看，估计她要添上对尊夫人的问候。

赫尔曼·黑塞

---

1. 托马斯·曼的妻子卡佳和女儿伊丽莎白（Elisabeth Mann, 1918—2002）1月初也在圣莫里茨香塔瑞拉。

2. 黑塞于1926年10月加入普鲁士艺术学院，这是他"一生中接受过的唯一的官方隶属关系"，1930年11月10日退出，他在1930年11月给威廉·舍费尔（Wilhelm Schäfer, 1868—1952）的陈情函中写道："在下一场战争中，该院将再次大力帮助那批像1914年一样受政府委托在所有重大问题上欺骗民众的近百位名人。"舍费尔和他的种族主义同行埃尔温·吉多·科尔本海尔（Erwin Guido Kolbenheyer, 1878—1962）、埃米尔·斯特劳斯（Emil Strauß, 1866—1960）也以此为借口于1931年1月5日退出。但是与黑塞相反，此三人是被迫退出的，因为以托马斯·曼为首、包括阿尔弗雷德·德布林、莫洛（Walter von Molo, 1880—1958）和勒尔克（Oskar Loerke, 1884—1941）在内的大部分学院成员申请撤销舍费尔制定的工作条例，逼迫舍费尔等三人退出。参见1971年在慕尼黑出版的德国文学研究者英格·延斯（Inge Jens）著作《左右之间的作家——普鲁士艺术学院文学部发展史》(Dichter zwischen rechts und links：die Geschichte der Sektion für Dichtkunst der Preußischen Akademie der Künste)。

3. 海因里希·曼在文中写道："文学部完全理解那些先生的退出。现在文学部要积极行动……继续捍卫精神自由，无论持何种立场。"文中表明海因里希·曼此处是指在学院历次工作会议上阻难的科尔本海尔和舍费尔。见书后附录。

4. 一战中，黑塞由于（主要在1915年10月24日《科隆日报》上）呼吁民族和解而被德国民族主义者贬为"卖国贼"和"亡国奴"。

5. 黑塞14周岁前持有瑞士籍（巴塞尔市民权）。1891年其父为他申办了符腾堡（Württemberg）国籍。1924年黑塞再度成为瑞士公民（伯尔尼市民权）。参见1972年美因河畔法兰克福出版的黑塞《执拗：自传体文集》(Eigensinn，Autobiographische Schriften)。

十

慕尼黑，1931 年 11 月 27 日

亲爱的、尊敬的赫尔曼·黑塞先生：

这是一封私密的、个人的信，但有超出个人的重要性，主要就看您如何解读了。您记得，我们在圣莫里茨谈过您退出普鲁士艺术学院文学部后重新加入的可能性，当时我谨慎地试探您对这种可能性的想法，我觉得您既未表达出特别的兴趣，也未明确回绝。您认为短期内重新加入会给人留下轻率的印象，但是也不愿绝对地、永远地排除这个可能性。

明年 1 月，学院将举行成员增选，计划增选人数很少，只有五六位诗人和作家。上次会议我参加了，当时我说，我最心仪的美梦就是能争取到您，亲爱的黑塞先生，重新加入。与会者齐声赞同，为了学院的利益，人人都乐见您被重新选入。

亲爱的黑塞先生，我回想您当时决定退出的动机，一是舍费尔的无理要求[1]，而更深层的原因是：您对政府和官方隶属关系的畏惧；您担心学院可能会在欧洲局势混乱时扮演与当年签署那份不成体统的声明的 93 位知识分子[2] 类似的角色。我要负责任地告诉您，第一个理由当时是一个令人不快的事实，但是另一个如今比以往任何时候都更不成立：若是您担心学院在民族主义思潮面前会有任何

妥协顺从，您就彻底误解了学院的基本态度，因为，继您退出后，舍费尔和科尔本海尔也退出了，所以您现在完全没有必要担心了。

由此我将提及我们在圣莫里茨就已谈到的、您再次加入的最有力的理由之一。您若能走出这对于学院来说极为可喜的一步，一个与您退出有关的错误就能得到公开纠正，这对您本人也是有利的。当年在德国的退步氛围中，您退出的动机被与舍费尔和科尔本海尔的退出动机混为一谈、严重误读。但是，看看今日德国的精神世界，亲爱的黑塞先生，您是属于我们学院的。如果您能接受增选、重新加入，对学院会是一个无比强大的道德支持，对您本人和您的立场的误读也将得到无可辩驳的纠正。

我很清楚，您第一次答应加入[3]也不容易，您天生反对文学社团常有的社会官方性质。不过，谁又不是这样呢？我们根本上都反感学院和约束机制，只是出于一种时代要求并培养的社会责任感，我们才违心地响应号召。您独特的生活方式更加使得您无法积极参加活动，别人也不该指望您积极参加。当时舍费尔擅自对您提出种种无理要求，横加指责，我向您保证此种局面不会重演。只要您在道义上、精神上属于我们，就足够了。

亲爱的黑塞先生，劳驾您再次考虑此事，并告诉我，学院再次请您加入的前景如何。只要您给我一句有希望的话，那当然不会有一丝怀疑，您的再次入选将于明年1月全票通过。

我希望您身体健康、创作顺利。拙荆也问候您和尊夫人多布林女士。您今冬会再去圣莫里茨吗？我们又想着香塔瑞拉了，大家都衷心期待能与您再会，麦蒂[4]也是。

托马斯·曼

---

1. 舍费尔时任文学部会议主席，1930 年 11 月 4 日发通函要求不积极参加活动的学院成员退出，早有退意的黑塞遂于 1930 年 11 月 10 日声明退出。参见第九封信注解 2。
2. 1914 年秋天，93 名德国知名学者联名抗议比利时指责德国野蛮入侵。
3. 1926 年 10 月 27 日黑塞和里卡达·胡赫（Ricarda Huch）、勒尔克、海因里希·曼、庞滕（Josef Ponten）、施尼茨勒（Arthur Schnitzler）、韦尔弗（Franz Werfel）、瓦瑟曼等 20 位作家一起入选普鲁士艺术学院文学部。
4. 托马斯·曼的幼女伊丽莎白·曼，小名"麦蒂"（Mädi）。

十一

巴登，1931 年 12 月初

尊敬的托马斯·曼先生：

您的亲切来信，我在巴登收到了。疗养得疲惫不堪又视物模糊的我总也读不完收到的信件，因此请原谅我长话短说。对您的答复很短，就一个"不"字。不过，对于一位如此可敬可亲之人传达学院的邀请，我为何还是难以从命，我乐于尽量详细地陈述理由。但我越是思考，就越觉得事情复杂，但是，无论如何，仍然需要向您陈述我这一"不"字的理由，我只好采用直白难听的尖锐言辞。此种错综复杂的情况一旦需要用言语表达，就不免如此。

情况是这样的：我不加入一家德国官方社团的最终原因是我极度不信任德意志共和国。这个既无根基又无精神的国家生于真空和战后的精疲力竭。（其实并非革命的）那场"革命"的几个善良的英才[1]，在 99%民众的同意下被打死了。法院不公，官员漠然，民众无比幼稚。我 1918 年时曾盛赞这场革命，自此，我对一个值得重视的德意志共和国的希望荡然无存。德国误失了自行发动革命、找到自身未来的机会。如今德国的前景是布尔什维克化，我本人对此并无反感，但这总归意味着对转瞬即逝的各种民族良机的巨大损失。而且无疑此前将经历一场腥风血雨。我早就这样看待形势，尽管我很欣赏那一小帮用意良好的共和派，但我认为他们既无权力也无前途，就同乌兰德及友人当年在法兰克福圣保罗教堂的美好愿望[2]一样没有前途。今天1000个德国人中还有999个对战争罪责一无所知，认为自己既未发动战争，也未战败，更未签订对他们而言如同晴空惊雷一般的《凡尔赛和约》。

总之，我发现自己离德国的主流心态如同1914年到1918年一样遥远。我眼见了许多无稽的事情。再则，1914和1918年后，民众思想向左迈出了一小步，而我被向左推了好多里。我已读不下去任何一张德国报纸。

亲爱的托马斯·曼，您不必同意我的思想和观点，但是我希望您能相信这是我的真实想法。关于我们的冬季活动[3]，拙荆会致信尊夫人。请代我衷心问候尊夫人和麦蒂。我和拙荆都很喜欢她们母女。请您保持对我的友好，虽然我的答复令您失望了。不过我想其实您对我的答复并不意外。

以一如既往的恭敬忠诚问候您

赫·黑塞

---

1. 古斯塔夫·兰道尔（Gustav Landauer, 1870—1919）、库尔特·艾斯纳（Kurt Eisner, 1867—1919）、马蒂亚斯·埃茨贝格尔（Matthias Erzberger, 1875—1921）、卡尔·李卜克内西（Karl Liebknecht, 1871—1919）、罗莎·卢森堡（Rosa Luxemburg, 1870—1919）、

瓦尔特·拉特瑙（Walther Rathenau, 1867—1922）。

2. 路德维希·乌兰德（Ludwig Uhland, 1787—1862），诗人，文学研究者，1819年到1826年任斯图加特州议院议员。自由主义者，希望德国各个诸侯国能够统一，1848年与海因里希·冯·加更（Heinrich von Gagern）、弗里德里希·路德维希·扬（Friedrich Ludwig Jahn）和恩斯特·莫里茨·阿恩特（Ernst Moritz Arndt）创建首个德国议会——法兰克福圣保罗教堂的德国国民大会，但仅仅一年后，国民大会就被迫解散。乌兰德在会上说过一句名言："将不会有一颗未涂满民主之油的头颅照耀德国。"

3. 1932年2月上中旬，黑塞和曼氏两家在圣莫里茨再聚。

曼氏和黑塞签名照，1932 年 2 月摄于圣莫里茨

托马斯·曼、卡佳·曼、妮侬·黑塞、赫尔曼·黑塞
1932年在圣莫里茨

十二

苏黎世，1932年3月

亲爱的托马斯·曼先生：

近日拙荆为我念了大作《歌德与托尔斯泰》[1]。像往常一样，我不仅钦佩您清晰和纯粹的表达，更钦佩您的勇敢和睿智：您不顾德国习俗，没有弱化、简化和美化，而是努力强调、深挖德国的悲剧问题。您可以想见，我特别重视对歌德与席勒的比较，有时我会情不自禁地想起一篇康德晚年讴歌大自然和天才的文章，康德老先生在文中比较了"伟大人物"和"大自然骄子"（或称为"大自然宠儿"）[2]。这是我唯一喜欢的康德作品。

您的"大自然骄子"、猎人、鹰眼类的托尔斯泰角色[3]，偶尔反智得近乎愚蠢邪恶之人，有几处也让我想起了汉姆生的作品。这是我很熟悉的一个问题，因为我站在同一边，也源自母亲[4]，大自然是我的来源和靠山。

总之，我要感谢您的作品带给我的美好享受。

我的身体在恩加丁时好得出奇，可惜回来后一直不太舒服，三周前还患了肠胃病，不过度假还是有效果的，我期待回到堤契诺，我们打算4月中旬搬过去。我六年前在苏黎世置办了一套过冬用的小房，现在要放弃了[5]。我不会想念苏黎世这个城市，但是会想念那儿的几位朋友和欣赏音乐的机会。我准备过一段从前经历过的乡野生活。

再见。衷心祝您全家安好。

赫·黑塞

又：

我碰巧找到一篇很久以前写的文章[6]，当时是为了给拙荆解释我思想的一些概念和术语。文中分两栏写的"理性"和"虔诚"的对照，您或许有雅兴作为歌德与席勒的类比一读。

不过我绝对无意强求您读。

若您有兴一读，请慢慢来。若无此雅兴，拜托别把文章再寄还给我，就请寄给菲舍尔出版社《新评论》杂志编辑部。[7]

---

1. 曼氏给黑塞寄了柏林菲舍尔出版社1932年出版的《歌德与托尔斯泰——关于人性的问题》(*Goethe und Tolstoi. Zum Problem der Humanität*)。见美因河畔法兰克福1960年出版的《托马斯·曼全集》第九卷第58—173页。
2. 1790年出版的康德《判断力批判——纯粹审美判断推论》(*Kritik der Urteilskraft. Deduktion der reinen ästhetischen Urteile*)第47页，比较"伟大人物"与"大自然宠儿"。
3. 托马斯·曼援引俄国作家梅勒什可夫斯基（Dmitri Sergejewitsch Mereschkowski）的观点：托尔斯泰是"身体的观察者"，陀思妥耶夫斯基是"灵魂的想象者"。

4. 黑塞援引瑞士人类学家约翰·雅各布·巴霍芬（Johann Jakob Bachofen）"母和父"两型的观点。此种对比是19世纪席勒比照"天真型"和"感伤型"的一个变体，精神分析学对此也很重视。尼采对"酒神精神"和"日神精神"的比照是另一个变体。

5. 黑塞曾在瑞士卡萨卡穆齐（Casa Camuzzi）租过一个供暖困难的小屋，1931年他的朋友汉斯·康拉德·博德曼博士（Dr. Hans Conrad Bodmer）在蒙塔诺拉（Montagnola）造了一座防寒的房屋，赠予黑塞终身居住，这样黑塞在苏黎世尚岑格拉本（Schanzengraben）的过冬房就没用了。

6. 1932年发表的黑塞杂文《神学撮谈》（*Ein Stückchen Theologie*），1969年美因河畔法兰克福出版的十二卷《黑塞全集》第十卷第74—76页。见书后附录。

7. 《神学撮谈》于1932年6月首次发表在菲舍尔出版社的《新评论》杂志上。

十三

慕尼黑，1932 年 3 月 25 日

亲爱的黑塞先生：

衷心感谢您美丽的信函，从水彩画信头[1]开始就带有您独特的精神印记。您重读了《歌德与托尔斯泰》，这让我既感动又高兴。您这一重读，这个漂亮的单行本就算无法再印，它在我的眼中也值得了。不过我估计，纪念日[2]后，该书将迎来更多读者。尤其是因为书中所做的比较，从优先问题的角度来看，至少对于德国来说，完全符合歌德节的实质精神主题。[3]

康德的文章我只是间接地知道：我读过一篇尼采学会维茨巴赫关于这一话题的出色的研究报告，当然它美化了"酒神精神"和"大自然贵族"[4]，我觉得这种分类太绝对了，不适合我。要直接把我归入"母系"和"夜之王"[5]，太故作风雅。私下里说，我们仍然会陷入一种可怕的思潮[6]，出于对这种思潮的厌恶，我宁愿得一个干巴巴的人道主义理性人的名声。事实上，我的创作是一种介于爱和讽刺之间的游戏，因为在我眼里，这个空间是真正的艺术和讽刺的游戏空间。

我会依您所请把稿件转寄《新评论》。

还有，凯泽[7]同意发表菲德勒[8]的文章。

随信附上克诺普夫先生[9]托我寄给您的一张小照。

您眼下身体不好,我很难过,幸好您经验丰富,人又坚强。

我总算完成了歌德之旅[10],圣莫里茨香塔瑞拉那三周疗养肯定帮了忙。现在我得重回小说[11]的孤独世界里去了。

请代我向尊夫人致以亲切的问候,我真想听她悦耳地朗读《歌德与托尔斯泰》!

托马斯·曼

---

1. 黑塞给朋友写信常在首页上方配一幅小水彩画。参见黑塞信件复制品插图。
2. 歌德逝世(1832年3月22日)一百周年纪念日庆典。
3. 《歌德与托尔斯泰》中写道,比较歌德和席勒、托尔斯泰和陀思妥耶夫斯基时,出现了"优先问题",即两人当中哪位更为优秀。
4. 德国哲学家弗里德里希·维茨巴赫(Friedrich Würzbach)1932年在柏林出版的《认识和经历》(*Erkennen und Erleben*)一书中把人分为"伟大人物"(Der Große Kopf)和"大自然宠儿"(Der Günstling der Natur),借用康德的概念,极"非康德"地赞同尼采抬高天才、贬低学者的观点。
5. 精神分析学,借用莫扎特歌剧《魔笛》(*Zauberflöte*)中"夜之女王"(die Königin der Nacht)的形象,作为非理性、无意识之"夜"的象征,认为"夜"崇拜源于怨恨。(瓦格纳歌剧中的"莱茵女儿们"唱道:"亲切忠实只在底下,上头欢乐的是虚伪怯懦。")

6. 见书后附录。

7. 鲁道夫·凯泽(Rudolf Kayser, 1889—1964),德国杂文家,1922年至1932年任《新评论》编辑。

8. 库诺·菲德勒(Kuno Fiedler, 1895—1973),德国牧师,教师,哲学家,出版人,从1915年开始与曼氏、1922年开始与黑塞通信,为曼氏幼女伊丽莎白施洗,见曼氏诗歌《小孩子的歌》(*Gesang vom Kindchen*)。由于新教教会憎恶其神学作品,菲德勒被撤销神职,1936年因政治抵抗而被盖世太保逮捕,后流亡瑞士,在曼氏家中住过两周,之后在格劳宾登再次出任牧师。菲德勒曾用多个化名发表文章。本信中提及的文章后来并未发表在《新评论》上。

9. 阿尔弗雷德·亚伯拉罕·克诺普夫(Alfred Abraham Knopf, 1892—1984),曼氏自1916年起的美国出版人,在瑞士圣莫里茨香塔瑞拉给黑塞和曼氏拍照。见P19插图第一张。

10. 1932年3月13日至22日,曼氏在布拉格、维也纳、柏林和魏玛发表歌德逝世一百周年纪念日演讲。

11. 《约瑟和他的兄弟们》四部曲之《雅各的故事》(*Die Geschichten Jaakobs*)。

Zürich im März 1932

Lieber Herr Thomas Mann

In diesen Tagen hat meine Frau mir Ihr Goethe-Tolstoi-Buch vorgelesen, und ich habe, wie schon manchesmal, nicht nur die klare und reinliche Formulierung in Ihrer wunderschönen Arbeit bewundert, sondern eigentlich noch mehr die Tapferkeit und Schärfe, mit der Sie, aller deutschen Sitte entgegen, sich nicht um ein Abschwächen, Vereinfachen und Beschönigen, sondern gerade um ein Betonen und Vertiefen der tragischen Problematik bemühen. Sie können sich denken, dass mir besonders die Antithese Goethe-Schiller wichtig war, und manchmal musste ich an einen Aufsatz des späten, alten Kant denken, in dem der alte

典型的黑塞风格（带有手绘水彩画信头）信函复制品

Gelehrte ein rührendes Loblied der Natur und
der Wohlgeborner singt,und den Gegensatz von
"Grosser Kopf" und "Liebling der Natur"(oder
vielleicht heisst es "Günstling" d. Natur)
aufstellt.Das einzige von Kant,was mir je
lieb geworden ist.
         Ihre Tolstoigestalt,als Typ
des Naturlieblings,des Jägers,des Falkenauges,
des gelegentlich gegen den Geist beinahe dumm-
böse Werdenden,hat mich an mehrern Stellen auch
an Hamsun erinnert.Mir ein vertrautes Prob-
lem,denn ich stehe auf der selben Seite,meine
Herkunft ist mütterlich und mein Quell und
Zuverlass die Natur.

   Kurz,ich möchte Ihnen danken für den echten
Genuss,den Ihre Schrift mir brachte.

   Nach der Zeit ungewöhnlichen Wohlergehens,die
ich im Engadin hatte,bin ich seit der Rückkehr
wieder weniger wohl,seit 3 Wochen darmkrank etc
spüre die Ferien aber doch wohltätig nach-
wirken und freue mich auf die Heimkehr ins
Tessin,wo wir gegen Mitte April einrücken wol-
len.Von Zürich,wo ich seit 6 Jahren ein Jung-
gesellenquartier für den Winter hatte,muss
ich nun Abschied nehmen.Die Stadt wird mir
nicht fehlen,wohl aber einige Freunde und die
Gelegenheit Musik zu hören.Ich bereite mich
auf eine Periode des Verbauerns vor,wie ich sie
auch früher schon erlebt habe.

   Auf gutes Wiedersehen,und Ihnen allen
herzliche Grüsse von Ihrem
                              H Hesse

十四

1932 年 12 月 19 日

亲爱的托马斯·曼先生：

近日有人从美国寄给我一页剪报，报上的书评中提到了您，而且我觉得这篇书评具有典型的美国特征，我随信寄给您随便看看。[1]

我前不久在巴登疗养了一段时间，拙荆去苏黎世看朋友。这一年来的其余时间我们一直在蒙塔诺拉种菜、养花、摘葡萄。快过圣诞节了，房前还有几朵玫瑰开着。今冬能否去香塔瑞拉度假，我们还没把握。您若要来卢加诺，我们会非常乐意接待您。

向您全家问好，并致以节日的祝福！

赫尔曼·黑塞

---

1. 估计是关于黑塞小说《纳齐斯与戈德蒙》的一篇书评。

十五

慕尼黑，1932年12月22日

亲爱的赫尔曼·黑塞先生：

由于亏缺天赋（这里"天赋"一词是该用原型吧？还是在这个怪词"亏缺"后面的名词要变成第二格？），我永远画不出这样漂亮的信头[1]，但是我仍想为您的记挂、您告知的各种消息和那份有趣的美国剪报致以诚挚的谢意。获悉美国人知道我属于您的，尤其是《纳齐斯与戈德蒙》的崇拜者，我很高兴。

您的短函到时，我刚读完《花冠》里您的日记摘选[2]，妙极，令我不忍释卷。其实就凭这种形式，一点也不用虚构，就能优美又惬意地倾诉并保存自己的思想。巴黎的杜·博斯把日记编成《近似》一书，就此成为一位重要作家。[3] 还有，"仇恨信件"[4]让我深感亲切。去年夏天，柯尼斯堡的一个小伙子（匿名）居然给我寄了一册烧焦的《布登勃洛克一家》平装本，因为我说了希特勒的坏话。[5] 此人还解释说，他要用这种办法逼我亲手把书毁掉。不过我并没有那样做，而是把烧焦的书精心保存了起来，好让它有朝一日为1932年德国民众的精神状态作证。但我认为，我们已经翻过山了。疯狂之巅显然已过，等我们老了，还能看到非常快乐的日子。

拙荆已和尊夫人商议过我们今年是否去香塔瑞拉。我和拙荆商量的结果是：完全听您和尊夫人的，你们去，我们就也去。虽说时机有点不合适，但是在那儿待一阵子对身体有好处，我的神经——估计"归功于"一项我力有不逮的工作[6]——绷得太紧了。再说，我们一起在老地方共度几个晚上，不就都值了吗？

不久前我们这儿也为豪普特曼办了一场庆祝会，我应邀讲了几句话，我把稿子寄给您看看。[7]因为是喜事，我不得不找到一个积极正面的视角，这一点让我挺高兴。

关于香塔瑞拉，容我再提一句，我们打算二月中旬去阿姆斯特丹和巴黎旅行。所以，去不去香塔瑞拉，我们两家得抓紧在元旦后就定下来。

祝贤伉俪在美丽的家中度过愉快的节日，请接受我和拙荆的诚挚问候！

托马斯·曼

---

1. 黑塞1932年2月19日的去信用一幅手绘水彩画做信头，还手写了一句说明："这是我们家，欢迎您来做客。"

2. 黑塞"1920年日记摘选"(*Aus einem Tagebuch des Jahres 1920*)，发表在由博德曼（M. Bodmer）和施泰纳（H. Steiner）在苏黎世合编的创作和研究双月刊《花冠》(*Corona*)第三年度（1932/33）第二期第192—209页。参见1972年在美因河畔法兰克福出版的黑塞文集《执拗》第118—120页。

3. 杜·博斯（Charles du Bos, 1882—1939），法国文学评论家，1922 年至 1937 年出版了七卷本日记，书名为《近似》($Approximations$)。

4. "其间不断有大学生给我写仇恨信件，充满力量和崇高的愤怒，而我只需读其中一封，这些狭隘的极端主义者矫揉做作的恶意来信中的一封，我就能看到自己尽管孱弱却还是非常健康，我让他们烦躁不安，我的话必定还是能让人感到通往危险、思考、精神、见识、讽刺和想象的极大诱惑。若是没有这些充满恨意的反应，我很难继续参与编辑我们的小杂志，关心日常事务和青少年。"（《花冠》第 193、194 页。）黑塞 1919 至 1920 年在莱比锡和德国动物学家与水文学家沃尔特雷克（Richard Woltereck）合编《召唤生者》($Vivos\ voco$）月刊。

5. 见书后附录。

6. 黑塞和曼氏这回都没去圣莫里茨过冬。曼氏当时正为纪念瓦格纳逝世五十周年撰写"理查德·瓦格纳的痛苦和伟大"（Leiden und Größe Richard Wagners）一文。

7. 1932 年 11 月 11 日慕尼黑国家剧院豪普特曼七十寿辰贺词。见菲舍尔出版社 1960 年出版的《托马斯·曼全集》第十卷第 331—333 页。

十六

慕尼黑，1933 年 1 月 11 日

亲爱的黑塞先生：

非常感谢您寄来的明信片，虽然内容令人沮丧。您不能北上，实在可惜，不过我们自己是否能去，也还不是那么肯定。我在写一篇关于瓦格纳的文章，我们出发前我得写完或者至少基本完成，这可能会拖得很久，因为我得在 2 月 13 日赶到荷兰[1]。

我主要想回答您的问题：我们什么时候在慕尼黑，什么时候不在。但正是因为上述原因，这一点还不太明确。我们 1 月 20 日前[2]肯定在家，希望您和可爱的尊夫人可以在此前来访。不然我们大概要到 3 月份才会回家。若我们能在我家壁炉前共度一晚，那就太妙了。

拙荆和我还有麦蒂都祝贤伉俪安好。

托马斯·曼

---

1. 曼氏 1933 年 2 月 10 日在慕尼黑大礼堂，其后在阿姆斯特丹、布鲁塞尔和巴黎发表题为"理查德·瓦格纳的痛苦和伟大"的巡回演讲。

2. 曼氏计划在巡回演讲前——从1月20日到2月9日和家人在加米施-帕滕基兴（Garmisch-Partenkirchen）乡间度假。1933年1月30日，希特勒被任命为帝国总理。

十七

1933 年 4 月 21 日

亲爱的曼先生：

我很高兴在《新苏黎世报》上读到舒氏的文章[1]（我近年很欣赏舒氏），我想您也会喜欢。

出于某些原因，您的现状[2]让我感慨万千。一个原因或许是这与我本人战时的遭遇非常相似，不仅导致我从此彻底拒绝德国政府，也导致我修正自己对于心灵和文学创作的功能的观念。您的情况与我有诸多差异，但我觉得我们俩有一种共同的精神体验：必须同那些心爱的、长期用自身鲜血滋养的理念告别。

我没有资格也不愿意再多说什么，我只能对您表达真挚的同情。我也觉得您现在的处境与我当年的不同，比我的更为严重，因为您如今比我当年的岁数要大得多了。

但是我认为，要摆脱这种处境，您、我们只有一条路，一条离开德国、进入欧洲，离开眼下、进入永恒的路。因此，我不认为德国的崩溃，还有您对德国所寄予的希望的崩溃是不可忍受的。这些东西原本就不鲜活，而今崩塌了。如果德国思想界能够再次公开反对德国政府，那对德国思想界来说将是一次有益的训练。

期待很快与您和孩子们重逢。衷心祝您安好。

赫·黑塞

---

1. 1933年4月16、17日,"瓦格纳城"慕尼黑公开谴责托马斯·曼的瓦格纳演讲,巴伐利亚文教部长汉斯·舍姆(Hans Schemm)、美术学院院长贝斯特尔迈耶(H. Bestelmeyer)枢密顾问、巴伐利亚国家绘画收藏馆馆长德恩赫费尔(F. Dörnhöffer)枢密顾问以及包括作曲家普菲茨纳(Hans Pfitzner)和施特劳斯(Richard Strauss)在内的诸多公众人物联名签署抗议信。1933年4月21日《新苏黎世报》发表音乐评论家维利·舒(Willi Schuh)题为"托马斯·曼、理查德·瓦格纳和慕尼黑圣杯保护者"(Thomas Mann, Richard Wagner und die Münchener Gralshüter)的文章。见书后附录。

2. 1933年2月26日,曼氏夫妇从巴黎乘车到瑞士阿罗萨,一直住到3月中旬。2月27日国会大厦失火,断了曼氏回国的念头。自3月24日起,曼氏多次拜访黑塞,并在3月29日从卢加诺给恩斯特·贝尔特拉姆的信中写道:"您肯定发现我们不在慕尼黑了。估计我们很久都回不去了。2月10日,我们糊里糊涂、兴致勃勃地去阿姆斯特丹参加瓦格纳庆典,再到布鲁塞尔,再到巴黎……(德国国会)选举结束后我们打算回家,但是我们收到的严厉警告使我们退缩了。于是我们(……)去了堤契诺,先到蒙塔诺拉拜访赫尔曼·黑塞……前途未卜啊。"见 1960 年在普富林根出版的《1910 年至 1955 年托马斯·曼致恩斯特·贝尔特拉姆的信》(*Thomas Mann an Ernst Bertram*, *Briefe aus den Jahren 1910 - 1955*) 第 176 页。

十八

卢加诺，1933 年 4 月 23 日

亲爱的黑塞先生：

衷心感谢您的良言，坚定了我心里渐渐萌生的猜想：起初的重创和惊吓，最终却能给我带来收获。我被送到您身边，事情就有了转机。

《新苏黎世报》的文章当然让我感到满足和喜悦。我感激地给舒先生写了信。[1] 顺便说一下，小儿[2]写信告诉我，这期报纸在慕尼黑很快就买不到了，说明或者卖得特别火，或者被人全包了。我倾向于相信后者。

今天我们的两个小孩子[3]跟着来看望我们的两个大孩子[4]一起去了勒拉旺杜。这既省了开销，也让我们行动更自由了。我们得去米兰办护照，再去巴塞尔小住，然后我们打算去滨海萨纳里同孩子们会合。

不过此前我和拙荆肯定还会去看您的。

衷心祝您安好。

托马斯·曼

---

1. 参见1961年在美因河畔法兰克福出版的曼氏《书信集》第一卷（1889—1936）第330页。
2. 曼氏次子戈洛·曼（Golo Mann，1909—1994）留在慕尼黑继续上大学。
3. 曼氏幼女伊丽莎白；幼子米夏埃尔（Michael，1919—1976），小名"比比"（Bibi）。
4. 曼氏长女艾丽卡（Erika，1905—1969）和长子克劳斯（Klaus，1906—1949）。

十九

瓦尔省邦多勒，1933 年 6 月 2 日

亲爱的黑塞先生：

我昨日读完了《战争与和平》[1]，终于可以把书还给您了，非常感谢，整整两个月里，此书是我的慰藉和支柱。

一想到离开德国时才 2 月，现在已经 6 月了，我仍然时时心生惊惧。幸好，主要靠宜人的气候帮忙，我们克服了对法国南部的戒心，在海边住得挺适应的。我们在萨纳里租了一座配漂亮的普罗旺斯家具的小房子"静宅"，打算过几天就搬进去。我们家里现有四个小孩子[2]。大孩子们分别在巴黎、苏黎世和维也纳工作和居住。家兄海因里希也在我们家。[3] 岳父母也来住过几周。

我们今夏肯定在法国南部过。接下来去哪儿还没决定。原先我们基本上准备好定居巴塞尔[4]，现在又放弃了，连苏黎世都不行，瑞士德语区我们觉得受不了。我们又认真考虑了斯特拉斯堡，也想到维也纳，前提是奥地利能在法意帮助下"挺住"。

动荡的生活使得我的工作很难继续，只能偶尔做一点。老家还在不断打击我，比如慕尼黑刚刚没收了能找到的我的全部流动资金，完全无视法律，因此我有权而且应该不再对他们有任何顾忌。此举纯属地方专权，一点也不符合"上头"表达的关于我的意愿。"一体

化"根本就是一句空话。

您怎么看上期《新评论》？有意思，对吧？比如宾丁在学院演讲中的某些效忠言辞。还有开头的爱国主义神罚游戏。我划出了很多地方。[5]

我想念与您的交谈。希望您身体健康，情绪稳定。我状态好的时候就是这样，尽力客观看待事物。社会和历史正确必要性的核心或许是在的，只是外衣被偷走了一块，剩下的破烂不堪。

请代我向可爱的尊夫人问好！

您忠实的托马斯·曼

---

1. 曼氏向黑塞借阅托尔斯泰的《战争与和平》，这是曼氏最喜欢的托尔斯泰作品之一。曼氏在1933年4月8日的日记中赞此书"写奥斯特里茨战役非常精彩"，1933年6月1日读完全书后又写道："读完《战争与和平》，我整整两个月的慰藉和支柱。虽有弱点、混乱、疲惫，但是如此巨著的弱点正如它的高超伟大，都能给予我安慰。"
2. 戈洛、莫妮卡（Monika，1910—1992）、伊丽莎白和米夏埃尔。
3. 1933年1月30日，希特勒被任命为帝国总理，海因里希·曼当日便离开德国。
4. 托马斯·曼当时就已考虑定居瑞士，先想到巴塞尔，因为其"古德国的文化土壤和尼采巴霍芬传统"以及当地人对他的崇敬，见

《1933—1934年日记》（*Tagebücher 1933-1934*）中1933年4月11日的日记。德国边境的巴塞尔郊区里亨（Riehen）还请曼氏住在建于1736年的"文肯霍夫"（Wenkenhof）别墅里，黑塞在巴塞尔当书店学徒和拜访当地的国家档案馆馆长鲁道夫·瓦克纳格尔博士（Dr. Rudolf Wackernagel）时常造访此处。最终曼氏可能出于谨慎，放弃了在德国边境居住的计划。

5. 德国作家宾丁（Rudolf Georg Binding，1867—1938）1933年4月28日在普鲁士艺术学院做题为"关于作为民族表达方式的德语的力量"（Von der Kraft deutschen Worts als Ausdruck der Nation）的演讲，见1933年《新评论》第一卷第801—814页。

德国剧作家雷贝格（Hans Rehberg）以"大选侯"（Großer Kurfürst）弗里德里希·威廉（Friedrich Wilhelm）统治时期为背景的广播剧《普鲁士喜剧》（*Die Preußische Komödie*），见1933年《新评论》第一卷第721—756页。

二十

1933年圣灵降临节后（邮戳：1933年6月12日）

亲爱的曼先生：

能了解一点您的情况，我们很欣慰。谢谢您亲切的来信！巴塞尔的事没成，我感到难过，我也不太清楚自己怎么会有这种想法：您若住在那儿，我会觉得离我家很近。[1]

关于德国人特有的爱国，现在有些奇特又感人的例子。被赶走的犹太人和共产党人中，有些已经在一种冷静的英雄主义集体行动中取得了长足进步，可是他们才在异乡过了几天动荡日子，就患上了一种几乎令人动容的思乡病。不过，当我想到自己在战争期间无比艰难、花了很长时间才理清自己对德国的爱中的伤感成分，我可以理解这种乡愁。

不管以前还是现在，我和拙荆常常亲切地谈起你们。来访的人很多，实在太多，但是，除了普通的同情以外，就您与德国的关系而言，我极少在另一个人身上感到和您一样的亲近。您遭受的侮辱，我在战争中也遭受过，直到今天，我还会时不时地在文学和书商报上读到这种口气。

我得承认这回德国发生的事不像在战时那样让我揪心，我既不为德国感到担忧，也不为德国感到羞愧，实际上我并不关心。对

"一体化"的呼声越高，我越相信大自然、相信被集体意识摒弃的那些功能的合理性和必需性。我的所思所为是否"德国"，我无需置评。一则，我无法摆脱自己身上的"德国气质"；二则，我认为，我的个人主义，还有我对某些德国恶习和空话的抵制与仇恨，践行它们不仅有利于我本人，也有利于我的同胞。

衷心希望您全家安好！我们这儿前段时间天干地燥，我们整日忙于浇水，现在总算下了一场透雨，我们走过花坛时不用再心怀愧意了。我们的家庭成员添了两只小猫，由妮侬精心喂养。

致以美好的祝愿。

赫·黑塞

---

1. 黑塞幼时拥有巴塞尔市民权，4岁到9岁在巴塞尔居住，22岁到26岁在巴塞尔当书店学徒并发表第一部长篇小说《彼得·卡门青》，1924/25年冬在此写成《荒原狼》的第一部分。参见1973年美因河畔法兰克福出版的黑塞文集《闲散的艺术》(*Die Kunst des Müßiggangs*)第336—338页的《忆巴塞尔》(*Basler Erinnerungen*)。

二十一

1933年7月中旬

亲爱的曼先生：

令郎米夏埃尔给我写了一封亲切的信，附上我的回信，请您一阅。拙荆和尊夫人也通了信，现在轮到我了。虽然最近事多，但是我常常想起您，而且一再有人在我面前提到您。一次是在阿尔滕堡，由于菲德勒[1]的事，过程您知道。然后是弗兰克[2]来看我们时谈起您，言辞优美，熟悉情况，充满敬意，真让人高兴，我马上联想到第一次遇见他的情景，还宛若昨日，大约是1908年[3]，当时您就已经成为他的偶像和榜样。就这样，处处让我想起您，我们的交谈也让我念念不忘。

有件憾事：您上回来我家时，我没能克服自己的羞怯，把我策划了两年的那本书的引言[4]让您过目。引言是一年多前写的，把德国目前的精神状态预言得分毫不差，我近日再读时吓了一跳。

您一离开，我就打算重温大作，比如久违了的《布登勃洛克一家》和《陛下》。我受眼疾之困，无法随心所欲地阅读，但是这回我们做到了，几天来，我们每晚都读《布登勃洛克一家》，拙荆的诵读充满激情，您就这样常常整晚栩栩如生地陪伴着我们。[5]

这回我在德国和德国文学中的角色，至少到目前为止比您的角色愉快一些。政府没来烦我。在对希特勒青年团发出的关心德国作家的呼吁中，我发现自己既不属于被推荐阅读的科尔本海尔那帮人，也不在需要提防的"柏油文学家"名单里。人家这回忽略了我，我很高兴。当然我没有忘记这可能只是一时疏忽，随时会有变化。

让我觉得古怪的是来自帝国的信件，政权追随者寄给我的，热气腾腾，估计高达42摄氏度，用宏大的言词讴歌统一，甚至讴歌帝国的"自由"，话锋一转就开始愤怒地声讨天主教或社会主义恶棍。这是狂喜和烂醉的战争与屠杀情绪，1914年的口气，但是没有当年或许还有的天真。它会导致流血和其他代价，散发着邪恶的气味。尽管如此，我偶尔仍会被很多人身上那种幼稚的热情和牺牲精神所打动。

您多保重，但愿我们能在不久的将来重会！

请代我向尊夫人和麦蒂致以诚挚的问候！

赫·黑塞

---

1. 库诺·菲德勒，参见第十三封信注解8，时任图林根州阿尔滕堡高级中学教师，1932年因拒绝服从纳粹政府教育部长而被停职，1936年被盖世太保逮捕，后流亡瑞士担任牧师，与黑塞和曼氏都交好。

2. 布鲁诺·弗兰克（Bruno Frank，1887—1945），德国作家，曼氏的好友，自1906年起也与黑塞通信。

3. 黑塞约于1909年6月首次见到弗兰克。

4. 写成于1932年初夏的政论式引言《关于玻璃球游戏的本质和起源》(*Vom Wesen und von der Herkunft des Glasperlenspiels*)，黑塞在世时未发表，因为黑塞发现带此引言的《玻璃球游戏》无法在纳粹德国出版。1934年黑塞写成变动很大的新版引言，但书依然无法在德国出版，宣传部1942年拒绝批准。最终《玻璃球游戏》直到1943年才在瑞士首次出版。

《关于玻璃球游戏的本质和起源》首次发表在1973年美因河畔法兰克福出版的《有关黑塞生平和作品的资料——玻璃球游戏》(*Materialien zu Hermann Hesse „Das Glasperlenspiel"*) 第一卷中。

5. 估计黑塞在这段时间为《布登勃洛克一家》印地语版写了下面这篇短评：

1900年左右一个德国市民阶级望族的衰亡史《布登勃洛克一家》至今被视作一部欧洲近代史，但远不止于此，此书还是心理和语言最高水平的近距离观察和现代德语文学中最为美丽精致、堪为典范的家族故事。作者充满爱意、幽默和狡黠地讲述自己的家族故事，我们若认为"衰亡"一词的讽喻意味半真半假，估计也不会错，因为虽然布登勃洛克家族老一代作为市民阶级注定要衰亡，其子孙的灵魂却正在发生高度细化和优化，正如曼氏家族的后代非但没有被市民阶级衰亡和商业失败击垮，反而为家族姓氏增添了光彩和世界声誉。

二十二

法国滨海萨纳里，1933年7月31日

亲爱的黑塞先生：

您的信太亲切、太美好了！读您的信对我来说是一种快乐，非常感谢！我也常常想您和温柔的尊夫人、您的漂亮房子及周边风景，还有与您共度的美妙时光。我当时很痛苦，但我可以说，我现在更平静、更乐观了，我像从前一样忙于工作。我的仗已经打完了。当然总是有些时候我会自问：我这是为了什么？人家不就好好地留在德国嘛，豪普特曼、胡赫和卡罗萨等等。但诱惑总是转瞬即逝。我不能回去，因为我会沉沦、窒息的。就是出于简单的人性的原因、我的意志的原因，我也不能回去。等到政府要我回国的那一天，我要公开说出这一切。来自德国的消息，欺骗、暴力、伟大"历史"的愚蠢伪装，加上这么多卑鄙的暴行，使我一再心生恐惧、鄙夷和厌恶。您信中提到的"幼稚激情"也不能再打动我了。蠢到这个地步，我无法容忍。我认为一场可怕的内战在所难免，正如克劳狄乌斯所说的，我希望在曾经、正在和将要发生的一切中，"我没有过错"[1]。

那篇奇特的引言，您没念给我听，真可惜！我一定会专心听的，我一向喜欢这种交流。我在此地迅速组织朗读晚会，席克勒、家兄、迈耶-格雷夫、赫胥黎[2]和我轮流朗读自己的新作。

菲舍尔仍然打算秋天出版我的《圣经》小说[3]第一卷,还有其他几家国外出版社也有意出版。在目前和今后的情况下,如何在德国销售,难以预料。估计此书不久后会在作者所在地,即国外出版。

那篇引言您难道不想寄给我吗?我渴望一读,读完马上还您。

到底是留在尼斯过冬,这里有人给我们提供了一套漂亮又实惠的房子,还是谋划一个长久之计,迁居苏黎世,我们还没想好。因为我快要失去德国国籍了,我可能会加入瑞士籍。我们主要是在为了维也纳而犹豫,如果它能再次顶住土耳其人[4],当然我们去那里更合适。不过此事的不确定性很大,我们更有可能很快就搬回您近旁居住。

我们全家祝您和尊夫人安好!

托马斯·曼

---

1. 德国诗人马蒂阿斯·克劳迪乌斯(Matthias Claudius,1740—1815)作品《战争之歌》(*Kriegslied*)第一节:

    "要打仗了!要打仗了!噢,请主的天使阻止,

    你也插句嘴!

    遗憾,要打仗了——但愿我

    没有过错。"

2. 参加朗读会的有热内·席克勒、海因里希·曼、英国作家赫胥黎

（Aldous Huxley，1894—1963）和席克勒的好友、艺术史学家迈耶-格雷夫（Julius Meier-Graefe，1867—1935）。
3. 1933 年在柏林出版的《约瑟和他的兄弟们》。
4. 暗指欧根亲王（Prinz Eugen，1663—1736）战胜土耳其人，以及希特勒吞并奥地利的计划。德国于 1938 年 3 月吞并奥地利。

二十三

苏黎世屈斯纳赫特[1]，1933年11月18日

亲爱的黑塞先生：

我今天只是向您问个好，谢谢您前不久寄来的短函。可惜拙荆抱恙，我们无法按原计划去看您了。[2] 她患了一种妇科病，医生保证没有大碍，有望不日治愈，不过未来活动可能会受影响。

我们将尽快乘车造访，期待再次与您相会面谈。

拙荆从病床上送上衷心问候。我们祝您疗养有效。如果妮侬女士想在此前就来我们家的话，我们住席德哈尔登路33号，电话号码是苏黎世911 107。

托马斯·曼

---

1. 1933年9月28日，曼氏一家迁入苏黎世湖北岸屈斯纳赫特市（Küsnacht）席德哈尔登路（Schiedhaldenstraße）33号，一直住到1938年。
2. 黑塞当时正按每年年底的惯例在苏黎世附近的巴登疗养。

二十四

瑞士巴登费雷纳霍夫宾馆，1933年11月26日

亲爱的托马斯·曼先生：

我早就想感谢您的问候，告诉您，我多盼望您能来访，是疗养引起的疲劳还有眼疾害得我一直没有行动。我非常希望尊夫人很快复原，真是无法想象这样生气勃勃的人也会生病！但愿您还是能来一趟，我至少要在此地再住十天。我们昨天读了您约瑟小说的序言。妙极！我很喜欢，深有感触。有这本书真好！

附上一首关于我的政治中立立场的诗[1]，对此"流亡人士"常常予以批评，这个我们日后再谈。

忠诚地思念您。

赫·黑塞

1.《沉思》（Besinnung）

沉 思

（1933 年 11 月 20 日写于巴登，尝试描述我坚守的几个信仰基石。）

精神是神圣和永恒的。
我们是它的工具与画像，
我们的路朝着它的方向，我们心底的愿望是：
像它一样，在它照耀下发光。
但我们诞于尘土，又会死亡，
重担在我们众生身上，举步维艰。

大自然可爱，给我们母亲般关怀，
育我们以大地，置我们以坟墓与摇篮；
可是它不令我们满足，
精神不灭之火花
会将这母亲般的魅力击穿，
会像父亲，将孩童变为男子汉，
祛除天真，唤我们去奋战，面对良知考验。

就这样在父与母、
灵与肉之间，
造物之最脆弱的孩童，犹疑向前，
人类灵魂不停颤抖，它有能力承受苦难，

没哪个造物与人相似,能够接受高尚理念:
具有信仰,拥有爱。

人的道路艰辛万难,罪孽与死——家常便饭,
人类常迷失于黑暗,他若不被造物主造就,
似乎会更好些。
可永远照在他上方的是他的渴望,
他的使命,那是精神与光。
我们能感受,他险境重重,
可永恒精神尤其对他厚爱。

由此我们这些有错的弟兄,
尽管有分歧,但仍然有爱,
让我们更接近神圣目标的
不是审判,不是仇恨,
而是富有耐心的爱,
是爱的忍耐。

赫尔曼·黑塞

(郭力译《诗话人生——黑塞诗选》第239页,上海译文出版社,2015)

二十五

屈斯纳赫特3区，1933年12月3日

亲爱的黑塞先生：

您的信，尤其是对"地狱之行"[1]的赞语，我看后非常高兴，而最让我欣喜的是您这首美丽而充满智慧和善意的好诗。这话我写信告诉您，因为我没把握是否有机会当面说。我们一直想去看您，惜因拙荆抱恙、天气恶劣、岳父母还在我家，我们始终无法成行。6号我得去洛桑讲课，也许我们5号还能去看您，不过还说不准。[2]无论结果如何，我们肯定会事先给您打电话，不过或许到那时您已经离开了？反正最要紧的是疗养对您有效。我刚拜读了您登在《新评论》[3]上的好诗。纯洁美丽、充满善意！我很想再同您谈谈德国的事。请代我向妮侬女士问好！

托马斯·曼

---

1. "地狱之行"（Höllenfahrt），《约瑟和他的兄弟们》四部曲之《雅各的故事》的序幕。
2. 后来黑塞和曼氏夫妇于1933年12月6日在苏黎世附近的巴登见了面。

3. 黑塞《1933 年夏日组诗》(*Gedichte des Sommers 1933*)，《新评论》1933 年十二月刊第二卷第 737—743 页。参见《黑塞全集》第一卷第 100—102 页。

二十六

蒙塔诺拉，1933 年底

亲爱的托马斯·曼先生：

《雅各》我们读完很久了。我早想给您写信问好，可惜因为圣诞节的缘故，而且我的眼睛不好，家里又杂事不断（害得拙荆常常无暇帮我），一直未能如愿。现在我想至少向您道个谢：此书给我带来了巨大的乐趣。许多情节我都喜欢，不过，就同您的上一本书一样，我最喜欢也最打动我的是叙事的一气呵成、材料的密集、对整体和大局的顾全。还有，在当今的历史观念和历史写作中，您看待所有历史的和叙述意愿的棘手问题，始终带有一种安静而略带伤感的讽刺，而您完成这一基本上被视为无法完成的历史写作的努力没有片刻松懈，我对此当然极为欣赏，欣赏体现这种态度的每个细微之处。虽然我们的性格不同，教育背景也不一样，但是您身上的这一特点正是我喜欢并熟悉的：为不可为之事，即使明知下场凄惨[1]。于是此书如此美丽地默默进入充斥着愚蠢现实的当今时代！几乎每个人物都比世界舞台上的人物真实、可信、正确得多。每位读者都会觉得早就认识您笔下引人深思的拉班……

只要眼睛允许，我就读 18 世纪的虔信主义传记[2]，简直不知创作为何物了。与此同时，两年前萌生的计划（数学和音乐的精神游戏）现在成了做一套丛书，甚至一个图书馆的想法。越是无法实现，这个想法在我的脑海里越是美丽完整。我们居住的地区一片白色，雪下了又化，化了又下。

请代我向尊夫人、麦蒂和比比问好，衷心祝您来年阖家幸福！

赫·黑塞

---

1. 此种态度符合"为使可能之事出现，必须反复尝试不可能之事"这句黑塞名言，《玻璃球游戏》的引言中也说："一般而言，对于浅薄者来说，不存在的事物也许比具体的事物容易叙述，因为他可以不负责任地付诸语言，然而对于虔诚而严谨的历史学家来说，情况恰恰相反。向人们叙述某些既无法证实其存在、又无法推测其未来的事物，尽管难如登天，但却更为必要……"
2. 为写《约瑟夫·克乃西特的第四篇传记》（*Der vierte Lebenslauf Josef Knechts*）所做的准备性研究。黑塞并未把1934年写成的该书两个版本收入《玻璃球游戏》，后来收入1965年在法兰克福出版的黑塞《遗文》（*Prosa aus dem Nachlass*）。单行本见苏尔坎普图书馆第181卷。

二十七

屈斯纳赫特，1934年1月3日

亲爱的黑塞先生：

前不久在巴登，我请您读完《雅各》后谈谈看法。话一出口，我就后悔不该叨扰您了。您肯定理解我为什么这么迫不及待，因为您知道德国书评一贯水平不高，现在当然更是惨不忍睹，您肯定可以想到，此书得到的书评几乎全是这类麻木不仁型的。发现熟人脑子里有这种——已成为下意识的——失智和衰弱，实在是既痛苦又可怕。而您在评论拙作时体现出来的善良和敏锐正好应和了传统的德国作家心声："用一个王国换一句聪明话！"[1] 我深受感动，非常欣喜，衷心感谢您的评论，并再次为我的纠缠致歉。

关于您曼妙、广泛、勇敢、艰巨的创作计划，您的每条信息都引起我的浓厚兴趣，我既感到嫉妒、好奇，又有点担心。这一酝酿中的作品目前显然体现了留在知足梦想阶段、并在其中尽情发挥的趋势。但是人物塑造和具体化的老习惯、落实计划和向人倾诉的社交欲望，也会在这项艰辛事业中得以贯彻，即使如花美梦并非全都实现[2]，勉力救出的作品还是会带有其无垠前史的可喜痕迹。美其实就存在于艺术作品从自己的精神家园带来的这样几条大胆追梦的痕迹之中。

我们和孩子们团圆了，一起过圣诞节，还来了几位朋友，汉斯·莱西格尔和剧院的特蕾泽·吉泽，很愉快。除了故国带来的持续困扰之外，本地冬季的长夜有点难熬。我不能签柏林强制组织的一体化表格[3]，若是他们不肯放过我，我就退出德国文学界。孤军奋战不易，我特别不擅长，或许我可以加入瑞士作家协会以自救。[4]

有件喜事：艾丽卡前天在本地重新成立了她的文学卡巴莱小品剧团，大获成功。[5]这比自己的小说赢得掌声更让我高兴，这是慢慢让位给年轻一代的一个迹象。

新年早晨，我们的老友瓦瑟曼[6]去世了。此人的作品较为浮夸，常让我觉得滑稽，而他本人是极严肃地看待自己的作品的，而且他很有毅力，其实这种毅力才是其创作生涯的魅力所在。他去世前不久来我这儿，形容大改，我们俩都悲伤地认为他活不到来年。但世人不太能认识到、并且一再忘记，这种同代人和战友的离去会给自己的世界观撕出一个大缺口。他是一个亲切的朋友，一个善良、天真的人。由于与首任妻子的纠纷，最后他的经济状况也一塌糊涂，那位女士快把他给逼死了。眼看就要濒临绝境，连奥地利阿尔陶塞的家园也保不住了，这时他总算脱离了苦难。他来自黑暗和困苦，靠奋斗赢得了好运、财富和名誉，最后又两手空空地走了。歌德说："人必须再次被毁灭。"[7]这些年里有些事使我常常想到这句话。

希望您的眼睛情况好转！获悉它们状态不佳，我心都碎了。请代向尊夫人问好，我们衷心祝您健康顺利！

托马斯·曼

---

1. 尼采《瞧，这个人；人性的、太人性的》(*Ecce Homo. Menschliches Allzumenschliches*) 之二："我听过各种关于瓦格纳'美丽灵魂'的自白。用一个王国换一句聪明话！"见1930年在莱比锡出版的尼采《偶像的黄昏；反基督》(*Götzendämmerung. Der Antichrist*) 诗集第361页。

2. 德国出版人赫尔曼·迈耶（Hermann Meyer）提出的概念，源自歌德诗歌《普罗米修斯》(*Prometheus*)：

    "你也许妄想

    我会仇视人生，

    逃进荒漠，

    因为如花美梦

    并非全都实现？" （杨武能译）

3. 指帝国文学院（die Reichsschrifttumskammer）和德国诗人戈特弗里德·贝恩（Gottfried Benn）1933年3月13日撰写的声明，参见德国文学研究者英格·延斯的著作《左右之间的作家》第191页、第197—199页。

4. 身为瑞士作家协会会员的黑塞也拒绝签署同意不进行反对德国新政府的公开政治活动、保证忠诚支持历史新局面的表格。

5. 艾丽卡·曼和德国演员特蕾泽·吉泽（Therese Giehse，1898—1975）于1933年1月1日在慕尼黑成立政治讽刺卡巴莱[①]小品剧团"胡椒磨坊"（Die Pfeffermühle），后被禁止，1934年1月在苏黎世重新成立。

6. 德国小说家雅各布·瓦瑟曼。

7. 歌德在1828年3月11日给艾克曼（Johann Peter Eckermann）的信中写道："但您知道我的想法吗？**人必须再次被毁灭！**每个非凡的人都担负着某种号召他去完成的使命。一旦完成，他就不必以原有形象继续在尘世生活了。天命会用他做其他事情。但由于人世间一切都以自然的方式发生，魔鬼会一次次地害他，直到他最终倒下。"

---

① 卡巴莱是一种歌厅式音乐剧，通过歌曲与观众分享故事或感受，演绎方式简单直接。

二十八

1934年3月8日

亲爱的托马斯·曼先生：

您寄到莱里奇给维甘德[1]的问候信到了我们家。维甘德不久前由于忧虑和失望的打击，在写一部小说[2]时于莱里奇猝然离世，死前只病了一天。就在一年前，他从莱比锡逃来投奔我，在我家住过一阵子，现在他妻子[3]在我家住了三周，还没想好今后的去向，可能会设法回老家去。

我们前不久去巴伐利亚旅行时常常想起您。我在泰根湖附近的埃根住了两周，我多年的眼科医生格拉夫·维泽[4]今冬在那里住过几个月。我们也在慕尼黑住了两天，看到年轻人像从前一样对舞会趋之若鹜。在那一带，我们特别想您。[5]美丽辽阔的巴伐利亚，还有慕尼黑，到处都是厚厚的积雪，阳光明媚，再次打动了我。小老百姓们好像还是老样子，没有遇到知识分子，但在我通过维泽接触到的贵族庄园主的圈子里，我偶尔会听到一些怪异而混乱的观点和论断。

获悉大作第二卷[6]随时可能到达，我很高兴。我认识的人对第一卷好评如潮，包括安妮特·柯尔伯，我们最近见过她两次。

等我们从巴伐利亚经苏黎世回家时，您已经启程了，至少我高兴地在安德里亚[7]的音乐会上见到了麦蒂姐弟。

春天到了，我们又开始打理花园。关于文学创作，自从我们分手后，我的进展不大，不过我写完了一个短篇，就是我们谈论过的那个项目的一部分，将在《新评论》上发表。[8]

希望阿罗萨对您的健康有益！我可以理解您不喜欢苏黎世的冷天。若是旅行（最好住久一点）再次把您送到我和拙荆身边，我们会深感欣喜。

衷心祝您和家人安好！

赫·黑塞

---

1. 海因里希·维甘德（Heinrich Wiegand, 1895—1934），教师，钢琴家，卡巴莱小品演员，评论家，《法兰克福报》、《柏林日报》（Das Berliner Tageblatt）、《新评论》和《文学世界》（Die Literarische Welt）编辑，社会主义工人报《文化意志》（Kulturwille）发行人。晚期著作《评托马斯·曼长篇小说〈雅各的故事〉》（Bemerkungen zu Thomas Manns Roman „Die Geschichten Jaakobs")未出版。1934年1月28日在流亡地意大利拉斯佩齐亚（La Spezia）附近的莱里奇（Lerici）去世。在给其遗孀的慰问信中，托马斯·曼写道，维甘德的死因是"德国"。维甘德从1926年开始与黑塞定期通信。参见黑塞《1924到1934年与海因里希·维甘德的书信集》（Briefwechsel mit Heinrich

Wiegand 1924—1934），奥夫堡出版社（Aufbau-Verlag）克劳斯·佩佐德（Klaus Pezold)1978 年在柏林和魏玛出版。

2. 《没有儿子的父亲们》(*Die Väter ohne Söhne*)，尚未出版。

3. 埃莉诺·维甘德（Eleonore Wiegand, 1896—1976)。

4. 马克西米利安·格拉夫·维泽（Maximilian Graf Wiser, 1870—1939)，黑塞的眼科医生和老友。

5. 托马斯·曼 1898 年至 1933 年在慕尼黑和巴特特尔茨居住。

6. 托马斯·曼《约瑟和他的兄弟们》四部曲之《约瑟的青年时代》(*Der junge Joseph*)，1934 年在柏林出版。

7. 福尔克马尔·安德里亚（Volkmar Andreä, 1879—1962)，瑞士作曲家和指挥家，苏黎世音乐学院院长，大约自 1905 年起与黑塞交好。

8. 《呼风唤雨大师》(*Der Regenmacher*) 1934 年 5 月发表在《新评论》杂志上。

二十九

阿罗萨，1934年3月11日

亲爱的黑塞先生：

惊悉维甘德去世，我深感悲痛，忧思无限。他是一名受害者，无数受害者中的一名。那么加害者又是谁呢？我也要给遗孀写信。[1]

您干吗要寄慕尼黑和莱比锡的鬼东西[2]给我呢？我只敢瞄一眼，看到一个标题，希特勒这个倒胃口的妖怪含情脉脉、亲密无间地自比瓦格纳，我一下子就觉得够了，读不下去了。

当然我很痛心离开美丽宜人的巴伐利亚，羡慕您能来去自由。这里也有好心人建议我回德国去，说我不该流亡，当局也会欢迎我回去，等等。好吧，但要我如何在德国生活和呼吸呢？我无法想象。在这种说谎成性、集体狂欢、自我麻醉和秘密犯罪的气氛中，我会死的。德国历史一直起起伏伏，今天我们再度跌入一个深渊，或许是最深的深渊，而人们居然视它为"飞跃"，实在无法容忍。

我们在这里住了两周，天气一直燥热，真可惜。在这种情况下，工作进展缓慢，或许我根本就不该想着工作。就我而言，要应付坏天气就够辛苦的了。

贝尔曼[3]告诉我，《新评论》近期将要刊登您那个神秘而崇高的项目的节选[4]，我非常好奇。我也特别高兴在杂志上读到您前不久寄到屈斯纳赫特的、关于人类的那首优美的诗作[5]。

但愿拙作第二卷[6]不会让您失望！至少瓦尔泽[7]的封面画我觉得比第一卷的强。

我和拙荆祝您和尊夫人安好！

托马斯·曼

―――――――

1. 次日，托马斯·曼写了一封慰问信给埃莉诺·维甘德，寄到蒙塔诺拉。见书后附录。

2. 慕尼黑关于希特勒在莱比锡瓦格纳庆典上亮相的文章无法查到。莱比锡的文章可能是指维甘德去世前不久写的批判性报道"莱比锡瓦格纳庆典"（Die Wagner-Feier Leipzigs）。文中写道："希特勒先生默默消失在布商大厦的黑白金旗之间……市政厅前的树上坐着几个人在等他，准备喊'德国觉醒'。他们算是去对了地方。"

3. 戈特弗里德·贝尔曼·菲舍尔，外科医生，出版人，1926年与布里吉特·菲舍尔（Brigitte Fischer，1905—1992，小名"图提"[Tutti]）结婚，1925年开始从事出版业，1934年岳父萨穆埃尔·菲舍尔去世后接管菲舍尔出版社。

4. 《新评论》五月刊预登了《玻璃球游戏》中的虚构人物传记《呼风唤雨大师》。

5. 《沉思》，第二十四封信附诗。

6. 托马斯·曼《约瑟和他的兄弟们》四部曲之《约瑟的青年时代》。

7. 卡尔·瓦尔泽（Karl Walser，1877—1943），瑞士知名版画家和插画家，黑塞崇拜的作家罗伯特·瓦尔泽（Robert Walser，1878—1956）之兄。卡尔·瓦尔泽曾于1922年给黑塞小说《克诺尔普》（*Knulp*）配图。

三十

1934年3月（邮戳：1934年3月18日）

亲爱的托马斯·曼先生：

谢谢您从阿罗萨寄信来！这几天我们堤契诺的天气很奇异，一边下雷阵雨，一边下大雪。

我上回寄上那份有关莱比锡瓦格纳狂欢报道的报纸，主要是巧合，因为我给您写信的那天早上，报纸正好到了。我本人很少读到德国报纸，一时忘了您读到这种时代文献的机会比我多。不过如果深入自省，我很惭愧，因为此举确有幸灾乐祸的成分：您知道，对您批评瓦格纳做戏和狂妄，我非常赞同，而您虽然如此却还是爱瓦格纳，我既觉崇敬，也很感动，但只能理解一点儿。说实话，我受不了瓦格纳。我若是看到报纸上希特勒对瓦格纳的溢美之辞，大概会说："看，这就是您那个瓦格纳！这个狡猾无良的成功制造者正是适合今日德国的偶像，而他可能是犹太人这一点更加适合！"我的动机中可能搀杂有此类因素。

您不能回德国去住，这一点我也明白。德国风景虽美，但显然渐渐所有精神事物都与权力发生冲突，宛若古代的基督徒迫害（连科尔本海尔很温和的一档讲座都让警方给禁止了[1]），整体形势看来还是非常严峻，因为那儿无疑正在大肆备战。我没把握，如果给我一分钟创造世界历史的权力，我会想要什么、下达何种命令。或许我会让法国人渡过莱茵河、打败德国，而德国在几年后再打败法国。

就像往年一样，复活节前后我们这儿应该会来大批外地游客，部分游客亲切友好，可惜游客数量实在太大，而且天气往往会恶作剧地打碎游客的阳光明媚的南方梦，因为三到五月是本地的雨季。去年同期雨水不多，是您运气好，或许是上天特地为您安排的。但愿上天今年也能向着您！我常常想起您，夹在帝国德国人和流亡德国人之间越感到孤独，我越想您。

维甘德夫人还在我家。拙荆请我代为向您问好。

赫·黑塞

---

1. 科尔本海尔的讲座题为"关于精神创作者的生活水平和新德国"（Über den Lebensstandard der geistig Schaffenden und das neue Deutschland）。

三十一 明信片

1934年4月初（无日期，邮戳或为1934年4月2日），
上印黑塞绘画"堤契诺村庄"

亲爱的、尊敬的人![1] 我们在耶稣受难日读完了大作第二卷（我在第一章中发现了对荒原狼[2]的问候，看到这个符号重新回到永恒神话当中，既吃惊又欣喜）。第二卷像第一卷一样，给我带来了巨大的快乐。

今天是复活节，上午我打算种大丽花，此后肯定会有游客闯进来，这个季节，本地区遍布游客，全都心醉神迷地在湖边游逛。

祝您和尊夫人安好。

赫·黑塞和妮侬·黑塞

---

1. 原文为意大利语（"Caro & Stimatissimo!"）。
2. 《约瑟的青年时代》第28页，约瑟读《吉尔伽美什史诗》（*Das Gilgamesch-Epos*），读到"乌鲁克城少女如何教化森林野人恩奇都……这个吸引了他，他觉得少女驯化荒原狼的过程极为有趣"。

三十二　明信片

屈斯纳赫特，1934年4月9日

亲爱的黑塞先生：

您漂亮的明信片收到很久了，我拖到今日才道谢，是因为我前几天去了阿斯科纳和洛迦诺。[1] 获悉第二卷也堪入目，我不胜欣喜。不错，"荒原狼"的确是我的小小敬意，希望您真的不觉冒犯。这个词语自然而然地从我笔下流出，显然您的创造已然进入我的语汇，我想，看到鄙文中对大作的暗示，有些读者或许会感到高兴。我觉得堤契诺很冷，前一阵子暖和得反常，现在回冷了。我们全家都祝您和妮侬女士安好。

托马斯·曼

---

1. 曼氏4月5日、6日在瑞士洛迦诺（Locarno）参加一档国际研讨会，再次发表关于瓦格纳的演讲。

三十三　明信片

1934 年 5 月 16 日

亲爱的黑塞大师，这张卡片[1]颇有《新评论》所登大作[2]清晰而柔和的风采，所以我把它寄给您。您的作品真美，德国再难寻此等美文，而且对待蒙昧既怀宽厚之心，又非按流行陋俗曲意逢迎。那"鸿篇巨制"的整体将是一部杰作！我热烈祝贺您，顺便道别，我们正启程去纽约出席《雅各的故事》英文版首发式。再见！

托马斯·曼

---

1. 巴塞尔艺术博物馆收藏的瑞士画家费迪南德·霍德勒（Ferdinand Hodler，1853—1918）作品《日内瓦湖》（*Genfersee*）的彩色复制品，苏黎世拉舍尔出版社（Rascher Verlag）出版。
2. 《玻璃球游戏》节选《呼风唤雨大师》。

三十四

1934年圣灵降临节（邮戳：1934年5月22日）

亲爱的托马斯·曼先生：

感谢您惠寄霍德勒《日内瓦湖》明信片，我对此画记忆犹新。鄙文蒙您垂青，甚喜。当代德语文学青睐音乐符号"很强"和"极速"，我们这种老派的钢琴和中板爱好者应者寥寥。

自从您1933年春天迁居本地，我们常常谈起您当时如何幸遇好天气。而今年您在苏黎世同样走运，过了一个特别和煦的春天，我们这儿却重回堤契诺的春雨季，而且气候异常恶劣潮湿，先是阴冷，然后是无休无止的闷热。直到现在，夏天似乎终于来临，连续数周几乎天天有雷雨，有时着实厉害，三周前一道闪电劈进屋里，前天一场特大暴雨把地窖淹了一半。

近几个月，只要无需在花园劳动或接待大量访客，在眼睛允许的情况下，我就搜集资料，准备写我那本书的后半部分，一位18世纪施瓦本神学家的传记[1]。有些书我自己没有，所幸大部分都在苏黎世中央图书馆找到了。

我不羡慕您的美国之行[2]。幸好您比我有活力，而且，惭愧，您比我这个孤僻的人有教养，能够胜任此类任务。

我和拙荆祝贤伉俪安好。

赫·黑塞

问麦蒂好

---

1. 《约瑟夫·克乃西特的第四篇传记》，参见《有关黑塞生平和作品的资料——玻璃球游戏》第一卷第78—80页。
2. 1934年5月17日至6月18日，托马斯·曼首次赴美，应美国出版人阿尔弗雷德·亚伯拉罕·克诺普夫之邀介绍由美国翻译家海伦·特蕾茜·洛-珀特（Helen Tracy Lowe-Porter）翻译的《雅各的故事》英文版。

三十五

蒙塔诺拉，1934年8月4日

亲爱的托马斯·曼先生：

十四天前我就准备好了这本小书[1]，打算寄给您，但我还想顺致几句问候，结果直到今天才顾上。我们每年夏天家里都来住客，目前是我的小姨子[2]。访客也差不多天天有，多数是德国青年。

这本诗集筹备了数年，内容经过多次筛选，其他事项也需要我的耐心。十二年前，也许更早，岛屿出版社小图书馆提出要出版我的作品。我马上想到可以选一批受欢迎的诗出版，可惜出版社不肯，他们一听到诗就嗤之以鼻，只肯出小说。双方僵持多年，出版社不断提出新想法，而我一直坚持己见。终于我的耐心获胜，出版社答应了，可是战斗又再次打响，因为当时的文学部领导[3]想全盘推翻我选了几十年的诗，把诗集做得更漂亮、多样化、讨人喜欢。我只好再次闭嘴坐等，后来情况又有变化，那位领导离职了，后任不像他那么雄心勃勃，于是一切就突然顺利起来，现在我对这本小书（拙荆也帮了忙）相当满意。

至于我手头的工作，就没这么顺当了。我曾经告诉您一个酝酿多年的项目，一本乌托邦式的书，光是引言我就改了三版，第一版是在希特勒上台前写的[4]，充满暗示和预感。我现在正写第四版，一个全新的文本，我可能会给《新评论》。[5]

除了《呼风唤雨大师》那篇短文外，我筹划的书尚无进展。

狂风大雨摧残我们的花园，今年夏天好像就这么完结了。可怜的德国被那伙头目摆布得越陷越深，日益孤立，感觉是在发高烧，坚持不了很久。[6]

我衷心祝您安好，并请代向尊夫人和孩子们问好。

赫·黑塞

---

1. 黑塞诗集《生命之树》(*Vom Baum des Lebens. Ausgewählte Gedichte*)，岛屿图书馆第454号，1934年在莱比锡出版。
2. 莉莉·凯尔曼（Lilly Kehlmann, 1903—1985）。
3. 弗里茨·阿道夫·许尼希（Fritz Adolf Hünich, 1885—1964），因政治原因被迫离开岛屿出版社。参见1986年在美因河畔法兰克福出版的诗集新版跋文。
4. 参见1933年7月中旬第二十一封信注解4。
5. 1934年12月《新评论》杂志预先刊登《玻璃球游戏》第四版引言，题为"《玻璃球游戏》——赫尔曼·黑塞尝试通俗介绍其书"(*Das Glasperlenspiel, Versuch einer allgemeinverständlichen Einführung in seine Geschichte von Hermann Hesse*)。
6. 1934年6月30日臭名昭著的"长刀之夜"（die Nacht der langen Messer）事件，数十人因反政府嫌疑或"算旧账"而被杀。1934年8月2日，兴登堡总统逝世，希特勒继任德国总统。

三十六　明信片

屈斯纳赫特，1934 年 8 月 7 日

亲爱的黑塞先生：

衷心感谢来信和可爱的礼物！旋律的宝藏！纯净的艺术！安慰受苦之人的善举。此言似嫌笼统，却是发自内心，并以此弥补致谢辞的贫乏。我正身处严重的生活和工作危机之中。德国的事情缠住我不放，持续猛烈地刺激我的道德批判良知，导致我似乎再也无力继续进行艺术创作了。也许时机已到，我得放下顾虑，写一份政治声明书，当然得深入而详尽。可是我又舍不得我的小说[1]。此举究竟有无用处，这种怀疑折磨着我，我定不下来。若是能跟您当面聊聊就好了，可惜我们相距太远。

托马斯·曼

---

1. 《约瑟和他的兄弟们》四部曲之《约瑟在埃及》（*Joseph in Ägypten*），直到 1936 年才在维也纳出版。

三十七

蒙塔诺拉，1934年9月3日

尊敬的、亲爱的曼先生：

肖尔茨等人计划出版一部新文集《德国传记》[1]，问我是否愿意写一篇让·保罗传。我有点无所谓，只有他们也问了您而且您答应写的话，我才打算写。请您得便时知会我一声。

抱歉，还有一事要请您原谅，因为显然您受了我的连累。事情是这样的：柏林有位印刷公司老总[2]特别喜欢我的书，就是已经两次给我的一首诗做了漂亮的内部出版物的那位。今天我也寄上这样一份还是试印品的内部出版物，是我今夏写的一首诗[3]。此人下定决心要尽最大努力推荐我得诺贝尔奖。我从一开始就不赞成，并明确拒绝参与他的行动，可是他不肯罢休，显然我曾在初次交谈时（当时我尚未预感到危险）随口提到您也跟我谈过这个可能性。现在我从他的一封信中看出来，他也问过贝尔曼了，还麻烦了您。请您不要见怪，因为此事并非我的本意。

上两周我的一个侄儿[4]来访，他是搞音乐的，精通古代音乐。由于我的文学项目需要古代音乐知识，我临时租了一架钢琴，侄儿每天给我讲解一首有特色的古曲，从巴赫往前推至16世纪。

我们这儿的夏天也提早结束了，这个夏天很怪异，让我们觉得不舒服，而且住客、访客和移民事务太多，最新的一桩事情是霍利切尔[5]被驱逐，我们要为他递交一份请愿书。

但愿您的情况还好！您上封明信片中暗示的种种不安，其中很多也困扰着我。

祝贤伉俪安好。

赫·黑塞

---

1. 四卷文集《伟大的德国人：新德国传记》(*Die großen Deutschen: Neue deutsche Biographie*)，主编：威利·安德烈亚斯（Willy Andreas）、威廉·冯·肖尔茨（Wilhelm von Scholz, 1874—1969），一二两卷于1935年出版。小说家、剧作家肖尔茨1926至1928年担任普鲁士艺术学院文学部负责人。

2. 柏林伊拉斯谟印刷（Erasmusdruck）有限公司总经理汉斯·波普（Hans Popp），20世纪30年代首次内部出版众多黑塞新作，于1934年5月18日致函诺贝尔基金会，推荐黑塞获诺贝尔文学奖。此前不久，他制作了黑塞诗作《沉思》的书友版。

3. 附诗《花的一生》(*Leben einer Blume*)，1934年8月14日写成。

4. 卡洛·伊森贝格（Carlo Isenberg, 1901—1945），音乐家、音乐史学家。黑塞同父异母兄卡尔·伊森贝格（Karl Isenberg）之子，菲舍尔出版社1925年至1927年出版的《异事异人》(*Merkwürdige Geschichten und Menschen*)丛书中数卷的合作编者，黑塞当时拟出版的《德国思想界的经典世纪 1750—1850》(*Das klassische Jahrhundert deutschen Geistes 1750-1850*) 丛书合著者,《玻璃球游戏》中人物"卡洛·费罗蒙梯"(Carlo Ferromonte) 的原型。

5. 德国作家阿图尔·霍利切尔(Arthur Holitscher,1869—1941),和托马斯·曼也很熟。

花的一生

由绿萼围裹着,花蕾忐忑不安,
像个幼孩四下扫视,不敢细看,
她能感受阳光的沐浴,
能感受夏日不可想象之蔚蓝。

光啊,风啊,蝶啊,对她争相殷勤讨好,
她献出第一个微笑,将心怀向生活谨然绽放,
还要尽心尽力
将自己奉献给短暂生命的梦之顺序。

于是她敞开大笑,色彩光艳,
花蕊上,金色花粉胀得满满,
午时,她得体验日头闷热高照,
晚上,她精疲力竭倚向绿叶睡觉。

当她预感衰老,花瓣边缘如成熟女性的双唇,
开始微微颤抖,
她笑得朗朗,因为
她已满足,已将苦涩终结嗅到。

萎蔫时刻,她变成纤维吊悬着,
子房上,萼片偻落。

花色苍白,幽灵一般:

死亡的奥秘终将濒死者包卷。

(郭力译《诗话人生——黑塞诗选》第243页,上海译文出版社,2015)

三十八

屈斯纳赫特，1934年9月5日

亲爱的黑塞先生：

您的友好来信真是以德报怨，因为我很清楚，我用那张明信片来回应您的上封美函，很对不住。不过至少我现在可以马上答复您前天的来函。

一、关于《德国传记》，没人请我写文章，怎么会请我呢？据我所知，肖尔茨是一个被严重"一体化"的作家，就算他不是这样，我的名字也被众人唾弃。世人非常怯懦，不久前《法兰克福报》从迈耶-格雷夫关于福楼拜的一篇文章中删掉了给我的献词。顺便提一则我在《书虫》[1]里读到的趣闻：一次作家聚会接近尾声时，宾丁[2]说了这样一句话："没有一位真文豪不会写诗的。"听众无聊地喊起我的名字来（而没说让·保罗、狄更斯、陀思妥耶夫斯基、托尔斯泰、巴尔扎克、普鲁斯特、莫泊桑等）。然后这本杂志说："走投无路的宾丁略一沉思，信口说出一句大胆的话来。"他说，托马斯·曼本来就不是真文豪。杂志写道："这可不只是一句笑话或者精彩的托词。"看到此情此景，福楼拜一定会开心地大喊："太棒了！"

二、那位热爱您的先生，我应该认识，也因为您而喜欢他。就他的执著想法而言，我开始得比他早，也比贝尔曼[3]早。此人最近的确和我联系过。在我与斯德哥尔摩学者弗雷德里克·博克（此人是个关键人物）的通信中，我已三四回或简或详地提出此想并陈述理由。这些信中有好几封是在那件事情之前写的。但是您会原谅我，自从那事之后，我更急切了。您才是真正的德国，诺贝尔文学奖若要颁给德国，就得颁给您。[4] 否则它就有可能会颁给科尔本海尔、格林或施特尔[5]，这个想法令人绝望。但是德国驻斯德哥尔摩公使在此事上（其他事上倒没有）反对我。

获悉您正在进行的音乐研究以及古代音乐在您的"文学项目"中的作用，我深感欣慰。还是那个宏伟奇异的项目吧，我热切希望您能实现它。

我自己无所事事，正写一篇长文"与堂吉诃德航海"[6]，航海日记和杂文的混合体。消磨时间而已，因为我的《约瑟在埃及》写不下去，又还定不下来写别的，比如《愤怒之书》[7]。这题目还行吧？

我们现在的访客特别多，大多是从德国来的。远去的人物也重新出现了：老了，说话声音轻了，震惊于他们在国外听说的德国情况。[8]

我和拙荆祝您和妮侬女士安好，我们打算10月份去拜访二位。[9]我们有点想乘车去佛罗伦萨。

托马斯·曼

---

1. 达豪市独角兽出版社（Einhorn Verlag）出版的书友刊物《书虫》

(Der Bücherwurm)，主编：瓦尔特·魏夏特（Walter Weichardt）。曼氏在 1933 年 12 月 15 日的日记中首次评论了这一"趣闻"，见美因河畔法兰克福 1977 年出版的曼氏《1933—1934 年日记》第 269 页。

2. 德国诗人、小说家鲁道夫·宾丁。

3. 参见曼氏 1934 年 8 月 20 日给菲舍尔的信，1973 年在美因河畔法兰克福出版的曼氏《与出版商戈特弗里德·贝尔曼·菲舍尔 1932—1955 年书信集》（*Briefwechsel mit seinem Verleger Gottfried Bermann Fischer, 1932—1955*）第 83、84 页。

4. 曼氏给诺贝尔奖颁发机构瑞典皇家科学院成员、文学史学家弗雷德里克·博克（Fredrik Böök）教授函件的相关段落见书后附录。

5. 科尔本海尔、汉斯·格林（Hans Grimm）和赫尔曼·施特尔（Hermann Stehr）是第三帝国希望荣获诺贝尔文学奖的三位德国作家。

6. "与堂吉诃德航海"（Meerfahrt mit Don Quijote）一文收入 1935 年在柏林出版的《大师们的痛苦和伟大》（*Leiden und Größe der Meister*）一书中。

7. 见书后附录。

8. 曼氏 1934 年 9 月 3 日对瑞士作家费迪南德·利翁（Ferdinand Lion）说："我们现在的访客多得可笑，大多是从德国来的。远去的人物也重新出现了，今天来的是埃米尔·普里托吕斯（Emil Preetorius）。这些人老了，说话声音轻了，震惊于他们在国外听说的德国情况。"见《托马斯·曼书信集》第一卷（*Thomas Mann：Briefe I*）第372页。

9. 1934年10月中旬，黑塞和曼氏在苏黎世附近的巴登多次聚会，曼氏用三个下午朗读了约瑟小说的新章节和刚写成的杂文"与堂吉诃德航海"的节选。

黑塞和托马斯·曼，1934 年 12 月 4 日在巴登（近苏黎世）

三十九　明信片

香塔瑞拉，1935年2月11日

亲爱的朋友们，前天我们回来了。一切顺利。不过，没有黑塞一家，就不完美。我们去了布拉格、维也纳和布达佩斯[1]，旅行很辛苦，不过也留下了诸多美好的印象。

致诚挚的问候！

托马斯·曼

---

1. 1月19日至28日，托马斯·曼到布拉格、布尔诺、维也纳和布达佩斯发表关于瓦格纳的巡回演讲。

四十

(邮戳：1935 年 3 月 21 日)

亲爱的托马斯·曼：

我在花园劳动了好几个钟头，现在进屋来了，身上脏兮兮的，臭得像烧炭工一样，手指上全是碎的栗子树尖刺。我倒没什么愧疚，但是有点不好意思征求您的行家意见：克瑙尔出版社的社长特勒默尔[1]来找我，拼命讲我以前的那些书如何如何宝贵，可以如何如何善加利用。我近两年收入很低，必须认真考虑此事。但是，在我考虑告诉菲舍尔出版社之前（我不愿抛弃菲舍尔，但或许会尝试收回一些早期书籍的版权），我想打听一下克瑙尔的情况：能力强不强，守不守信用。您了解这家出版社，知道它靠不靠得住，若是您能透露一二，我感激不尽。克瑙尔似乎在瑞士发行量不错，如果无法直接汇款，可以用瑞士的存款支付我的稿酬，我特别喜欢这个条件。

我们度过了一个还算清静的冬天，但现在随着春天的到来，访客又开始一拨一拨地来了，有几个看起来还真有点像密探。

但愿您的身体还好！我读到您的布拉格和维也纳之行，刚才还读到您在荷兰"胡椒磨坊"亮相。下回您写信时，请您简单讲讲自己的近况。偶尔气氛太糟、我感到压抑厌世时，我总是会带着美好的祝愿想到您。

拙荆托我问候贤伉俪，她忙着招待一位客人。我也祝贤伉俪安好。

　　　　　　　　　　　　　　　　　　　赫尔曼·黑塞

---

1. 应为"德勒默尔"（Adalbert Droemer，1877—1939），慕尼黑德勒默尔-克瑙尔出版社（Droemer-Knaurscher Verlagsanstalt）社长。

黑塞附上写于1935年2月8日的诗《字母》（Buchstaben）的内部印本，该诗最初的题目为"象形文字"（Hieroglyphen）：

字 母

有时我们拿起笔

在白纸上写字,

字意各不相同:大家都识字,

是个有规则的游戏。

但若来个疯子野人

拿起这张字纸

好奇地定睛凝视,

他会发现一张古怪的地图,

或者一个魔图大厅,

A和B像人和畜,

随着眼睛、头发、四肢的动作,

时而从容,时而本能地慌张,

他会见到雪地里的乌鸦足迹,

跟着奔跑、休憩、病痛、飞翔

见到一切可能的造物

被凝固的黑字缠住

滑过押韵的纹饰,

看到爱在发光,痛在抽搐,

惊讶、大笑、哭泣、颤抖,

因为这些有字的网格背后

有盲动的全世界

缩小到字里

被驱逐，被施法，步态僵硬

迷迷糊糊地走着，彼此相像，

求生欲和死亡，欲望和痛苦

成为兄弟，难以区分……

而野人最后会尖叫

由于难耐的恐惧，会点起火来

捶着额头，絮絮叨叨地

把白色的字纸献给烈焰。

然后他可能会昏昏沉沉地感到，

这个非世界，这个变出来的玩意儿，

这无法忍受的一切回到虚空

被吸走，进入幻境，

他会叹息、微笑、康复……

赫尔曼·黑塞

四十一

屈斯纳赫特，1935年3月24日

亲爱的黑塞先生：

关于德勒默尔（不是"特勒默尔"）先生，我很乐意畅所欲言。此人有点自负，但是想象力丰富，精明强干，我会很信任地与他共事。出《布登勃洛克一家》平装版的主意就是他想出来的，后来，菲舍尔出版社采用了这个想法，自行出了平装版，我没能阻止，德勒默尔为此很伤心。克瑙尔出版社和我之间几乎没能实现任何切实的商业合作。我为这家出版社的施托姆全集写过序言[1]，顺利拿到了酬金。克瑙尔出版社另外还有过好几个和我合作的计划，均因菲舍尔的阻挠而失败，菲舍尔总是自己干了。但鉴于目前局势，估计贝尔曼不会为了您早期的书而为难您。从务实的角度看，我建议您别扫德勒默尔的兴，其实如果细想，从理想的角度看也是这样。[2]

收到您的信，我们很高兴，信的内容和装饰、思想深刻的附诗，我脑海中已经出现了它的另一种形式[3]；您对我们的小旅行了解得这么清楚，很让我吃惊。这次东游很精彩，留下了良好的印象，这我不想否认，尤其是我们对维也纳的好感几乎到了危险的程度，搞得我们已经想入非非，盘算着要搬过去住了，但是理智暂时阻止了我们。现在我们又在准备一次新旅行，打算几天后去尼斯参加国联文化委员会举办的会议，冒着扭伤甚至烧伤嘴巴的风险用法语发表演讲。[4] 今年夏天我们还是计划去美国。

今天我们请了尊夫人的表亲克赖斯博士和她的房客兼男友席费尔博士[5]来家里吃饭。克赖斯女士亲切可爱，长着一双美丽的眼睛。此前我们从未听说过她，真是奇怪。

您说自己不想抛弃菲舍尔出版社。但您是否还能长期保持忠诚，似乎越来越说不准了。某国的局势如何，在那里出书还有意义吗？很长时间以来，我也决心尽量不让人切断我和德国读者的联系。但我承认，几周以来，甚至数月以来，我越来越想彻底摆脱这个可怕的国度，就算只看物质方面，摆脱它也有利无弊。菲舍尔能挺住吗？官方反犹主义不但没有收敛，反而愈演愈烈；文会的"非雅利安"成员，包括翻译在内，全都收到了即日起不得在德国从事任何文学业务的通知，我还听说几周前所有犹太出版社都收到了勒令尽快停业的通知。难道会长期允许贝尔曼毒害德国人民吗？连某国都不太可能实行这种前后矛盾的政策。贝尔曼坚持要出我的文集[6]，虽然其他出版社给了我很高的报价。该书原本计划今年二月出版，后来又说本月中旬，结果一直拖到今天，书还没出来，显然贝尔曼不敢贸然行动，而他的顾虑是很有道理的。我想让他把版权给我，甚至一劳永逸地解决版权问题，因为德国对书的这种半抵制状态，还有国外书店对德国出版社的普遍抵制，实在令人懊恼。

希望我们很快就能再次见面聊聊，最晚今秋我们回堤契诺时见！

拙荆和我祝您和尊夫人安好！

您忠实的托马斯·曼

---

1. 发表在 1930 年完成、1935 年出版的《大师们的痛苦和伟大》一书中，见 1960 年《托马斯·曼全集》第六卷第 246—248 页。
2. 黑塞后来还是主要出于政治原因而放弃了这一想法。
3. 《字母》一诗首次发表在 1935 年 2 月 24 日的《新苏黎世报》上。
4. 曼氏后来并未与会，但其讲话稿"现代人的形成"（la Formation de l'Homme Moderne）由国际联盟于 1935 年发表，1938 年在斯德哥尔摩贝尔曼·菲舍尔出版社以"欧洲当心"（Achtung Europa）为题出版。
5. 妮侬·黑塞的表亲内莉·克赖斯（Nelly Kreis）是定居苏黎世的德国律师埃里希·席费尔博士（Dr. Erich Schieffer）的生活伴侣，黑塞曾推荐曼氏请席费尔提供财税咨询。
6. 曼氏 1946 年前在德国出版的最后一本书《大师们的痛苦和伟大》，于 1935 年 3 月 28 日交稿。

四十二

1935 年 5 月 10 日

亲爱的曼先生：

今天我写信麻烦您，都是因为拙荆的缘故。我每年两次为一份瑞典杂志[1]简要介绍重要新书，这回的新一期书评，我会介绍您的新作。拙荆在读我的手稿时说，真遗憾您永远读不到书评，而最多只能读到瑞典语译文。所以我为您备了一份副本，附上。[2]

给瑞典人写书评在我眼里是一根救命的树枝，万一哪天《新评论》停刊，我就靠那根树枝继续工作。不过它们也可能是有朝一日送我上天的炸药，因为我有时也在那里介绍并赞扬反德书籍或被禁流亡作家的书籍，说不定我会因此而上黑名单。我写书评的原则是既不哗众取宠，也不遮遮掩掩，遵守客观公正的立场，尽管这很难做到。同时，我既不给条顿人①磕头，也不信口乱骂。

祝您身体健康！

诚挚问候贤伉俪。

赫·黑塞

---

① 古代日耳曼人的一个分支，后世常以条顿人泛指日耳曼人及其后裔，或以此称呼德国人。

1. 斯德哥尔摩阿尔伯特·博尼尔斯（Albert Bonniers）出版社的《博尼尔斯文学杂志》（Bonniers Litterära Magasin），主编：格奥尔格·斯文森（Georg Svensson）。
2. 节选自1935年9月《博尼尔斯文学杂志》的黑塞"德国新书"（Neue deutsche Bücher）介绍第二期：

    我满怀喜悦地欢迎托马斯·曼的新散文集《大师们的痛苦和伟大》（菲舍尔出版社）。与这位充满张力和能量的英杰的每次重聚都让我们感到他不但是一位聪明睿智的优秀作家，而且性格忠实坚定，有恒心，是一个忠于自己的人。他从来不想成为反市民阶级的"天才"，不想自夸，不想打碎旧价值观，他完全是目前被部分青年嘲笑的古老的德国市民文化的一个感恩的继承人和儿子，而这种文化不仅孕育了歌德和洪堡，席勒和荷尔德林、凯勒、施托姆和冯塔纳，也孕育了尼采和马克思。或许我们可以把托马斯·曼归为大师的一员，身为大师中的幼弟，他了解并决定讲述他们的"痛苦和伟大"。曼氏"市民性"美好而宝贵的一面或许在他关于歌德、瓦格纳和施托姆的文章中表现得特别显著。有一篇出奇地精彩有力的文章，是写普拉滕的，估计并非信手拈来，而是花了很多心血，但是此文看来就像是灵光一闪。而关于瓦格纳的文章，曼氏曾因此在慕尼黑遭到以前的同行和朋友、当地所谓"知识分子"丑恶而愚蠢的攻击和诽谤，虽然曼氏终身深爱瓦格纳，但是他对这位天才身上的疑点和病态的理解比那帮乐队指挥更深刻。我不爱瓦格纳，但是我必须特别赞美此文。

此外，为了不重复一个曼氏的敌人喜欢散布的错误信息，关于曼氏的"市民性"，我还要补充一句：曼氏是一位善良高贵的市民，而绝非小市民。热情的青年们有时拒绝他，认为他太理性、太学术、太讽刺，而完全忽视这位英杰身上有多少"天才"成分，他的个性有多强，处境有多危险，多么了解大师的"痛苦"，他对创作的狂热中有多强的英雄气概和牺牲精神。没能从曼氏虚构作品中认识到这些特点的读者，或许可以从这些散文中众多真情流露的精彩语句中有所发现。

四十三

屈斯纳赫特，1935 年 5 月 12 日

亲爱的黑塞先生：

衷心感谢！妮侬女士劝您让我读书评，她做得太对了。我大为感动，深感喜悦，这再次证明我对善意和理解高度敏感。一个我全心赞同其精神和艺术的人认可我的书，我怎能不感到自豪！

万一菲舍尔歇业、《新评论》停刊，找个地方安置自己的头脑，这很好。前景是黯淡的。经济上的恐惧和在欧洲的孤立使得德国的反犹宣传风起云涌，施特赖歇尔这个怪胎[1]去柏林后，很难想象他会长期容忍菲舍尔这样的另类和眼中钉。而且贝尔曼上次来访时暗示，出版社已做好带领德国作家迁到瑞士的一切准备，最重要的是您和我得留在他那儿。我本人给了他一种初步保证。其实这样最好。我现在几乎拿不到钱，因为显而易见的障碍，付款延误很严重。

因为家里还有客人，而且布鲁诺·弗兰克夫妇明天也要来，希望见到我们，我们把去尼斯的行程[2]推迟了很久，所以我们现在决定不全程自己开车了。时间太紧，尤其是我们六月中旬又得动身去美国。我们后天开车到日内瓦，然后改乘卧铺火车。

花季真美啊！天已暖如六月，雷雨频频，我期待着夏季来临，我天生喜爱夏天。

祝您和尊夫人万事顺遂。

托马斯·曼

---

1. 尤利乌斯·施特赖歇尔（Julius Streicher，1885—1946），臭名昭著的德国反犹刊物《先锋报》(Der Stürmer) 发行人。
2. 度假，并看望海因里希·曼和热内·席克勒。

四十四

1935年6月3日

亲爱的托马斯·曼先生：

您的生日将临[1]，来信想必已经成堆了，我只想同您打个招呼，我想念您。

家祖享年95岁[2]，若少一岁都会是个缺憾。我觉得您也配享高寿，希望到时候大环境好于今天。

至少目前我们还享有和平。一想到明天战争就可能来临，世界和我们的生活将会大乱，就会珍惜眼前，虽然眼前的和平卑下不堪。拙荆和我祝您顺利渡过眼下的难关，继续编织您的生活和精彩故事，继续做我们的朋友。

衷心祝您和尊夫人安好。

赫·黑塞和妮侬·黑塞

---

1. 托马斯·曼1935年6月6日满60岁。
2. 波罗的海官方医师卡尔·赫尔曼·黑塞博士（Dr. Carl Hermann Hesse, 1802—1896）。

黑塞随信附上时年 24 岁的画家、插画家冈特·伯默尔（Gunter Böhmer）绘制的贺寿图（复制缩小版）。

四十五

屈斯纳赫特，1935年6月7日

亲爱的、尊敬的朋友：

纷扰甚巨，感谢信几乎无望写好[1]，但是您和冈特·伯默尔应该马上收到我的一句话，不管此话多么苍白无力。您对我如此友好，我衷心感谢，尤其是看到您构思、伯默尔绘制的画，我非常感动，这是礼品桌上的亮点，迷住了一屋子客人，但首先、最重要的是迷住了我！此画实在可爱，是一幅幽默、友善、精致、准确、超凡绝伦的小杰作，我将珍藏一生，我的子女也应珍惜。我为伯默尔先生热烈鼓掌，谢谢他！我会寄一本《大师》给他，一等我有了新的就寄。我手头的已经送完了，高兴的是出版社已经重印了一次，所以我恐怕要等7月中旬从美国回来后[2]才能给画家先生送去这份小心意了。10号我们就得上船，到时候，现在开心团聚的六个孩子将再次分散到四面八方。

再见了，请代问妮侬女士好！秋天我们会去看望贤伉俪。

托马斯·曼

我承认，从德国——对，对，就是从德国，有些甚至是从劳役营——寄来的好几百封信让我深感欣慰。

---

1. 曼氏后来给作家同行寄了手写通函复本答谢,见书后附录。
2. 曼氏夫妇1935年6月5日至7月13日访问美国,哈佛大学授予曼氏和爱因斯坦荣誉博士学位。

四十六

蒙塔诺拉，1936 年 1 月 24 日

亲爱的托马斯·曼先生：

有人从巴黎把伯恩哈德先生的文章寄给了我，我从中更清楚地看到贝尔曼所受攻击的根源所在：某一阶层的作家和出版社的竞争心理。[1]

此事把您也牵扯了进来，我很难过。不过至少《巴黎日报》还在卖力地讨好您，而安妮特·柯尔伯和我这种臭名昭著的和平主义者已经根本不被人放在眼里了。

伯恩哈德的劣文中存在谎言，所以我简单答复了他，附上副本。

我战时就已经历过的命运如今重演了：我们要真理，还想要和平，不愿为了战斗而战斗，所以我们成了各种好战派——无论是将军、独裁者，还是那些流亡人士——的靶子，腹背受敌。[2]

我本人认为最好缄口不言，对密友澄清事实，但是不反击。所有这些污蔑很快就会过气。

无论如何，此事给了我又一个问候您、表达友谊和感激之情的契机。

祝贤伉俪安康。

赫·黑塞

1. 1936年1月11日，利奥波德·施瓦茨席尔德（Leopold Schwarzschild, 1891—1950）在法国德侨月刊《新日书》（*Das neue Tage-Buch*）中称出版商戈特弗里德·贝尔曼·菲舍尔为"受纳粹图书出版界庇护的犹太人"，并指责菲舍尔试图将出版社迁到瑞士或维也纳，有"得到柏林宣传部默许的重大嫌疑"。托马斯·曼、黑塞和安妮特·柯尔伯（Annette Kolb）随即于1936年1月18日在《新苏黎世报》上发文抗议："［戈特弗里德·贝尔曼·菲舍尔］正在为菲舍尔出版社在其他德语国家营造一个新的活动场所。《新日书》登载用……声称此举已失败的办法打击此举……我们特此声明，据我们所知，该文提出和暗示的指责和揣测无凭无据，对当事人造成了严重伤害。"抗议声明发表后，《巴黎日报》（*Das Pariser Tageblatt*）主笔格奥尔格·伯恩哈德（Georg Bernhard, 1875—1944）于1936年1月19日发表社论"萨·菲舍尔事件"（Der Fall S. Fischer），称曼氏、黑塞和柯尔伯为第三帝国的招牌，甚至指称黑塞和柯尔伯"受雇于第三帝国的遮羞布《法兰克福报》"，"协助戈培尔博士蒙蔽外国"，"他们的言行证明自己并不将在道德上远离第三帝国宣传机器视为己任"。黑塞在1936年1月26日《新苏黎世报》上反驳了此文。
2. 从1935年秋天开始，黑塞也成为德国作家威尔·弗斯佩尔（Will Vesper）在其《新文学》（*Die Neue Literatur*）杂志中发表仇恨和诽谤言论的目标。弗斯佩尔指责黑塞"拿犹太人的钱"为《博尼尔斯文学杂志》写书评。在黑塞之前，弗斯佩尔自己也曾为该杂志撰写书评，因进行纳粹宣传而被解聘。弗斯佩尔还指责黑塞既褒奖犹太人、新教徒、天主教徒和其他第三帝国厌恶的作家作品，又贬低第三帝国的"新德国文学"。参见《有关黑塞生平和作品的资料——玻璃球游戏》第一卷第131—138页及1981年美因河畔法兰克福出版的黑塞文集《良心的政治》(*Politik des Gewissens*) 第581—583页。

附件：致《巴黎日报》编辑格·伯恩哈德回信副本：

蒙塔诺拉（近卢加诺），1936年1月24日

尊敬的先生：

您指责菲舍尔出版社的文章里也谈到了本人的工作，态度轻蔑、敌视，遗憾地歪曲了事实。

此处恕不赘论受到德国流亡出版社一致认可的本人书评。在本人唯一还受雇的德国刊物《新评论》上，本人是整个德国新闻界唯一一个也友好地评论犹太作家书籍的评论家。

若您并未忘却求真高于战斗，本人想提请您注意，您关于本人的言论与事实不符。

首先，本人并非流亡者，而是瑞士公民，至今已定居瑞士二十四年。

其次，本人并不受雇于《法兰克福报》。不清楚您是从何处得来的错误信息。

不过德国报刊有时会登载本人（多为短小的、早期的）诗文，是转载，并非本人直接给编辑部，而是多年前拿到这些小型旧作版权的转载部门给的。若是《法兰克福报》打破自身传统转载了本人作品（不过估计不会），那本人并不知情。

战斗是件漂亮事，但它的性质很容易败坏。我们从世界大战中知晓，每个国家的战报都谎话连篇。德国流亡人士若是也使用这种战斗方法，那就有损尊严了，那他们又是为了什么而战呢？

大作中关于本人的信息有误，敬请注意。

此致

敬礼！

赫·黑塞

四十七

阿罗萨新森林宾馆，1936年1月25日

亲爱的黑塞先生：

谢谢！您写信给老伯恩哈德，很好。他是个傻右派。不幸的是，德国正是因为被这种人把持了，才会悲惨地覆亡。

施瓦茨席尔德当然比老伯恩哈德更聪明，但也因此而更无情、更危险。他在《新日书》中详细回复了我们的声明[1]，语言雄辩，但内容完全是捏造，故意误导，不择手段。[2] 某种程度上，做这个政权的受害者是一种荣誉，但必须承认并非人人喜欢这个角色。

我和拙荆衷心祝您和妮侬女士安好！

托马斯·曼

---

1. 1936年1月25日巴黎《新日书》登载了"给托马斯·曼的答复"（Antwort an Thomas Mann）。

2. 参见托马斯·曼《与出版商戈特弗里德·贝尔曼·菲舍尔书信集》第117—119页。

四十八

1936 年 2 月 5 日

亲爱的托马斯·曼先生：

施瓦茨席尔德和科罗迪战役[1]并非写信的好契机，但我理解您必须表明立场。事已如此，而且做得那么可敬，我本该向您道贺才对，可是我仍然做不到。我并不允许自己、而且连想都没想过要对您的举动进行丝毫贬损，但是我内心深处还是感到难过。您终于表白了——虽然您的立场早就尽人皆知。那些在布拉格和巴黎强盗般地逼迫您的先生[2]看到施压成功，显然感到心满意足。

若是有个阵营可以联络并加入，那是好事，问题是这样一个阵营并不存在。除了我们的工作之外，我们没有其他避难所可以远离阵线之间充满毒气的氛围。您迄今拥有的、不太合法的安慰和支持第三帝国读者的力量，估计将会就此逝去，这对您和读者来说都是损失。我也跟着受害，失去了一位战友，我对此发出自私的怨言。战时我有罗曼·罗兰这位战友，而您，我从 1933 年起就视为战友。虽然我根本不想失去您，我不是容易变心的人，但是在德国，身为作家，我现在深感孤单。但是，只要我还有这个能力，我就想坚守本心。

最后，我个人真诚希望您能感受到您的举动理应带来的轻松。

只要您感到自由了，又能安心回去工作，那就一切都好。衷心祝贤伉俪安好。

赫·黑塞

---

1. 为回应瑞士文学评论家爱德华·科罗迪（Eduard Korrodi）发表在 1936 年 1 月 26 日《新苏黎世报》上的文章"流亡德国文学"（Deutsche Literatur im Emigrantenspiegel），曼氏在 1936 年 2 月 3 日《新苏黎世报》"致爱德华·科罗迪"（An Eduard Korrodi）的公开信中首次表示完全站在流亡人士一边。参见托马斯·曼《1889—1936 年书信》（Briefe 1889—1936）第 409—411 页和《有关黑塞生平和作品的资料——玻璃球游戏》第一卷第 141—143 页，也见第五十二封信的书后附录。

2. 由德国作家维兰德·黑尔茨费尔德（Wieland Herzfelde, 1896—1988 年）在布拉格出版的共产主义月刊《新德意志杂志》（Neue Deutsche Hefte）参加了施瓦茨席尔德发起的曼氏围攻战。

3. 参见 1954 年在苏黎世出版的《赫尔曼·黑塞和罗曼·罗兰书信集》（Hermann Hesse-Romain Rolland）。

四十九

屈斯纳赫特，1936年2月9日

亲爱的黑塞友：

请您不要为我的举动而伤心！请想想我们俩处境的巨大差异吧，这一差异从一开始就存在，它为您确保的自由、距离和安全远大于我的。而我必须用清晰的话语来表明我的态度：既是为了这个世界，因为世人往往模棱两可地设想我对第三帝国的理解，也是为了我自己，因为我早就感到有表明立场的精神需求了。在科罗迪以我的名义打击流亡人士的丑恶行径之后，我有责任安慰他们，表明我站在他们一边。我的举动让很多痛苦中人感到欣慰，我收到的大批来信表明了这一点，我也给许多置身事外的人树立了一个榜样，表明世上依然存在品格和坚定信念。您为我的决定感到遗憾，还有些人和您的想法相同。但我还是认为自己在正确的时刻做了正确的事情，而且就像歌里唱的"从此感觉好多了"。我也完全没有把握统治团伙是否会反击。奥运会[1]和外交政策不允许这个。除了我当然无法重获家产，我不排除太平无事的可能性。我被褫夺国籍和禁止出书的可能性是很大的，但是这个一旦宣布，我敢说，不是战争爆发，就是几年后德国会改天换地，我的书会重获出版权。

我从未将我的举动看作是离您而去，否则我就不会行动，或者我会觉得行动的难度远远大于现在。[2] 如今话已出口，此外我的立场完全照旧。我将继续做我的工作，并让时间来证实我（很晚才说的）的预言：纳粹不会有好下场。但若是我未曾预言，我会觉得对不起这个时代。

致诚挚和忠实的问候。

托马斯·曼

---

1. 1936年柏林奥运会。
2. 1936年2月7日，托马斯·曼在日记中写道："……继续整理贺信……其中有一封是黑塞写来的，他原则上对我的举动感到遗憾，因为他认为自己今后在德国就孤立了，还有一个原因是他认为我此举是迫于流亡人士的压力。"摘自1978年在美因河畔法兰克福出版的托马斯·曼《1935—1936年日记》(*Tagebücher 1935—1936*)第254页。

五十

蒙塔诺拉，1936年2月13日

亲爱的托马斯·曼先生：

感谢来信！现在这样应该不错。目前施瓦茨席尔德和伯恩哈德无法对我造成太大的伤害。而自11月以来，那边的帝国展开了一轮针对我的攻击，开场的是文人弗斯佩尔，我一开始没有重视他的攻击，但他不知疲倦地继续行动，还高高兴兴地把事情捅到许多报纸上。[1] 他痛斥我是一个自称瑞士人的德国人，1914年从故国逃走[2]，现在为犹太人和流亡人士做宣传，他想把我搞得无足轻重，于是到处给我泼脏水，不过总算好过手榴弹和毒气。

我抱怨失去了您这个"战友"时自然只想到我在德国的位置，我在不问政治的德国读者（虽然和您的读者群不太一样）眼里是一小块尚存的"德国气质"。我仍然不认为整个人生和全人类都必须政治化，我将至死抵制自己被政治化。总是还需要手无寸铁、可以被杀死的人的。我就属于这部分人，所以我永远不会向施瓦茨席尔德承认，诗的重要性和必要性可能不及政党和战争。

科罗迪昨天写信给我，暗示贝尔曼迁居苏黎世的计划已然失败。[3] 因为我不知道此事，我暂时不相信他的话。科罗迪拷问我的瑞士心，质问我怎能在苏黎世帮衬外国犹太人贝尔曼。我的回复是否真让他了解了状况,我没把握。顺便说一句,我认为他目前对您的怒气源自曾经的敬仰,是因爱生恨。

好了,我不继续让您的眼睛受累了。衷心祝您全家安好。

赫·黑塞

---

1. 参见第四十六封信注解2。
2. 黑塞1912年迁居瑞士。
3. 见书后附录。

五十一

屈斯纳赫特，1936年2月16日

亲爱的黑塞先生：

科罗迪是个阴险小人。他在我们面前强烈建议由您和贝尔曼一起开出版社，因为必须有瑞士人参与，否则开不成。可到了您那儿，他又力劝您不要帮助外国犹太人。拉舍尔[1]的做法相去不远：先是有意和贝尔曼联手，现在又起劲地反对贝尔曼迁来。人怎会不觉得自己可笑呢。

苏黎世估计确实没有希望了。就连我前几天在奥普雷希特[2]那儿见到的市长似乎也顶不住出版社的压力变卦了。维也纳的情况也不好，至少我听说那里的反对声也很响。另外还可以考虑布拉格，或者伦敦本身，海尼曼总部[3]，我觉得也行。

弗斯佩尔向来都是一个民族主义大傻瓜。对您的攻讦极其无耻，愚蠢下流得令人难以置信。但是我们还能吃惊吗？这些都是彻底朽坏了的脑和心。我们必须希望，有时也能看到旁边还有一个更好、心理更健康的后备德国。比如日前蒙您褒奖的约阿希姆·马斯[4]来了我们家，他是个好青年，富有汉堡气质，他谈到德国流氓政府及其帮凶布隆克、弗斯佩尔、约斯特[5]等人时，口气和流亡人士一模一样，充满厌恶和蔑视。上期《花冠》让人精神一振。我极爱您美丽的渔友之歌[6]，卡罗萨的散文[7]我也喜欢。

　　致诚挚的问候。

托马斯·曼

---

1. 马克斯·拉舍尔（Max Rascher，1883—1962），苏黎世出版商。
2. 埃米尔·奥普雷希特（Emil Oprecht，1895—1952），苏黎世书商和出版商。
3. 菲舍尔于1936年1月与威廉·海尼曼（William Heinemann）出版公司商谈合作未成。
4. 《新评论》1935年十二月刊登载黑塞"新书读后感"（Notizen zu neuen Büchern）。黑塞这样评论马斯（Joachim Maass，1901—1972）的长篇小说《无可挽回的时代》（*Die unwiederbringliche Zeit*）："我认为汉堡人约阿希姆·马斯是德国最有才华、最令人欣喜的青年小说家。"
5. 纳粹作家威尔·弗斯佩尔、汉斯·弗里德里希·布隆克（Hans Friedrich Blunck）和汉斯·约斯特（Hanns Johst）。布隆克（1933—1935）和约斯特（1935—1945）先后任帝国文学院院长。
6. 六音步诗《跛脚男孩——童年纪事》（*Der lahme Knabe. Eine Erinnerung aus der Kindheit*），见1975年美因河畔法兰克福岛屿出版社999号黑塞《花园时光——田园诗两首》（*Stunden im Garten. Zwei Idyllen*）。

7. 选自1936年在莱比锡出版的汉斯·卡罗萨（Hans Carossa）晚期著作《生命成熟的秘密》(*Geheimnisse des reifen Lebens*)。

在慕尼黑、柏林和苏黎世出版、由定居苏黎世的赫伯特·施泰纳博士主编的《花冠》创刊第六年首期发表黑塞诗歌《跛脚男孩》和卡罗萨自传体小说《生命成熟的秘密》摘选。

五十二

屈斯纳赫特，1936年3月7日

亲爱的黑塞先生：

随函寄上《费加罗报》的一篇文章[1]，或许您会感到有趣。我感到有趣，因为我听说别人爱声称流亡有各种形式。当然，我有责任原则上拥护流亡。

您看，我发在《新苏黎世报》上的公开信并未使得世人认为我们俩共同的"孤独"已然消失。对此我颇感欣慰。德国人对此信反响良好。信被广泛介绍、传播和朗诵[2]，甚至不慎被全文刊登了几回，另外没什么了，或者说没什么要紧的了。党的媒体聒噪说，我"摘下了面具"（是吗？），劝世人别再收藏我的书，因为德国在我眼里只是"挣钱的地方"，诸如此类的蠢话。但是并未出台官方规定，褫夺国籍和禁书令都没有，到目前为止一切照旧。既然如此，现在我已经说了我有必要说的话，我的行为会同往常一样，希望您能谅解我的违心之举。

昨天我同贝尔曼谈过了，关于迁来瑞士的事，他似乎又有了希望。他向我保证，德国对您的攻击无关紧要，不必理会。没人看重弗斯佩尔，他被视为一个小丑。而您过去的书口碑很好，所以德国不肯放走。[3] 您的书必须留在德国，供德国人购买！我的书可以离开，问题只是能否再回去。

我们常常想到您、谈论您，前不久还与去拜访过您的、可爱的约阿希姆·马斯[4]谈到您。衷心祝愿您健康愉快，希望您内心向往的最深刻、最勇敢的作品早日问世。

托马斯·曼

---

1. 1936年2月29日《费加罗报》(Le Figaro)登载莫里斯·诺埃尔（Maurice Noël）题为"托马斯·曼的孤独"（La solitude de Thomas Mann）的文章。

2. 见书后附录。

3. 彼得·苏尔坎普与柏林帝国文学院经过艰苦谈判，批准其犹太合伙人戈特弗里德·贝尔曼·菲舍尔博士赔偿二十万帝国马克，把托马斯·曼等纳粹不欢迎作家的全部书籍带出德国，建立一家流亡出版社。但此举的前提是黑塞作品留在柏林总社。黑塞不同意这种胁迫，1936年4月试图从柏林总社购买其书籍版权未果，因为正如苏尔坎普在1936年5月6日给黑塞的信中所述，失去黑塞书籍版权会使柏林菲舍尔出版社的生存陷入"极度危险"。从此留在德国的黑塞书籍陷入"在容忍与抵制之间"（黑塞语）走钢丝的状态。不久后黑塞就发现自己的所有批判性作品均被禁止重印，而还被容忍的那批书籍带来的微薄酬金则被冻结在德国账户上，致使黑塞就像在第一次世界大战和通胀年代那样被迫依赖瑞士友人的帮助，才能克服纳粹时期的经济困难。
4. 约阿希姆·马斯 1936 年 2 月 5 日和 24 日到蒙塔诺拉拜访黑塞。

五十三

1936 年 3 月 12 日

亲爱的托马斯·曼先生：

来信收到，甚感欣快，谢谢您。您的感觉很对，我正需要这种东西；我的状况确实不佳，或许是我们的朋友约·马斯告诉您的吧。

我写了三年书评，这是一项善意的、辛苦的工作，结果却让我挨了德国人和流亡人士双方的耳光，让我极其失望。这种失望告诉我，费心评论德语文学主要是一种逃避，逃避面对现状的无力作为，逃避两年来离我越来越远的创作。

现在我要减少写书评的量，降到最低程度，结束由于过量阅读造成的身心疲劳，希望这就能让我的状况好转。而要回到久已生疏的创作之路，就要难得多了。虽然关于那本书的想法还在，我常常想它，但是我没有兴致拿起笔来精耕细作，把精神变成感性的、可见的东西。

帝国不去烦您，我很高兴。若是您被禁了，那个地方只剩下我自己经营我的小巾场，那我会很伤心的。但是事情还在发展，您和我突然同时被禁的可能性依然存在，若是如此，我会视为快事，虽然我没有资格主动挑衅。我们今天的工作是非法的，因为它遵循的是各条战线和各个阵营都讨厌的思潮。

我常常想您，获悉您每天都在埃及[1]待一会儿，甚喜。我也希望能再去东方。否则真的难以在这个精神贫瘠的世界坚持下去。

祝您全家安好。

赫·黑塞

---

1. 指曼氏当时正在创作、1936年在维也纳出版的约瑟系列小说第三部《约瑟在埃及》。

五十四　电报

屈斯纳赫特，1936 年 4 月 2 日

恭喜！[1]

卡佳和托马斯·曼

---

1. 黑塞荣获了瑞士最高文学奖：马丁·博德默基金会（Martin Bodmerstiftung）戈特弗里德·凯勒奖（Gottfried-Keller-Preis），奖金为六千瑞士法郎。

五十五

屈斯纳赫特，1936年4月19日

亲爱的黑塞先生：

衷心感谢优美的吕贝克概览！激起了我审视故乡时的特有感觉：怪异、窘迫、感动。您的获奖让我们兴高采烈。这笔奖金如今也不可小觑。瑞士媒体反响热烈，德国也会注意到。贝尔曼已在维也纳安顿下来，您想必已经知道了。[1] 眼下他正在柏林，下回也会来我们这儿。他说，他真的认为没人抵制我的书，他可以把书引入德国。为了准备5月初维也纳弗洛伊德八十诞辰的讲座，我无奈地在第三部书快完成时中断了写作，很痛苦。幸好讲座内容和我的小说相去不远。[2] 祝您和妮侬女士健康平安！

托马斯·曼

---

1. 1936年5月1日，戈特弗里德·贝尔曼·菲舍尔在维也纳为被第三帝国排斥的菲舍尔出版社作家成立了一家新的出版社，留守柏林的菲舍尔旧社则由彼得·苏尔坎普接管。
2. 讲座题为"弗洛伊德与未来"（Freud und die Zukunft）。

1936年由维也纳贝尔曼·菲舍尔出版社出版,《约瑟在埃及》也用精神分析学原理解释波提乏（Potiphar）的故事等《圣经》素材。

五十六

屈斯纳赫特，1936 年 10 月 17 日

亲爱的黑塞先生：

衷心感谢您惠寄美妙的梦诗[1]，非常深刻！我感觉自己进入了一个闪光诗句的宏大整体，一幢绝美的精神建筑。伴随这一神秘事业的各种愿望不禁呈现出一种古笃的形象，令人忍不住想说：愿主赐您成就伟业所需的力量和信心。

我想以一篇关于我本人与精神分析关系的小文回敬，不知道出版社是否已经给过您了，估计您因个人原因[2]会感兴趣。而更进一步，寄上约瑟系列第三部[3]，我决定还是作罢，因为我没把握您有否闲情逸致，读我的笑话[4]，还是不劳您受累了吧。坦白说，我宁可把书藏起来不给人看，因为它是我对抗或戏弄这三年的方式，其实是一件我只能指望极少人关注的私事。

我近来病痛不断。我们去了法国南部与家兄相聚，结果全家都患上了扁桃体炎，我痊愈后落下了左肩剧烈神经痛的毛病，刚回到家好一点，又突发面部丹毒，紧接着又在尴尬部位发出湿疹，治了数周才好，这还嫌不够，右手中指又发了指头炎[5]，只好动手术切开脓包，这个问题至今还在困扰我。一时间各种疾病纷至沓来，实在是走了霉运，折腾得我情绪低落，萎靡不振。

因此我更希望您身体康健。您今秋会去巴登吗？我的医生也建议我去巴登或类似场所休养。他说，依我的现状，去巴登之类的地方疗养对我有益。这样我就可以学着年迈的冯·施特希林说话了："是啊，恩格尔克，这就开始了。"[6]

祝您和妮侬女士一切都好。

托马斯·曼

---

1. 黑塞1936年7月写成的诗歌《一个梦》（*Ein Traum*），收录于《约瑟夫·克乃西特遗作》（*Josef Knechts hinterlassene Schriften*）中的诗集，参见《玻璃球游戏》。

2. 第一次世界大战期间，黑塞因严重心理危机与荣格（Carl Gustav Jung）的同事朗（Josef Bernhard Lang）进行了六十余次精神分析谈话，黑塞最晚由此开始深入研究精神分析学，《德米安》（1917年秋写成）和《悉达多》中有迹可寻。写成《悉达多》第一部分后，黑塞长时间无法创作，1921年5月，黑塞请荣格为自己进行精神分析治疗。1918年，黑塞写成《艺术家和精神分析》（*Künstler und Psychoanalyse*）一文（参见《黑塞全集》第十卷第47—49页），1919年和1925年分别写成弗洛伊德《精神分析引论》（*Einführung in die Psychoanalyse*）和《关于精神分析——伍斯特讲座五堂》（*über Psychoanalyse. 5 Vorlesungen in Worcester*）的书评。参见《黑塞全集》第十二卷和1970年在美因河畔法兰克福出版的黑塞《书评和文章中的文学史》(*Eine Literaturgeschichte in Rezensionen und Aufsätzen*)第 365—367 页。

3. 托马斯·曼《约瑟和他的兄弟们》系列第三部《约瑟在埃及》，1936 年在维也纳出版。

4. 此说源自歌德 1832 年 3 月 17 日给洪堡的最后一封信中谈及《浮士德》第二部时写道："若能在各位尊贵……朋友在世时就能将这些严肃的笑话献给他们，鄙人无疑会感到无限欣喜。"见岛屿出版社在莱比锡出版的《歌德书信日记集》(*Goethe: Briefe und Tagebücher*)第二卷第 562 页。曼氏常用"笑话"一说调侃自己的作品。

5. 化脓性炎症。

6. 曼氏心爱的冯塔纳（Theodor Fontane）长篇小说《施特希林》(*Der Stechlin*)第 36 章中，冯·施特希林少校老来病痛不断，遵医嘱服滴剂，"就像行家品新酒，"他对忠实的老管家点头说道，"是啊，恩格尔克，这就开始了。"

五十七

屈斯纳赫特，1937年2月23日

亲爱的、尊敬的赫尔曼·黑塞：

我想透露给您一条消息（我该第一个告诉的人，除了您，还能有谁？）：众人盼望已久的自由的德国期刊看来真要问世了。其实此事已定。一位爱好文学的富裕女士（她希望完全留在幕后[1]）将会提供所需资金。前段时间，这位女士及她在巴黎的代表与我、拟任发行人的奥普雷希特和拟任编辑的费迪南德·利翁[2]在本地谈得很融洽。目前的计划是双月刊，刊名"尺度和价值"，表明刊物宗旨和我们试图赋予刊物的意义和立场。刊物不应是攻击性的，而应富有建设性、创造性和恢复性，着眼于未来，并有志在德国空位期作为最高级当代德国文化的庇护所赢得信任和权威。[3] 在德国以外成立这样一个德国思想界机构的可望性甚或必要性，基本上毋庸置疑，大家都有切身体会。坦白说，我对这一决定感到欣慰，期待未来的进展，全心全意地支持此事。

您若也支持此事，那就太重要、太可喜了！您现在对德国的态度、在德国的地位，您还须顾及哪些因素，我不知道，但是我无需告诉您，在这件我认为考虑周详的事上，您的支持将有多么巨大的象征和实际作用，因此我绝不愿错过在未来编辑联系您之前先写此短函预先告知您的机会。利翁先生会告诉您详情的，我想他也会提出具体愿望，除非您马上告知您不愿写稿。我有点担心您会这么答复我，但愿您能尽快告知您原则上愿意赐稿。

我和家人祝您和妮侬女士安好。

托马斯·曼

---

1. 卢森堡钢铁大王埃米尔·迈里希（Émile Mayrisch）遗孀阿莱·迈里希·德·圣于贝尔（Aline Mayrisch de St. Hubert）资助曼氏和康拉德·法尔克（Konrad Falke）出版关于自由的德国文化的新双月刊《尺度和价值》，1937年秋天首发，1940年停刊。
2. 文学评论家和杂文家费迪南德·利翁曾任《尺度和价值》编辑。
3. 各种流亡杂志详情见书后附录。

五十八

1937年2月25日

亲爱的托马斯·曼先生：

来信收到，甚为欣喜。此类刊物之诞生肯定符合需求。而其宗旨并非暂时的宣泄，而是着眼于未来和目前分裂为两个阵营的德国文学与精神的重新统一，估计这不仅是我的、也是很多人的愿望。

关于我能否略尽绵薄，我乐于坦率地告诉您：完全说"否"，我无此意；但我的"能"由于种种原因有所限制。一是我的创作量增加有限，而且原则上不写命题文章。二是我须顾及在帝国的地位，我的立场是：我非常愿意忠于我的出版社合同和我的德国读者，除非某个不可抗力彻底破坏这一点，我绝不主动挑起事端。若无政治变化，我认为有可能我在德国的工作在财务方面会很快结束，或是我的书被禁，或遭到别种抵制，已有很多此类迹象，或是由于程序问题，使我无法再收到稿费。现在结算速度就已经越来越慢，或许瑞士人留在德国的存款不久后就会贬值，就像德国债券之类的一样。

但是就算我因资金原因被迫在德国以外出书，有些因素我依然必须顾及。家姐和舍妹都在德国居住，姐夫是本就处境艰难的信条教会的牧师[1]，诸如此类的牵绊还有很多。比如我一个至交老友[2]数周前被捕，羁押在维尔茨堡监狱政治犯处，就是您认识的菲德勒[3]曾被关押的地方，几乎可以肯定我这几年写给他的信在盖世太保手里。目前如果我的名字在那边激起愤怒，这会给我的老友带来虐待等祸事。这个机制高度敏感，一点都碰不得。您明白的。

尽管如此，我依然可能会偶尔给贵刊投稿，衷心预祝贵刊前景光明，不过我要先观望一下，您放弃攻击当前局势的愿望能在多大程度上得以实现，估计从头两期的内容就能看出来，也说不定等利翁先生介绍过情况后，我就能安心了。

请允许我加上一个请求：请将菲德勒的现址给我。若他在苏黎世，请转告他，吾友沙尔（原住阿尔滕堡）现被羁押在维尔茨堡，我想知道能否为老友做点什么。

我们这儿自从十月份以来几乎一直像是春秋天气，草地上繁花似锦。

我和拙荆祝贤伉俪安好。

赫·黑塞

又：吾友被捕一事请勿泄露。

---

1. 黑塞的姐姐阿德勒·贡德特（Adele Gundert，1875—1947）和姐夫赫尔曼·贡德特（Hermann Gundert，1876—1956）。

2. 弗朗茨·沙尔（Franz Schall，1877—1943），古典语文学者，教师，黑塞1891年就读毛尔布隆修道院中学时的同学，《玻璃球游戏》拉丁文格言的译者。
3. 见第十三封信注解8。

五十九

[1937年] 5月19日

亲爱的托马斯·曼先生：

大约三个月前，您为了筹办的期刊写信给我，我立即详细回了信。几周后，我又寄了我的《新诗集》[1]给您。由于两次都没有收到回复，我怕是有一封您的信给弄丢了。当然您很可能由于工作和出门（但愿不是由于生病）来不及写信，但是我不希望由于邮局出错而使得我们的通信中出现缺口。

拙荆多年夙愿得偿，去希腊旅行月余，预计明天回家[2]。她好像特别喜欢希腊，完全入了迷，搞得我几乎觉得有责任去温习一下古希腊语的不定过去时。

祝您安好。

赫·黑塞

---

1. 黑塞《新诗集》（*Neue Gedichte*），1937年在柏林出版。
2. 妮侬·黑塞在为期五周的希腊之行中游览了雅典、德尔斐、伯罗奔尼撒及提洛、米科诺斯和提诺斯三岛。

六十

屈斯纳赫特，1937年5月21日

亲爱的黑塞先生：

您饰有美丽信头并附上可爱诗图[1]的来信今天收到，谢谢！得知害您久等我的回信，很是歉疚。信没有丢，您关于刊物的复信，我如期收到并阅读了，对您的好意很感激，但当时觉得没有具体事项需要答复。您的《新诗集》是一个真正的宝库，我也收到了，我时时充满柔情地捧读，只是从封皮上看不出是您亲自寄的，否则我怎会不向您道谢呢？我本来是想道谢的，不过您对我最近的生活猜得很准。我不但出了门，出门总是影响写信，而且我第三次去了美国[2]，回来后感到精疲力竭，还得了坐骨神经痛，我出发时就有症状，因为劳累和气候潮湿而加重了，搞得我大伤元气，至今没能恢复。短波电疗带来了些许改善，但是根治可能还是得去温泉疗养，我们打算去拉加兹。这个病令我意外地疼痛，而且还影响心理，因为它会让人驼背，显得老态龙钟。

您和尊夫人现在又团圆了。请代我和拙荆向她问好。距我们上回在一起玩滚球已经过去太久了，希望今夏能够重逢同乐。

刊物让人绞尽脑汁。我刚为首刊[3]写了一篇详细的刊首语，也用作我的歌德小说[4]的开头章节。发行人、编辑和出版商都期盼您有朝一日能为刊物赐稿。

祝您安好。

托马斯·曼

---

1. 未能找到。
2. 曼氏4月6日至29日应纽约社会研究新学院（New School of Social Research）的邀请访美。
3. 新刊宗旨主要体现在1937年9月第一期《尺度和价值》刊首语的一句话中："我们要做尊重尺度、捍卫价值、热爱自由和勇敢、鄙视庸俗和糟粕，尤其深度鄙视凶暴虚伪、假扮革命的糟粕的艺术家和反野蛮人。"
4. 《绿蒂在魏玛》（*Lotte in Weimar*）。

六十一　明信片

屈斯纳赫特，1937 年 5 月 29 日

亲爱的黑塞先生，非常感谢！我把照片留为书的扉页图。您看起来像个睿智又孤僻的老花匠，而妮侬女士显得活泼又聪明。如此美好的 5 月很久没有过了。我虽然身有病痛，还是无限享受这个季节。

您忠实的托马斯·曼

六十二　明信片

拉加兹拉特曼宾馆，1937年6月16日

亲爱的黑塞先生，多谢您惠赠美丽又亲切的礼物，助我抵挡治疗初期的疼痛[1]。此地白日难过，黑夜艰熬。我从未生过病，很难做到不灰心。

托·曼

---

1. 曼氏1937年6月10日至30日在瑞士拉加兹（Ragaz）接受坐骨神经痛浴疗。

六十三

赫尔曼·黑塞六十贺寿词[1]

托马斯·曼

今天，7月2日，赫尔曼·黑塞满60岁了，这是一个美好又可爱的大日子！德国土地上将有成千上万的人在心中欢庆这个日子，我认为今日德国统治者的冷漠越是黑暗，欢庆的心就越是诚挚，越是坚定。在此种情感的许可、此种倔强的爱之权利中，人类能够拯救自己的灵魂……

而我们欢庆这个日子，也是以某种方式拯救我们自己的灵魂，使它免受精神放逐和祖国疏离：借此机会，我们又可以诚心重做德国人，接受德国气质，感受深藏的、复杂的作为德国人的自豪感。因为没有比这位作家的人生和作品"更德国"的了：没人比他"更德国"地书写传统、快乐、自由和精神，而这些正是德国之名的令誉和人类对其喜爱的源头。

纯洁、大胆、梦幻、睿智的黑塞作品充满传承、连接、记忆和隐秘，而绝非只是模仿。这些作品把日常事务提高到一个全新的、精神的、甚至是革命的层面——不是直接的政治或社会意义上的革命，而是精神、诗意的革命；它们真实而忠诚，富有前瞻性和对未来的敏感。我无法用别种话语来形容它们对我强大、双关而独特的吸引力。它们既有浪漫而活泼的音色，又有德国灵性式沉思和忧郁的幽默，在同一个人身上又与其他颇为不同的元素自然地相结合，例如更世俗的欧洲批判主义和精神分析元素。例如在无比纯洁又有趣的浪漫主义小说《纳齐斯与戈德蒙》中，这位施瓦本作家和田园诗人与维也纳性爱精神分析学的关系呈现出一种最具魅力的精神悖论。黑塞对布拉格犹太天才卡夫卡的仰慕同样奇特而富有特色，他很早就称卡夫卡为"德语文学的秘密国王"，一有机会就向卡夫卡致敬，对他的景仰超过任何一个当代作家。[2] 会有某种文学家觉得黑塞平庸吗？不，黑塞可不平庸。遥想二十年前，震撼人心的《德米安：埃米尔·辛克莱的彷徨少年时》以神秘的准确性击中时代的神经，让整整一代感激而心醉的青年以为是他们自己的行列中出现了一位他们心底声音的宣告者。还有必要说，《荒原狼》的实验勇气不逊于《尤利西斯》和《伪币制造者》[3] 吗？

我深深感到，根植于故乡德国的浪漫主义、时而乖僻时而诙谐、时而愠怒时而玄学避世的黑塞作品属于当代最高尚最纯洁的精神试验和努力。值此佳辰，我希望能荣幸而高兴地向寿星公开表达祝贺和景仰之情。在同代作家中，我很早就选定黑塞为最亲最近之人，欣喜地观察他的成长，这种喜爱源于我们两人既迥异又相似。我们的相似有时让我吃惊。我为什么不说呢？黑塞的某些作品，比如《浴疗客》[4]，还有发表在菲舍尔《新评论》上的、神秘的晚期作品《玻璃球游戏》的引言，我读后感觉"就像是我本人的一部分"[5]。

另外，我也爱黑塞这个人，爱他开朗又细心，友好又调皮的样子，爱他不幸患病的双眼中射出的深邃而美丽的光芒，眼睛的蓝色照亮了他干瘦细长、五官鲜明的施瓦本老农面孔。我和黑塞的私交始于四年前，当时正在经历失去家园、住宅和炉灶的惊恐的我常去美丽的堤契诺小楼和花园拜访黑塞。当时的我多么羡慕他啊！羡慕他的安逸，更羡慕他早于我多年获得精神自由，能够哲学式地与德国政治拉开距离……在那些纠结的日子里，没有什么事情比与黑塞交谈更有益、更治愈。

最后，我再次对黑塞表示感谢和祝贺！他正日益超凡脱俗，我祝愿他在此过程中一直拥有力量，因为要绘成《玻璃球游戏》这种勇敢心灵的梦想蓝图，需要巨大的力量。我觉得能让此事成真的保障是黑塞的幽默感，尤其是在已发表的此书片段中的语言狂欢，黑塞内心深处的艺术家之乐。祝愿他早日完成此书。我们赞许黑塞的谦逊，但是，我们仍然期盼他的威望越来越深地渗入人心，越来越广地传到全世界，希望瑞典的世界文学奖能为黑塞的成就加冕，这份殊荣他早该获得，但若是在今日成就，这将是一个意义特别重大、表现力特别强的宣言，也将是一条非常幽默的消息。

---

1. 1937年7月2日（周五）第1192期《新苏黎世报》上午版。
2. 黑塞1925年就在给出版商库尔特·沃尔夫（Kurt Wolff）的信中自称"卡夫卡崇拜者"，请求出版社惠寄卡夫卡的"小作品"。参见黑塞写的卡夫卡书评，《黑塞全集》第十二卷《书评和文章中

的文学史》第 477—479 页。

3. 爱尔兰作家詹姆斯·乔伊斯（James Joyce）的长篇小说《尤利西斯》(*Ulysses*)（1922 年出版，德文版于 1927 年出版）和法国作家安德烈·纪德（André Gide）的长篇小说《伪币制造者》(*Les Faux-Monmayeurs*)（1925 年出版，德文版 1928 年出版）。

4. 曼氏把 1925 年在柏林出版的黑塞小说《温泉疗养客——巴登疗养笔记》(*Kurgast. Aufzeichnungen von einer Badener Kur*) 的题目写成了《浴疗客》(*Badegast*)。这处小变化很能说明问题。就像《卡岑贝格尔博士的温泉之旅》(*Dr. Katzenbergers Badereise*) 的作者让·保罗（Jean Paul）一样，曼氏爱谈温泉旅行和浴疗。苏黎世大学德语文学研究者埃米尔·施泰格（Emil Staiger）在关于此类"歪曲引用语"的文章中写道："这些话被……演绎成了别种风格。引用者吸收了自感适宜、自己喜欢的东西……引用语悄悄发生了变化……实际上被占为己有了。"见 1955 年在苏黎世出版的埃米尔·施泰格著作《创作和演绎》(*Dichtung und Interpretation*) 第 162 页。

5. 1934 年 9 月柏林《新评论》杂志预先刊登黑塞晚年著作《玻璃球游戏》第四版引言，题为"《玻璃球游戏》——赫尔曼·黑塞尝试通俗介绍其书"。曼氏此处引用路德维希·乌兰德名诗《好战友》(*Der gute Kamerad*) 第二段末句。

六十四　明信片

1937 年 7 月 7 日

亲爱的托马斯·曼先生：

我已经庆祝了两次生日：2 号和妮侬、儿子们还有三位老友[1]在哈尔维尔湖畔的布雷斯腾贝格城堡；昨天在家，完全是私人性质。现在我想再次告诉您，就像我上一回说过的那样，您优美、友爱、聪明而欢快的文章给我带来了这些天的一大乐趣，谢谢您！您的贺电我也收到了，还（估计是通过您的好心帮忙）从您住的宾馆收到了贝尔曼老友和夫人图提[2]（特别可爱）的礼物。

我最近身体不好，得了个可笑的喉炎，发了点低烧，我居然就委顿不堪，所以这个生日过得比较累，尤其是布雷斯腾贝格的生日会。但是也有诸多美好之处，我常常心生愧意，感到他人全是谬赞，不过总体来说我还是愉快地饮下了整杯甜酒。人很少能收获纯粹的认可和爱意，大多时候需要同时应对烦人的要求或发泄丑恶的情感。这一回，就我迄今所见，没有出现不好的事情。我如鱼得水，恍恍惚惚。

您了解这种感觉，您也知道事情的另一面，比如等着我读的千百封信，其中大约四分之三我还未及开拆。

在我的喜悦被回信的任务夺走之前，我想再次衷心感谢您的友情。交友容易，我少有困难，但是全面了解而且理解自己的朋友难觅，所以我格外珍惜您的文字。

希望您坚持治疗，早日康复！获悉您抱恙，我很难过。

如果贝尔曼和图提去拜访您，请代我问好，告诉他们，我和拙荆非常喜欢他们馈赠的精美礼物，我会尽快写信给贝尔曼。

衷心祝您安好。

赫尔曼·黑塞

---

1. 爱丽丝和弗里茨·卢特德夫妇（Alice und Fritz Leuthold）、路易·莫列（Louis Moilliet）、玛吉特和马克斯·瓦斯默夫妇（Margit und Max Wassmer）。
2. 参见第二十九封信注解3。

六十五

屈斯纳赫特，1937年7月10日

亲爱的黑塞先生：

您认可了我的报纸贺词，我很高兴。可惜您又急着受累道谢。我觉得，碰上这种日子，完全可以让别人干点活，信债嘛，反正永远也还不完。您却马上寄来这么美丽动人的回礼[1]，我又得向您道谢了！但愿庆祝的劳累和种种不便反而让您精神焕发、心情愉快。您看，我又回到屈斯纳赫特了，病痛犹在，但是在拉加兹再住下去已无必要，我现在必须耐心等待预告的疗效出现。

托马斯·曼

---

1. 黑塞《回想录》(Gedenkblätter)，1937年在柏林出版。

六十六

(邮戳:1937年10月29日)

亲爱的托马斯·曼先生:

新版《克鲁尔》收到,应该是您所赠。[1] 得以再见妙文,还有幸阅读新章,我真高兴,大喜过望。谢谢您!

我们的夏天过得忙碌而丰富,就是热闹过头了,卢加诺游人如织,我们的访客也随之倍增。宾丁[2]也来过了。非常希望您能尽快摆脱逼迫您去拉加兹的病魔。拙荆也向您和尊夫人问好。

赫尔曼·黑塞

---

1. 荷兰奎里多(Querido)出版社1937年在阿姆斯特丹出版《大骗子克鲁尔的自白》增补版(1922年部分章节首次出版)。
2. 德国作家宾丁1937年10月9日偕儿子卡尔拜访了黑塞。

六十七　明信片

屈斯纳赫特，1937 年 11 月 1 日

亲爱的黑塞先生，来函和美画收到，多谢！奎里多[1]寄《克鲁尔》给您最为合适。谨祝读新"笑话"愉快！我身体渐好，可以工作了，年初还得再去一趟美国。

我和家人祝您阖家安好！

托马斯·曼

---

1. 伊曼纽尔·奎里多（Emanuel Querido，1871—1943），荷兰出版商。1933 年奎里多出版社增设德语部，专门出版受纳粹政府抵制的书籍。

六十八

《尺度和价值》

自由的德国文化双月刊

发行：托马斯·曼和康拉德·法尔克

编辑：费迪南德·利翁

苏黎世奥普雷希特出版社

雷米路 5 号，电话号码：46 262、42 795

  托马斯·曼博士，苏黎世屈斯纳赫特，1937 年 12 月 16 日

亲爱的黑塞先生：

  太好了！衷心感谢您的大力支持！您的美诗令鄙刊生辉。[1] 大作将在下期即第四期发表。

  祝您和尊夫人顺遂如意。

托马斯·曼

---

1. 赫尔曼·黑塞《在一个古老的堤契诺公园里》（*In einem alten*

Tessiner Park）组诗三首：《花园大厅》（Gartensaal）、《眺望谷中之湖》（Durchblick ins Seetal）、《红亭》（Roter Pavillon），见《黑塞全集》第一卷第 111—113 页。

六十九

屈斯纳赫特，1938年9月8日

亲爱的黑塞先生：

来信收悉，很高兴，谢谢您。对于您在这个恐怖时代所做的救援工作，我深表钦佩和敬意。[1] 在瑞士，您能做的比我多，不过我偶尔也有机会略尽绵薄之力，比如帮助穆齐尔[2]在国外撑过最初几个月。

可怜的阿曼[3]，眼下我好像来不及看他的稿子。我最好听您的，转给韦尔蒂[4]，他有兴趣。我会告诉阿曼，请他等我从普林斯顿回来后再把稿子给我看。我们明后天就动身，在那之前见不到您和尊夫人了，我很难过。但是，只要算总账的那一天不来，我相信明年五月可以来这儿住上几个月。

托马斯·曼

---

1. 黑塞在1938年7月给德国作家彼得·魏斯（Peter Weiss）的信中写道："这几个月，我天天忙着……援助难民，几乎就像当年战时我照管了三年多战俘一样。"在8月给瑞士画家恩斯特·摩根塔勒（Ernst Morgenthaler）的信中又写道："流亡人士带来了很

多工作，得去外国人警察局帮他们争取，找地方安置他们，设法帮助他们去其他国家。我们被迫和半个世界的官方机构打交道，再加上还要制作一大堆入境申请、证书和简历等文件的副本。"参见《有关黑塞生平和作品的资料——玻璃球游戏》第一卷。

2. 罗伯特·穆齐尔（Robert Musil，1880—1942），奥地利作家，1933年穆齐尔从柏林迁居维也纳，1938年迁居瑞士。托马斯·曼在1938年7月27日写给贝尔曼·菲舍尔的信中表示愿意"两年内每月资助一小笔补贴"帮助穆齐尔渡过难关。黑塞则于1938年11月陪同穆齐尔去瑞士外国人警察局办手续，并帮助穆齐尔在日内瓦居住终老。穆齐尔于1938年12月底致信黑塞道谢。黑塞曾于1931和1933年发表穆齐尔小说《没有个性的人》（*Der Mann ohne Eigenschaften*）的书评，参见黑塞《书评和文章中的文学史》和《黑塞全集》第十二卷第470、471页。托马斯·曼也于1932年为《没有个性的人》写了书评，参见1960年出版的《托马斯·曼全集》第十一卷第782—784页。

3. 保罗·阿曼（Paul Amann，1884—1958），奥地利语言学家、文化历史学家。他与曼氏长期通信（见1960年在吕贝克出版的《托马斯·曼和保罗·阿曼书信集》[*Thomas Mann：Briefe an Paul Amann*]），1939年迁居法国，1941年迁居美国。

4. 雅各布·鲁道夫·韦尔蒂（Jakob Rudolf Welti，1893—1964），时任《新苏黎世报》副刊编辑和戏剧评论员。

七十　明信片

(邮戳:1938 年 11 月 15 日)

亲爱的托马斯·曼先生！我想知会您一声，我拜读了大作《叔本华》[1]，非常高兴。我本人今年过得不顺又劳累，需要再去巴登疗养。

祝您阖家安康。

赫·黑塞

---

1. 曼氏《叔本华》(*Schopenhauer*) 一文收入文集《展望》(*Ausblicke*)，贝尔曼·菲舍尔出版社 1938 年在斯德哥尔摩出版。此文英文版后来成为曼氏编纂的叔本华著作英文选集（题为"The Living Thoughts of Schopenhauer"）的序言。

七十一

新泽西州普林斯顿，1938年12月6日

亲爱的黑塞先生：

您喜欢《叔本华》，我再次感到欣慰和满足。当时我要写一篇二十页的短文，在美国出一个缩略版，后来就成了这本小书。我估计，上半部分，读者会看出文章最初的用途，因为对于系统的介绍略嫌简薄，再往下看，就慢慢有了暖意。

衷心希望巴登疗养[1]对贵体有益，估计这会儿您已经回家了吧。我们在这里过得很如意。我写歌德小说[2]，偶尔讲讲课。圣诞节估计所有孩子都会来看我们。

但愿我们明年夏天有幸去瑞士，或许还能同您见面。用"不顺"和"劳累"来形容今年算是很委婉了。这些英国政治家知道自己在做什么吗？[3] 恐怕他们心知肚明。

我满怀友情地祝您和妮侬女士安好。

托马斯·曼

---

1. 黑塞1938年11月16日到12月12日在巴登疗养。
2. 《绿蒂在魏玛》。

3. 1938年9月29日，希特勒、墨索里尼、张伯伦和达拉第缔结《慕尼黑协定》，迫使捷克斯洛伐克将苏台德地区割让给德国。此前，英国首相张伯伦和外交大臣哈利法克斯前往德国会见希特勒，试图争取和平。参见1938年在斯德哥尔摩出版的托马斯·曼著作《这样的和平》(*Dieser Friede*)或1960年出版的《托马斯·曼全集》第十二卷第829—831页。

七十二　明信片

海滨诺德韦克特因修斯大酒店，1939年7月7日

亲爱的黑塞先生，谢谢您寄来这首无比美妙的诗！[1] 我是在普林斯顿时收到的。现在我们比您预料的离您近些，我们还是战战兢兢地希望今夏还能去瑞士。我们多么希望能再见到您啊！不过或许我们还是早日抽身为妙，以免回不了大本营。

菲德勒牧师[2] 写信告知，他去拜访过您了，他特别高兴。

我们也祝妮侬女士安好！

托马斯·曼

---

1. 可能是1939年单行本的《一张〈魔笛〉票》(*Mit einer Eintrittskarte zur Zauberflöte*)，见1977年在美因河畔法兰克福出版的黑塞《诗集》(*Die Gedichte*) 第664页。
2. 德国牧师库诺·菲德勒博士（Dr. Kuno Fiedler）1939年5月8日去蒙塔诺拉拜访黑塞。

七十三

新泽西州普林斯顿，1939年圣诞节

亲爱的黑塞先生：

您对《绿蒂》[1]的赞语让我大感欣慰！您和尊夫人爱读，证明该书还是有些可喜之处，遇到合适的读者就体现出来了。

我特别感谢您把信写在——我已在《尺度和价值》上欣喜而钦佩地赞赏过的——诗的副本上。用不同世界和生活类型的眼睛看时代，友善地进入每个人的心灵，而最深刻、最共情地进入儿童的心灵，这是一个真正诗意的伟大而仁慈的做法！[2]

祝圣诞安康！

托马斯·曼

---

1. 1939年在斯德哥尔摩出版的托马斯·曼小说《绿蒂在魏玛》。黑塞的来信尚未找到。1939年12月25日曼氏在给瑞士文学评论家奥托·巴斯勒的信中写道："黑塞夫妇读了十天《绿蒂在魏玛》，该书部分章节还是在瑞士写的。"
2. 1939年黑塞诗歌《战争时代》(*Kriegerisches Zeitalter*)（第一行

内容为：你们又得打仗了吗？）中写到老头、爱国者、战士、小伙子和孩子们等各种人的声音。见《尺度和价值》1939年11/12月7刊或黑塞《诗集》第668—670页。

黑塞在工作室读报

冈特·伯默尔绘在黑塞信纸上的钢笔画（第七十四封信）

七十四

(1940年2月13日)

亲爱的曼先生：

时隔年余，近日我又去了巴登疗养治病，我可以随身带一部您的新作[1]，真是欣慰。陪这本小书同去的还有一本斯威夫特的、一本乌纳穆诺的、《伊利亚特》和卡尔·福斯勒的精美新书上下卷[2]。

我常常想您，回想大家对流亡人士的帮助，埃伦施泰因[3]表现得特别热情无私。

请代向我们的朋友贝尔曼[4]问好，我没有他现在的地址，我要感谢他寄来两本新书，衷心祝他一切顺利。为菲舍尔夫人[5]我倒是能够偶尔效劳，主要是帮她和弟弟[6]通信，她弟弟刚逃出巴黎，现在法国比利牛斯山区，打算去美国。

我家近来情势不妙，拙荆快垮了，她的亲友圈出了很多恐怖的事，波兰被占领、俄国人入侵比萨拉比亚后，更是危机四伏，有被罗马尼亚人杀死的，有被俄国解放者赶到"内地"的，不一而足。

对我来说，最舒心的莫过于闭上双眼、不再理会这个扭曲的世界，但是我不甘心。虽有种种不顺，尤其是身体日渐羸弱，但是我仍然希望能把手头的长线织完。您第一次来蒙塔诺拉时看过几页的那本书，现在从数量上看，写好了四分之三左右。

衷心祝贤伉俪安好，幸好我们还能通信！

赫·黑塞

---

1. 1940年在斯德哥尔摩出版的托马斯·曼《被换错了的脑袋——印度传奇一则》(*Die vertauschten Köpfe. Eine indische Legende*)。
2. 1940年在莱比锡出版的德国文学史学家卡尔·福斯勒（Karl Vossler）著作《浪漫主义世界》(*Aus der romanischen Welt*)。
3. 奥地利诗人和散文家阿尔伯特·埃伦施泰因（Albert Ehrenstein, 1886—1950），1932年至1941年在瑞士居住，后移民美国，在纽约去世。
4. 贝尔曼·菲舍尔在瑞典因反纳粹活动被"保护性拘留"两个半月后遭驱逐出境，移居美国，1941年与弗里茨·兰茨霍夫（Fritz Landshoff）共同成立纽约菲舍尔出版公司（L. B. Fischer Corp.）。
5. 萨穆埃尔·菲舍尔的遗孀黑德维希·菲舍尔（Hedwig Fischer, 1871—1952）。
6. 黑德维希·菲舍尔的弟弟路德维希·兰茨霍夫（Ludwig Landshoff, 1874—1941），慕尼黑巴赫乐队指挥，音乐史学家，彼得斯（C. F. Peters）音乐出版社出版的《巴赫全集》主编，1933年迁居意大利，1938年迁居巴黎，1940年迁居纽约。

七十五

芝加哥温德米尔宾馆，1941年1月2日

亲爱的赫尔曼·黑塞：

来信与温馨的居家图[1]收悉，我深为欣喜。信上没标日期而且"已经核验"，估计是在百慕大核验的，不知道它在路上走了多久才到我这儿。但愿我现在写的几行感谢文字也能到您手中，告诉您，我们常常想念您、想念瑞士，五年的共同人生把您和我亲密地联系在了一起。

我永远不会忘记，在当年出事、回不了家、被连根拔起后，我们来到您家里，您的生活让我艳羡之余，也给了我力量和安慰。时隔已久，世人学会了把这段插曲当作一个时代，照旧过日子、忙事业、实现自我，但是，想到瑞士，当然总是会联想到，是否还能再见瑞士和欧洲。天知道还有没有足够的力量和恒心等到那一天。我怕——希望这个"怕"字用得贴切——这会是一个漫长的过程。等到潮水退去那一天，欧洲已经满目疮痍，回家即便可行，也不值一提了。另外，几乎可以肯定，依然梦想孤立和保留"美国生活方式"的本地将很快卷入变化和动荡。独善其身怎么可能呢？我们都是联系在一起的，并不像表面看来那么互不相干，这倒又是一种安慰和支持。

获悉尊夫人因为亲友而悲伤痛苦，我很难过。这些不详的历史缔造者在各地造成的苦难骇人听闻，罪无可赎，世人不再敢于期盼真正的、清晰的补偿。但是我深信，所有这些苦难终将重重地回落到罪孽的德国头上。

无论方式如何，无人能够幸免。我们的次女莫妮卡在贝纳雷斯城号沉船事故中痛失夫婿[2]，她本人则奇迹般地扒住一艘漏水船的船沿整整二十个小时后获救。心碎的姑娘现在普林斯顿和我们同住。家兄海因里希和小儿戈洛也幸运地到了美国，但是我们尚未把曾在布鲁塞尔当教授的内弟[3]从法国救出来。菲舍尔夫人母女拿到签证了，时机一到就动身。我们今夏在加州见了贝尔曼夫妇，他们住在纽约附近的康涅狄格州老格林威治（通信地址这样写就够了），贝尔曼一如既往地积极进取。美国人喜欢他，他会成功的。

您信中有个重要而美好的信息：您仍在坚持写作，而且您的神奇的小说已经写到最后四分之一了。这样说吧："这个我还想亲眼见到。"[4]最终它比战争的"结果"更重要，也许战争根本没有结果，一切只是都更深地滚向未知。我可以说，我的做法同您的一样，在此期间尽量自保、自娱。您带到巴登去看的超验笑话[5]，您就随便看看笑笑吧。至少它显示了如何保持自由和好心情。这个故事有点像从《绿蒂》返回我现在又继续写的《约瑟》。不过必须接受由于广播、讲座、旅行、日常的和"世界"的需求造成的许多中断。

我们正在芝加哥小住，探望我们的第二个孙辈，刚满月的安吉莉卡·博尔盖斯[6]。头一个是男孩[7]，幼子米夏埃尔和苏黎世小妻子[8]

生的。米夏埃尔一家住在加州卡梅尔，我们去年夏天在那儿住得特别满意，很可能今春会搬到那里去住。我们在太平洋沿岸的圣莫尼卡附近买了一块地，地理位置优越，有七棵棕榈树和大片柠檬树，若非估计快要到来的战争使得价格飞涨，我们本想在那里盖房的。

再见，亲爱的黑塞先生，期待与您重逢！您不会来美国的，也没理由来，但是或许有朝一日这个世界会允许我们去看您。

托马斯·曼

---

1. 见上信。

2. 匈牙利艺术史学家耶尼·拉尼（Jenö Lanyi, 1902—1940），1939年与莫妮卡·曼结婚。

3. 柏林物理学教授彼得·普林斯海姆（Peter Pringsheim, 1881—1963），1933年迁居布鲁塞尔，1941年迁居芝加哥，战后返回德国。

4. 冯塔纳诗《对，这个我还想亲眼见到》（*Ja, das möcht' ich noch erleben*）结尾：

    "但是无论多么落寞/即使不再祝愿未来/旁边总还听到话声：/对，这个我还想亲眼见到。"

5. 1940年在斯德哥尔摩出版的托马斯·曼《被换错了的脑袋——印度传奇一则》。

6. 安吉莉卡·博尔盖斯（Angelica Borgese），1940 年 11 月 30 日出生。
7. 弗里多林·曼（Fridolin Mann），1940 年 7 月 31 日出生。
8. 格蕾特·曼（Gret Mann），娘家姓莫瑟（Moser）。

七十六

蒙塔诺拉，1941年3月底

亲爱的托马斯·曼先生：

2月3日收到您1月2日的信，我非常高兴。但是令爱莫妮卡的经历让我们惊恐万分！在我们的亲友圈里，新的暴行、损害和罪恶越来越多，令人因生在这个冰冷邪恶的地狱里而羞愧。我的"基督教灵魂"因而产生怀疑：对于世界史，确切来说，当今时代只是一个令人作呕的血块，个人若与它有关，就是可耻的。在幼稚又勇敢的印度神话中，世界总是不断堕落、腐朽、耗尽，直到被湿婆一舞毁灭，然后毗湿奴躺在草地上或海浪中，微笑着在梦中创造一个年轻、美丽又清白的极乐世界。

对了，您可以想到，您的印度传奇给了我很多乐趣，它游走于严肃和戏谑之间，时而彬彬有礼，时而活泼得近于拉伯雷式幽默，真是一个绝妙的游戏。

麦蒂结婚了，还生了女儿，真是惊喜啊，我记忆中的她还是1930年那个滑雪的小女孩呢。女婿是那位米兰作家[1]吗？还是作家的儿子？

可怜的安妮特·柯尔伯[2]四周前就到里斯本等着渡海了，精疲力竭，钱也差不多用完了，终于等到了一艘小船上的一个座位，结果却在出发前两小时收到通知，说这艘船一个私人乘客都不带了，要她另找客船。这还得找多久呢？

近日来了一个奇怪的客人：莫梅·尼森[3]，是"伦勃朗德国人"朗贝恩[4]从前的门生和朋友，一个预言家。我此前只是听说朗贝恩和尼森都皈依天主教了。这回我看到的是一个英俊伟岸的多明我会神父，在德国从事神职数十年，1935年左右来到瑞士，不是做客，是来工作的，他是伊兰茨一家女子修道院的告解神父。

我的痛风病又犯了，冬天就不好，入春后简直难以忍受。右手痛了数周，害得我握不住笔，每天涂两三盒水杨酸膏，见效后可以打几行字，可惜药效不长，还会造成头昏耳鸣，令人自惭形秽，所幸这病有望好转，我以前就犯过几次（不过没这回严重），但后来都勉强康复了。

如果迈塞尔[5]还在您那儿，请代我问好。我和拙荆衷心祝贤伉俪安康！

赫·黑塞

---

1. 朱塞佩·安东尼奥·博尔盖斯（Giuseppe Antonio Borgese，1882—1952），曾在罗马和米兰担任德语文学教授，1931年迁居美国，1941年任芝加哥大学意大利文学教授。1940年11月23日与伊丽莎白·曼结婚。

2. 安妮特·柯尔伯（Annette Kolb，1875—1967），德国作家，与曼

氏和黑塞交好，从1915年开始与黑塞通信。

3. 莫梅·尼森（Momme Nissen，1870—1943），德国画家、作家，1900年皈依天主教，在瓦尔堡市多明我会修道院负责见习修士培训。

4. 尤利乌斯·朗贝恩（Julius Langbehn，1851—1907），德国作家，1890年匿名发表《教育家伦勃朗》（*Rembrandt als Erzieher*），见德国赫德尔出版社（Herder Verlag）1926年在弗莱堡出版的莫梅·尼森《"伦勃朗德国人"朗贝恩》（*Der Rembrandtdeutsche J. L.*）。

5. 汉斯·迈塞尔（Hans Meisel，1900—1991），德国作家、翻译家，托马斯·曼在普林斯顿期间的秘书。

七十七

加州太平洋帕利塞德，1941年7月13日

亲爱的黑塞先生：

一封从瑞士寄来的信，一封您写的信，那是一件多大的乐事啊。您大概不会相信，我是如何郑重其事地从一堆傻大个的美国信封中，把这封贴瑞士邮票的信挑拣出来、先睹为快的。奇怪的是，虽然瑞士对我们这些由于和政府交恶而失去故国的人谈不上友善，然而，在瑞士度过的五年让我感到这个国家异常亲切，对它的怀念几乎像是一种乡愁。令人欣慰的是，您对世界历史的准确描述使我得以与瑞士和在瑞士的友人保持联系，而其中最重要、最宝贵的就是同您的联系。

您的来信写于3月底，现在已经过去很久了，但愿随着天气转暖，当时折磨您的痛风病早已好转。痛风总是时好时坏，但是您一定会挺住的，尤其是为了完成《玻璃球游戏》这本奇书，此书必将成为后人眼中这个流氓时代的两三个亮点之一。我一直盼着大作问世。

我本人则应该非常感激这些年让我暂时免于病痛和明显的衰弱。容易疲劳、生活不规律时体质弱，我其实一向如此，并未感到随着年龄增长而加剧，所以老年的我基本上还是原来的样子。不过美国

东部夏季湿热（据说今夏将特别恶劣）、冬季刮极地大风的气候，我受够了。由于欧洲人在美国只有两个选择，不是住纽约和周边地区，就是住西部的美国第二大文化中心洛杉矶和周边，所以我们已经离开普林斯顿，迁居加州了，目前在漂亮的郊区租了一座小楼，很舒适，离海边很近，开车到好莱坞25分钟。我们甚至已经打算在去年夏天买下的一块地上造一座小楼。美国人建房很快，三个月就能造好一座配备所有先进设备的混合木结构楼房。这块地在一座小山上，可以俯瞰太平洋和群山，风景秀丽，有大片柠檬树和七棵棕榈树，所以我们打算给小楼起名叫"七棕榈楼"。

可怜的小寡妇莫妮和我们同住，心灰意冷，静悄悄地度日。戈洛也快来了。我们希望他能在本地某所高校任教，教历史、德文或法文，需要什么就教什么。克劳斯得留在喧闹的纽约编《决定》[1]，这份期刊给他带来了很多麻烦、担忧和喜悦。克劳斯现在只用英文写作了，写短篇小说和散文等等，文风惊人地自如，词汇量很大。我跟不上。常有美国人问我，《约瑟》最后一部要不要用英文写，很难同他们说清楚这为什么行不通。

我们的长女艾丽卡，这个勇敢的孩子已经回伦敦去了。我们心情沉重地放她走上了一条危险的道路，经里斯本去英国。这条路没有把她带到富饶和平、民众希望保留"美国生活方式"（其实已经基本上没有条件保留了）的土地上。艾丽卡想再次分担在当权者造了许多孽以后、同邪恶坚决斗争的、可敬的英国人民的困苦，至少分担几个月，她入了英国籍[2]，现在英国新闻部工作，很受器重。

亲爱的黑塞先生，我们何时再见呢？应该这样问：我们能否再见。恐怕会是一个漫长而可怕的过程，或许必须漫长，若是这个过程要把各国民众的文明程度提高一个档次的话。如果已毒害德国人智力至少一个半世纪的德国民族主义和种族主义能够彻底灭绝，那还是值得的。我对这场全球内战的结果基本上持乐观态度，毕竟大多数人是善的。俄中英美四个国家加起来，基本上就能代表全人类了，如果还是无法匹敌，那就是出鬼了，但说不定就会出鬼。

祝您安好！愿我们保持愉快的心情，努力工作！

托马斯·曼

---

1. 《决定——自由文化评论》(*Decision. A Review of Free Culture*)，克劳斯·曼（Klaus Mann）主编，1941年1月至1942年2月共出版十二期。
2. 艾丽卡·曼1935年6月失去德国籍后，以英裔美国诗人威斯坦·休·奥登（Wystan Hugh Auden，1907—1973）妻子的身份加入英国籍。

七十八

加州太平洋帕利塞德，1942年3月15日

亲爱的黑塞先生：

我花了很长时间才把旧有藏书收拢，又添置了一批书，现在我总算在几周前入住的新家又有了一间藏书室，结果，有一本您十六年前编的小书落入我的手中：舒巴特的生活和信念[1]。在您的跋文的引领下，我津津有味地读了一遍，按照舒巴特的说法，这次阅读把羽毛笔（这里该说是美国人常用的桌上钢笔）塞进我手中，要我再给您写两句，表表思念之情，问问您的近况。在读了大量英语作品之后（顺便说一下，我渐觉读英语有了乐趣），读到此人描述其执拗又追悔的艺术人生时那种热情洋溢的德语，我感到极为享受。昨晚我甚至还念给家人听了，还笑出了眼泪，虽然我绝没有笑话舒巴特的意思。这些自白多有特点和教益啊，把时代描述得非常生动，能让人了解当时德国的城市、宫廷生活和学术活动，以及拥有克洛普斯托克（"一个自封的天使"）和"德国阿里昂"巴赫的半法式艺术生活，总之，我必须再次为您旧日的礼物道谢。

其实我早就有理由给您写信道谢了，因为您寄给我那本特别可爱的、印给友人读的信件短文集[2]，应该让您知道我收到了，而且高兴地读过了。这个还学过古典浪漫主义的老德国的最后残余现在可

能濒临灭绝,对它的感觉——或许已是一种半讽刺的感觉——将撤退到身体和心灵流亡的深处。德国真的也禁了您的书吗?[3] 本地传言纷纷。也许只是安慰流亡人士的说辞,不过若是真的,我也不会感到奇怪。虽然您百般克制,但是您和那个德国之间的某种差异是无法长期掩盖的,政权不会永远容忍。估计嗜血怪人们也很清楚这种"从国民生活中剔除"的暂时性,您能挺住的,瑞士不会让您挨饿,只要它自己还有一口吃的。

对于将近尾声、我越写越有乐趣的《约瑟》第四部,我也决定暂时放弃残存的欧洲"市场"。按照目前的沟通状态,那儿一本像样的书也出不了。韦尔弗的新著《贝纳德特之歌》[4] 就是明证,顺便说一下,我因其中傲慢的天主教观念和倒胃口的神秘主义而批评它粗俗。此书印刷错误百出——当然如此,因为作者无法亲自校对。我不准贝尔曼这样对待《约瑟》[5]。美国会出一个英文版和一个德文版,这样就有原文版了——那样很好。我可不愿意有朝一日德国人还得把此书由英文译成德文。

我们还会再见吗,亲爱的赫尔曼·黑塞?我盼望。我会再见欧洲吗?我怀疑。待到这场我认为结局扑朔迷离、无法预测也难以实现的战争过去、我再见欧洲时,欧洲又会处在何种状态呢?我们别再隔着大洲说话了!但是我们在靠神奇的毅力做自己的事,对吧?——虽然我们造的东西很有可能被"赶到沙滩上,支离破碎地躺在废墟中,最先被时光的沙堆掩埋"。(歌德给洪堡的最后一封信。[6])我在外围做事,坐在我人生中最漂亮的书房里,对能享受这份福祉感激不尽。我家周围的景致，俯瞰大海，值得您一观：花园里种着棕榈树、胡椒树、柠檬树、桉树、繁茂的花儿、播种数日就能修剪的草坪。这种时候每每有心旷神怡的感觉，本地几乎全年都是晴空，光照无与伦比，把一切都美化了。戈洛和可怜的莫妮跟我们同住。艾丽卡也要来，这个可爱的孩子总是能带来生气，不管形势多严峻，她都能有说有笑的。两个最小的子女要从芝加哥和旧金山带孩子来看我们。附上比比和瑞士小妻子的儿子弗里多林[7]的小照一张。

传给我一些关于您健康的佳音吧，请向妮侬女士转达我和拙荆的亲切问候！

托马斯·曼

---

1. 1926年菲舍尔出版社在柏林出版、黑塞和卡尔·伊森伯格（Karl Isenberg）主编的《舒巴特生平文献》（*Schubart. Dokumente seines Lebens*）。

2. 估计指1942年春古腾堡书会（Büchergilde Gutenberg）内部出版的黑塞文集《小小的思考》（*Kleine Betrachtungen*）。

3. 纳粹当权时期，黑塞的《在轮下》《荒原狼》、第一次世界大战期间和之后创作的政治杂文集《思考》（*Betrachtungen*）和《纳齐斯与戈德蒙》因写到对犹太人的迫害而被禁止重印。1933年到1945年，德国共发行20种黑塞著作（含重印），十二年间共销售

48.1万册，约为当代德国黑塞著作的半年销量，其中25万册为1943年出版的雷克拉姆袖珍版图书《昔日太阳里》（*In der alten Sonne*），7万册为1934年岛屿出版社出版的诗集《生命之树》。

4. 1941年在斯德哥尔摩出版的奥地利作家韦尔弗著作《贝纳德特之歌》（*Das Lied von Bernadette*）。

5. 1943年在斯德哥尔摩出版的《约瑟和他的兄弟们》第四部《赡养者约瑟》（*Joseph der Ernährer*）。

6. 曼氏常用1832年3月17日歌德最后一封遗嘱式信件的语句描述其个人境况，比如说他写《绿蒂在魏玛》就是"神秘合一"（unio mystica）的表现。见《托马斯·曼书信集》第二卷（*Thomas Mann：Briefe II*）第72页曼氏1938年12月15日写给费迪南德·利翁（Ferdinand Lion）的信。

7. 参见第七十五封信注解7。

七十九

蒙塔诺拉，1942 年 4 月 26 日

亲爱的曼先生：

您 3 月 15 日的亲切来信，我三天前收到了，还算快。我很高兴，这在如今是很宝贵的。获悉我的内部出版物到了您的手中，我也深感欣喜，在德国丢了好多册。我和拙荆也很喜欢您和弗里多林的漂亮合影，弗里多林的脸型极像尊夫人。随信寄上住在苏黎世的小儿海纳尔[1] 父女[2] 的合影。

您终于又有一座小楼和一间正规的带藏书室的工作间了，而且住地的气候这么宜人，真好！这个消息，还有您写《约瑟》第四部很有乐趣，令我深感欣慰。

劳您亲切地询问我的身体状况，我不好避而不答，可惜我并无佳音可传。我的老毛病——风湿性关节炎——已经缠住我将近两年了。我整整一年半时间捏不了拳头，握不住东西，严重时连一支笔都握不住，幸好现在又能握笔了。对于根治，我早已不再奢望，只是不时尝试用治疗、按摩、去巴登疗养等办法缓解病情。我的工作进展不大，不过约瑟夫·克乃西特的故事基本上写完了，大约用了十一年。

我的书在德国还没有被禁，但几度险些被禁，而且随时可能被

禁，稿酬也数次被禁止转给我。当局自然了解我立足瑞士、立足欧洲的观点，不过总的来说满足于将我列入"不受欢迎的作家"名单。我的大部分书现在已经绝版了，而且当然大多都不让重印。但是毕竟仗不会永远打下去，虽然我难以想象打完仗时世界已经成了什么样子，但是我天真地认为到时候我们的书就又能出了。目前苏黎世弗莱茨出版社坚决要出版我的诗歌全集[3]；我在汇编过程中发现自己已经写了约一万一千行诗，着实吃了一惊。

世界正在努力让我们老年人甘心离去。做荒唐事的理性、手段和组织的数量，同各国民众化拙为巧、化暴行为理想的愚蠢和天真的数量一样，多得令人讶异。人类正是如此：既残忍，又天真。

在瑞士，早就可以感受到战争无处不在了。加上中断和假期，我的三个儿子[4]已经当了三年兵。民间、人性、自然的生活处处都被国家大政给吓倒。有时我觉得从1914年开始的混战就像一场注定无望、人类粉碎过分强大的国家机器坦克的巨型试验。

请代我和拙荆向您的家人尤其是尊夫人问好！祝您万事顺遂。

赫·黑塞

---

1. 海纳尔·黑塞（Heiner Hesse，1909—2003），屈斯纳赫特装饰设计师。

2. 海纳尔之女海伦（Helen），小名"宾巴"（Bimba），1929年出生。

3. 1942年在苏黎世出版的黑塞首部《诗集》(*Die Gedichte*)，共收录608首按年代排列的诗歌。
4. 黑塞与首任妻子玛丽亚·伯努利（Maria Bernoulli）的婚姻育有三子：布鲁诺（Bruno, 1905—1999, 画家）、海纳尔（见注解1）、马丁（Martin, 1911—1968, 摄影师）。

八十

加州太平洋帕利塞德，1945年4月8日

亲爱的黑塞先生：

您已经很长时间没有听到流落到美国蛮荒西部的精神兄长（或表兄）的消息了，虽然在您用成熟丰富的丰碑巨著《玻璃球游戏》[1]给了精神世界还有我这个兄长一份惊人的厚礼之后，您完全有权期待听到我的消息。但是您知道，美国与瑞士的交通被切断了好几个月——至少我们这儿收不到信。还有一个原因：封锁期间我病了一阵子，从去年秋天患上病毒性胃肠炎开始，其实患病不过一周，但是或许因为年老，我一直未能痊愈，实际上直到今天才算好了。主要是因为我的牙齿又跟着出了问题，您猜怎么着，这彻底压倒了我，害得我因患病而损失的十磅体重再也无法恢复，总之，不管具体患什么病，明显都是衰老的征兆，无话可说，反正我的长裤要一直肥大到彻底睡去了。但是我的外表却像是只有55岁，刚刮完脸时尤其精神，我的医生观念先进，深信"实际年龄"和"身体年龄"之间差异巨大，我每回就医，他都劝我别想象自己体弱。行啊，人只要等着看老天的安排就好。"准备好就是了。"[2]

而老天对您的安排神妙之极。别人都疲倦了的年纪（《漫游年代》[3]也是一个倦意浓重的僵化杂烩），您却创造出一部精神巨著，使终身事业达到巅峰。大作无比浪漫，浓墨重彩，而又连贯一气，是一部内省的、完美的、您亲手"盘点人生账目"[4]的杰作。

此书当时来得相当突然，我没想到刚一出版就能拿到。我非常好奇！我时快时慢地赏玩它。[5]我爱这种我熟悉的严肃的戏谑。它本身无疑具有玻璃球游戏的很多特点，达到了光荣的"以我们全部文化的内容和价值为对象"的发展阶段，"包容万物，飘浮于众学科之上"[6]。这当然其实是讽刺，使得装满思想的整体成为一种调皮的艺术乐趣，而诙谐的来源是对传记体和庄重的学者态度的戏仿。[7]但是读者不会有胆量发笑，而您暗地里会因他们的毕恭毕敬而恼怒。我了解这种感觉。

我拜读大作时也感到惊愕，惊愕于一种我已非首次感受到、但这回特别精确具体地感受到的亲近之情，因为我的"东方"时期结束后，一年多以来，我一直在写一部小说，一本真正的"小书"[8]，也是传记体，也是谈音乐，这岂非太巧了吗？拙著的标题为：

浮士德博士

一位朋友讲述的德国作曲家阿德里安·莱韦屈恩的生平

这是一个献身魔鬼的故事，主人公的命运与尼采和胡戈·沃尔夫的命运相似，由一个纯洁、慈爱、信奉人道主义的人物讲述一个反人道主义、恍惚、衰竭的一生。就是这样。您和我的这两部作品既差异巨大，又惊人地相似——两兄弟间的关系往往如此。

最后，难怪像大作那样"飘浮"的一部作品会反对"精神政治化"[9]。可以啊，只是要谈清楚。在巨大的压力下，我们大家都经历了某种简单化。我们经历了最深重的、骇人听闻的罪恶，并在此过程中——我们羞怯地承认这一点——发现了自己对善的爱。若"精神"是善的原则和想要的权力，是对真理面目变化的忧虑和警惕，即坚持接近尘世正义、信赖和需求的"忧万物"，那精神就是政治性的，不管它觉得这个标签美不美。我认为现今没有一样有生命的事物能够回避政治。[10] 拒绝政治本身也是政治，是坏的政治。

我们大家难道不是被要求在离世前认识到一点：虽然我们短暂逗留的星球上的文学可以容忍各种有瑕疵的东西，但是有一个、这个、这个极度可耻可恨、肮脏透顶的东西，还是不能容忍，而是必须齐心协力地扫除？就我而言，我甚至希望自己能为这一结局做出贡献，若您所述"精神政治化"是指这个的话。

祝您安好，黑塞先生！多多保重，我也会努力保重，以求与您重逢！

托马斯·冯·德·特拉维[11]

---

1. 黑塞于1942年4月29日完成《玻璃球游戏》手稿，5月将手稿最后一部分寄给时任柏林菲舍尔出版社社长的彼得·苏尔坎普，但苏尔坎普未能获得帝国文学院的出版许可，因此《玻璃球游戏》上下卷直到1943年11月才由苏黎世弗莱茨和瓦斯穆特

(Fretz & Wasmuth)出版社出版。

2. 莎士比亚剧作人物哈姆雷特所言。

3. 歌德著作《威廉·迈斯特的漫游年代》(*Wilhelm Meisters Wanderjahre*)。第一部分于1821年出版,其余部分于1829年出版。

4. 歌德在1794年8月27日给席勒1794年8月25日来信的回函中写道:"用友谊之手盘点我人生账目的来函是最好的生日礼物。"

5. 曼氏于1944年3月9日收到《玻璃球游戏》,并在当天的日记中写道:"有点吓着了。也是虚构传记的点子。发现世上并不只有你一个人,总是不快的。"次日又写道:"黑塞《玻璃球游戏》里的托马斯·冯·德·特拉维玻璃球游戏大师,相关程度惊人。我的书更尖锐、犀利、滑稽又悲伤,而他的更有哲思、情感和宗教性,不过也有文学幽默感和姓名游戏。"

6. 见《玻璃球游戏》引言。

7. 该书"诙谐"(die Verschmitztheit)的高潮是将戏仿(die Parodie)作为艺术手段,使不存在的事物"向着存在的和有可能新诞生的事物走近一步"。参见《玻璃球游戏》引言篇首格言。

8. 另见曼氏1949年1月4日信。见书后附录。

9. 见书后附录。

10. 见书后附录。

11.《玻璃球游戏》"两个宗教团体"(Zwei Orden)一章中的玻璃球

游戏大师托马斯·冯·德·特拉维隐喻出生在特拉维（die Trave）河畔吕贝克市（Lübeck）的托马斯·曼。黑塞用此举向曼氏表达敬意。见书后附录。

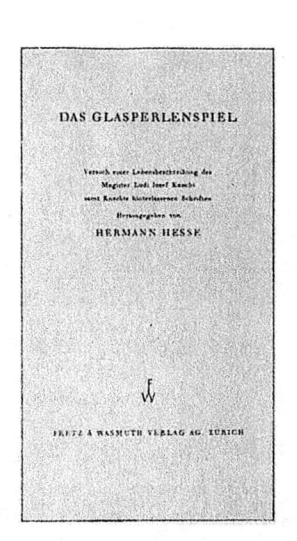

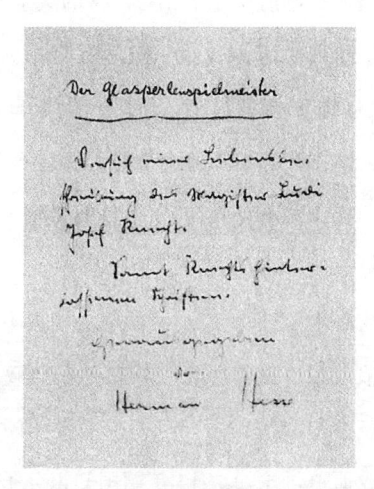

1943年《玻璃球游戏》首版封面和扉页

扉页的手绘设计图

八十一

蒙塔诺拉，1945年圣灵降临节（1945年5月8日）

亲爱的托马斯·曼先生：

来信数日前收悉。得知您的近况，看到您的《玻璃球游戏》读后感，尤其是您关于该书戏谑一面的点评，这让我非常高兴。当然，最令我欣喜和兴奋的是获悉您目前正在撰写的"小书"的标题。您的创作期显然长于我的，我已经四年没动笔了，只写了几首诗，但我很满意自己在精力衰退前写完了克乃西特的故事。对了，《玻璃球游戏》在柏林待过半年，因为我很乐意尽我对好人苏尔坎普[1]的责任。（他在盖世太保监狱关了很久，最后病入膏肓，进了波茨坦医院，不久后医院被炸。我都不知道这个好人还在不在世。）但是柏林有关部门认为出版拙作"不受欢迎"，于是此书除了几十位瑞士读者以外尚未与公众见面。

关于"精神政治化"，估计您与我的想法相去不远。如果精神自感有责任参与政治，如果世界历史召唤精神参与政治，克乃西特和我认为精神就应该参与政治。而一旦精神是受到国家、将领、当权者等外力的召唤或逼迫，比如1914年德国知识分子精英或多或少地被迫签署愚蠢和虚假的呼吁书，精神就应该拒绝参与政治。

从3月初开始，除了几天以外，我们这儿的天气一直异常暖和，还没到 4 月底，夏天就开始了，现在这里热得如同往年的盛夏一般。法国和英国偶尔有信来，其他邻国都没有。

今后我想到您时也会想到浮士德博士了。在阅读《约瑟》最后一部时，我很想念您。去年冬天我和拙荆才顾得上读《法西斯挺进》[2]，当时我们常常想到麦蒂。

我以一如既往的忠诚祝您顺遂安康。

赫·黑塞

---

1. 德国教育家和出版人彼得·苏尔坎普，自 1933 年开始任《新评论》主编，萨穆埃尔·菲舍尔去世后，苏尔坎普任柏林菲舍尔出版社（1943 年被迫改名为苏尔坎普出版社）总经理，贝尔曼·菲舍尔流亡后，苏尔坎普任出版社社长。黑塞于 1939 年延长与苏尔坎普的出版合同，为了在战时继续支持苏尔坎普出版反纳粹宣传的书籍。1943 年秋天，苏尔坎普被一名自称黑塞友人的盖世太保间谍诱捕，1944 年 4 月正式被捕并被控叛国罪。1944 年 7 月 20 日希特勒遇刺后，戈培尔（Paul Joseph Goebbels）称柏林苏尔坎普出版社为"7 月 20 日出版社"。幸好，由于罗森伯格（Alfred Ernst Rosenberg）、戈培尔、希姆莱（Heinrich Luitpold Himmler）和鲍曼（Martin Bormann）的纳粹党办公厅之间的管辖权之争，苏尔坎普免于在帝国人民法院（der Volksgerichtshof）受审并被处决。1945 年 1 月底，苏尔坎普因病危而被从萨克森豪森集中营

(Konzentrationslager Sachsenhausen) 释放。

2. 曼氏女婿博尔盖斯（Giuseppe Antonio Borgese）的著作《歌利亚——法西斯挺进》(*Goliath — The March of Fascism*)，英文版于1937年出版，德译版于1938年出版。

八十二

蒙塔诺拉，1945年11月5日

亲爱的托马斯·曼先生：

有件小事叨扰，请您原谅：我最近收到一封来自瑙海姆的信，附上。我无法答复这封既愚蠢又狂妄的信，而当我获悉这位其实姓"贝克西"的"哈贝"先生[1]的父亲就是那位几十年前的第一大新闻海盗和小报记者、后来被"维也纳的堂吉诃德"卡尔·克劳斯击溃的贝克西时，我就更不愿回信了。

您可以自行决定要不要行动、告知或暗示别人。我并无意硬要参与德国新闻界的重建，就让懵懂的美国军官接手好了。滑稽之处在于，偏是早于流亡潮十年就同德国清算、长年接待各种流亡人士、妻子家人在奥斯威辛等地遇害的我，竟要遭受此种愚蠢的侮辱。

而德国人对此事的想法不同于贝克西。我收到很多来信，多数来自战俘营，说还记得我1918和1919年的警告，非常后悔自己当时没有认真依从。就连78岁的州主教伍尔姆[2]也来信表达了此意。唉，算了吧！我只想告诉您一下，请见谅。

我的身体欠佳，这里的空气已经变得不受用了，我想告别。祝您安好。

赫·黑塞

又：当我想把此信发出时，邮递员送来了本期《瑞士新评论》，里面有您写给莫洛的信。您对1933年那些可怕日子的亲切回忆[3]让我很感欣慰。您知道我一向是支持您的：就像雅各布斯神父的名字是向雅各布·布克哈特迟到的致敬一样，约瑟夫·克乃西特的前任游戏大师用了您的名字。

读了您在给莫洛信中的温暖话语后，我考虑是否还该提贝克西的事来烦您。还是提一下吧，有几个知情者总是好的。

赫·黑塞

---

1. 奥地利作家汉斯·哈贝（Hans Habe，1911—1977），原名雅诺斯·贝克西（János Békessy），二战后主管德国美占区德国新闻界建设工作。他在1945年10月8日的信中指责黑塞没有像托马斯·曼、斯蒂芬·茨威格（Stefan Zweig）和弗朗茨·韦尔弗那样"向空中疾呼"声讨纳粹政权，而是"优雅地隐居在堤契诺"。哈贝指责黑塞的起因是：黑塞诗歌《迎接和平》（*Dem Frieden entgegen*）被哈贝擅自删掉为全诗点睛的最后两行后发表，黑塞批评哈贝删诗的举动为"暴行"。故此，哈贝训斥黑塞，要他关

注近年真正的暴行，并得出结论："但是我们不认为赫尔曼·黑塞今后还会有资格在德国说话。"在后来的声明中，哈贝对此事的说法不断变化且自相矛盾。参见1965年11月19日瑞士《世界周报》(Die Weltwoche) 登载的哈贝文章"零年的德国新闻界"(Die deutsche Presse im Jahre Null)、1968年8月2日柏林《建设》(Aufbau) 月刊登载的哈贝文章《赫尔曼·黑塞和希特勒帝国》(Hermann Hesse und das Hitler-Reich) 和1973年瓦尔特出版社(Walter Verlag) 出版的哈贝著作《经验》(Erfahrungen) 第149—151页。但哈贝1945年10月8日原信尚存，可供查证此事。

2. 特奥菲尔·伍尔姆 (Theophil Wurm, 1868—1953)，1929至1948年任符腾堡新教主教。

3. 1945年8月4日，作家莫洛在《慕尼黑报》(Münchener Zeitung) 上发表给托马斯·曼的公开信，呼吁曼氏回德国。曼氏在一封由德国总通讯社 (Deutsche Allgemeine Nachrichtenagentur) 公开发表的"致德国的信"(Brief nach Deutschland) 中作答 (1945年10月9日《南德意志报》发表缩略版，完整版见曼氏《书信集1937—1947》(Briefe, 1937—1947) 第二卷，第441—443页)。曼氏在信中也怀念了1933年拜访黑塞的情景。见书后附录。

八十三

太平洋帕利塞德，1945年11月25日

亲爱的黑塞先生：

我刚愉快地读完有幸获赠的大作《梦之旅》[1]，您的信就到了。读您的来信本是乐事，可惜德国新闻界对您愚蠢下流的攻击给我的喜悦蒙上了阴影。与德国和"全新的德国精神生活"的首次接触竟如此丧气，真是不幸，令人立刻就觉得受够了，宁可没有揭开锅盖。这种感觉，我在尊敬的同行蒂斯那儿也领教过了，此人有权用受控报纸搞些无趣的丑行[2]——关于忠实的受难者埃贝迈尔[3]；还有一位获准利用我给莫洛的委婉的公开信清空其爱国愤怒的归国者[4]。我们算了吧，那儿不是我们的福地，今天依然不是。完全有理由相信，没有任何方面有什么变化，我刚刚得出结论，我今天，包括政治上，在那儿不会比1930年左右更愉快。至于您私底下因为来自瑙海姆的信而生的烦恼，我猜测，以您的智慧（最晚从《玻璃球游戏》开始，您就是一位智者了，虽然您当然也是一位情绪容易激动的艺术家），现在我写这封信时，此事已成三周前的旧事，您早已想开了，可能根本不想听我的意见了。其实我无需多说了，不过我还是说吧，总编的信表现出惊人的粗鲁和令人反感的无知，他显然完全不了解您这个他应该慎重应对的人。您称他的举动为"暴行"是一时失言，所有美国主义者，包括新的美国主义者，似乎都对这个词语反应敏感，今天此词也的确有很多其他用途。结果他就大举反击，将贝尔森和奥斯威辛与大作被删节相提并论，并指责您没有向希特勒甩霹雳弹。可惜他没有说，身为瑞士公民，住在中立的瑞士，您怎么能做到这个，我在瑞士时也被迫五年几乎一言不发。畅所欲言这一点我也是到了美国才能做到的，而您不属于美国。欧洲连每个幼童都知道您厌恶德国的暴行，并用暗语充分表达了这种厌恶。我很高兴自己在公开信中不仅回忆了我们起初共度的美好温馨的时光，也写到您及早脱离德国政治，成为瑞士公民，您与德国事务的关系比我本人要自由得多、疏远得多、"病态"程度低得多，非常令人羡慕。当您已用自己的举动立场鲜明地反抗德国疯狂的权力欲望时，我还在一心出于浪漫主义和新教世界观为反革命反文明的德国辩护。我不否认这一阶段。但我几乎无权也没有兴致赞许哈贝上尉信中的任何内容。

他不认为您"今后还会有资格在德国说话"，但什么是"说话"呢？反正您绝非当大众演说家和旗手的料子，也许比我更为缺乏这方面的天赋。您说自己无意硬要协助重建德国新闻界，我再补充一点：估计您也无意硬要参与重建德意志国家。如果不是所有迹象都误导了我们的话，它将再度成为一个歪歪扭扭的建筑，我们最好不要为它承担任何责任。"德国人必须像犹太人一样被驱散到世界各地……"（对，我就是一个例子！）但是您作为伟大的德语作家随时会在德国、为德国"说话"，这一点，任何美军的任何新闻出版部门都改变不了。

获得本届诺贝尔文学奖的那位智利女士[5]究竟是谁啊？我称此为舍近求远。我开始觉得自己应该生气了，因为没人听我的建议[6]。

您多保重！过个愉快的圣诞节，用对既往成就的回想温暖自己吧。明年春天我就会有胆量去欧洲探险吗？我一则怀疑时机是否已经成熟，二来也怕身体吃不消，最重要的是我想把那部目前仍然遥遥无期的小说（或者是类似的东西）写完。我们等着看吧。

祝安好。

托马斯·曼

---

1. 黑塞小说童话集《梦之旅》（*Traumfährte*），1945年在苏黎世出版。

2. 1945年8月18日第十一期《慕尼黑报》登载弗兰克·蒂斯（Frank Thieß）题为"内心流亡"（Die innere Emigration）的文章。见书后附录。

   在谈到蒂斯时，黑塞在通信中常常提到"内心流亡"这个概念："我讨厌他发明的这个既愚蠢又难听的'内心流亡'。"还有"是他发明了'内心流亡'这个古怪又愚蠢的说法"。

3. 埃里希·埃贝迈尔（Erich Ebermayer, 1900—1970），德国作家，"忠实的受难者"是反话。埃贝迈尔是克劳斯·曼（Klaus Mann）幼时的朋友，战后立即自称一直坚定地反纳粹。柏林《建设》月刊1945年十一月号第310页刊登了埃贝迈尔1942年5月6日的一封信，信中，埃贝迈尔自诩与戈培尔和戈林交好，并以此威胁一位胆敢批评埃贝迈尔的一部著作的文学评论家，此信证明埃贝迈尔是亲纳粹派。托马斯·曼应该刚读过此信，因为同刊也登了他的一篇文章。

4. 1945年9月15日纽约《新人民报》（*Die Neue Volkszeitung*）刊登流亡作家马克斯·巴尔特（Max Barth, 1896—1970）批评托马斯·曼不回国决定的"别了，托马斯·曼"（Abschied von Thomas Mann）一文。1945年10月12日《奥格斯堡报》（*Der Augsburger Anzeiger*）登载托马斯·曼"我为什么不回去！"（Warum ich nicht zurückkehre!）一文。巴尔特直到1950年2月才返回德国。见书后附录。

5. 智利诗人加布里埃拉·米斯特拉尔（Gabriela Mistral, 1889—1957）。

6. 托马斯·曼早在1933年以前就开始再三推荐黑塞获诺贝尔文学奖。

八十四

1945 年 12 月 15 日，巴登（近苏黎世）

亲爱的托马斯·曼先生：

在巴登疗养结束回家之前几天，我收到了您评论哈贝/贝克西上尉小事件的来信。信中流露的好情绪和可爱的语气让我感到快乐和喜悦。在简单粗暴、不讲情面的人世间，收到一个真实的人用真实的语言写成的一封真实的信，实在弥足珍贵。欣悉您已顺利收到拙作《梦之旅》，也深感幸运。

我以沉默回应那位新闻官的粗鲁信函，遗憾的是，此事被泄露给了瑞士媒体，我很难阻止他们教育美国人、为我开脱的不懈努力。因为我当然无意在伪权威面前自辩并要求平反。好吧，这都过去了。

德国对您给莫洛的信的反应，我也有点份。有几家编辑部，还有几个人告诉我，他们现在知道该对托马斯·曼和我持何种立场了。如果曾经有那么一小会儿，大家称您和我为"兄弟"和"同道"似乎过于急切，那么现在已被纠正到最佳状态了，我很喜欢这样。康斯坦茨市是个例外。将近二十年前，我 50 岁生日那天，康斯坦茨用我的名字为一条小路命名，几年后，他们赶紧摘下了路牌，改了路名，现在市议会在一次匆忙的清理行动中又记起了旧事，挂上了旧路牌。世人居然会为这种事操心，实在可笑，可惜我还是笑不出来，因为这些尴尬蠢行的背后隐藏着可怕的丑陋和兽性,还有极度的悲惨,害得每个在德国还有亲友的人夜半时分常常从噩梦中惊醒。

政治上,没人在那里学到什么,但有那么一小群被希特勒和希姆莱削减到最少的人,他们看得很清楚,我同他们有些交往。但是这层薄薄的沃土远不足以支撑起一个新的共和国。目前我们得暂时满足于总算没有会被滥用的权力了。

而瑞士拥有一部完美的、模范的宪法。若真能落实,生活就不会像现在这样阴郁可怕了。但至少瑞士时不时地会出一个温克里德[1],敢于指称偷盗的高级军官为贼,有时军官甚至会有麻烦。民众为此欢欣鼓舞之余,焦急地遥望着强大的美国,虽然感到美国不理解他们,但幸好它远在天边,不像现在移近了的俄国那么令人望而生畏。

您多保重,别急着去欧洲。我和拙荆衷心祝贤伉俪安好。(拙荆在苏黎世,常来看我,她特别爱读您的信。)

赫·黑塞

---

1. 据说瑞士历史上的传奇英雄阿诺德·冯·温克里德(Arnold von Winkelried)在1386年森帕赫(Sempach)战役中徒手抓住一大把敌军长矛,为战友开辟了前进的道路。他的献身精神是瑞士最终获胜的关键因素。

八十五

太平洋帕利塞德，1946年10月12日

亲爱的黑塞先生：

前不久，阿尔高的来信[1]告诉我，您身体很差，只好入院疗养，您还说了些忧郁的话。别呀！别呀！我当时就想给您写信，至少写几句，我现在习惯写很短的信。但是，您获法兰克福市奖后的精彩致谢辞[2]（正好配您的"一封给德国的信"[3]）让我决定放下手头的事情，先向您道贺，毕竟此奖是一个强烈的信号。而且，我读上述两份坚持真理的坚定文件时深感欣慰，我也为此向您致谢。[4]

当然，德国人正是因为您坚持真理才不原谅您的。他们又能原谅哪一个坚持真理的人呢？他们不爱真理，不愿了解真理，不懂真理的魅力和净化力量。他们喜欢云里雾里，昏沉懒散，哭哭啼啼，身上有一种残忍的"气质"。直到"沦为世上的烂泥和垃圾"后的今天，他们仍恨不得除掉每个试图败坏他们的心灵劣酒的人。您能听到德国作家的声音吗？您离他们比起我来可要近得多了。若是听他们的声音，德国简直与替世界负罪的耶稣基督相去不远。

尼采爱说"哦，嘎嘎叫的魔鬼！"，他了解自己的同胞。尼采若是一个更有头脑、有办法的教育家就好了！——亲爱的黑塞先生，我希望您的不适和住院只是暂时现象，我可以想象您在花园里奋力劳作的场景，当然，是您在巴登治好以后：一个高尚的施瓦本老农，您越来越接近这个形象了。

您听说我前不久意外经受了一场晚年考验吗？一个传染性肺脓肿，害得我发了好几周的烧，不得不赶紧动手术割掉，还害得我搭上了一条肋骨。刀口极长，由胸及背[5]。幸亏我的心脏功能好，医生认为我术后康复得像一个30岁小伙子一样快。不过这样一场大手术总是对整个健康系统的一次打击，还是得注意保养，所以那部庞大的小说，就算"我的《玻璃球游戏》"吧，此书最后四分之一的进展没有原计划的快，不过进展还是有的，我希望明年二三月份能够完稿。

考虑良久、蠢蠢欲动的欧洲之行会成真吗？欧洲！对于您设计的最佳状况下的欧洲未来蓝图[6]，我有点不甘心。输光权力的欧洲真的也完全放弃了领导和行动，只配当一个虔诚的纪念堂了吗？我不知道。前不久，从欧洲过来的西班牙共和国外长阿尔瓦雷斯·德尔巴约[7]来看我，他说："欧洲很惨，但是生气勃勃。"欧洲也许比强大的美国更为"生气勃勃"。在美国，闭目塞听的过时势力顽固地抗拒必需的新生事物，这也许会导致美国重蹈欧洲的每条覆辙，包括据说已被我们打倒的法西斯主义。第三次世界大战仿佛不会来了，但是或许它非来不可——但愿我们不用活着看到那一天吧。

托马斯·冯·德·特拉维

1. 黑塞和托马斯·曼的朋友奥托·巴斯勒，教师，散文家，定居瑞士阿尔高州布尔格市。
2. 1946 年发表的黑塞《致谢辞和道德思考》(*Danksagung und moralisierende Betrachtung*)。参见《黑塞全集》第十卷第 103—105 页。此前不久，黑塞荣获美因河畔法兰克福市歌德奖（Der Goethepreis der Stadt Frankfurt am Main）。
3. 黑塞"一封给德国的信"（Ein Brief nach Deutschland），首版发表在 1946 年 4 月 26 日巴塞尔《国家报》(*National-Zeitung*) 上。参见《黑塞全集》第十卷第 548—550 页。
4. 参见书后附录。
5. 曼氏于 1946 年 4 月 24 日动手术，6 月初开始写《浮士德博士》第三十五章，写本信时已写到第四十一章。
6. "而我们这个沉疴难起的欧洲在完全放弃领导和行动的角色以后，或许又能成为一个高尚的概念，一个安静的聚集地，一个珍贵记忆的宝藏，一个心灵的避难所。"见黑塞《致谢辞和道德思考》。
7. 胡利奥·阿尔瓦雷斯·德尔巴约（Julio Álvarez del Vayo, 1891—1975），西班牙内战期间任外长。

八十六

1946 年 10 月 23 日

亲爱的托马斯·曼先生：

困扰欧洲的精神部分和我本人的极度不适现在也带来了些许乐事：一封您的来信，让我非常欢喜。衷心感谢您在我的人生危机时刻送来这份礼物。

几天后，我将离开蒙塔诺拉（信可以继续寄到那里），看看我能否在一位交好的医生[1]开的疗养院住下去。蒙塔诺拉的房子要空关上一段时间，至少今冬不会有人住了。近年来，收拾房子给拙荆造成的压力越来越大，实际上吞噬或损害了所有其他事情，这是我状况恶化的主要外因。再加上我的病，长年累月忍着疼痛度日，而且不是膝盖、脚趾和腰痛（痛风和风湿这类毛病，我一向能够默默地忍受），而是眼痛和头痛[2]，这种日子实在不好过。

当然，比身体疾病更严重的是心理问题，失控程度更甚。

所以现在我试试去疗养院隐居，并没有什么具体的治疗措施，只是从日常烦心事中脱身来达到休息的目的。或许会有效果，让我渐渐又能有力气做一两件美事。[3]得益于专心写《玻璃球游戏》，我熬过了整个希特勒时代。但是完稿以后，我无处可逃了，不得不直面整个世界反人性的神经战，我虽然挺了几年，但现在看来，我还是遭受了巨大的痛苦和迷失。

还有，我在"致谢辞"[4]中所说的欧洲，在我眼里的意义更大，比您理解的更为积极。我设想的未来欧洲并非一个"纪念堂"，而是一种理念、一种象征、一个精神动力源，就像我心目中的中国、印度、佛陀和功夫一样，并非漂亮的记忆，而是可以想见的最为真切、集中和实在的东西。

在当今德国，暴徒和投机商、打手和黑帮不再是说德语的纳粹，而是美国人，这一点虽然常常在现实生活中让我恼火，精神上却让我颇为释怀。我们大家都痛感自己对德国的恶行负有连带责任，但对新的恶行，我们于心无愧，并且几十年来头一回重新感觉到了深藏心中的民族情感，当然这种情感并不是针对德国的，而是针对欧洲的。

您亲笔告知我，您勇敢地战胜了可怕的肺病，又能工作了，真好。您用这个喜讯和您的亲切问候给我带来了真正的快乐。

拙荆可能先去苏黎世小住，然后去疗养院看我。收到您的来信，她和我一样高兴。我们衷心祝您安好。

您忠实的赫·黑塞

---

1. **瑞士法语区纳沙泰尔湖畔普雷法尔日耶医院**（Préfagier am Neuenburger See）**院长奥托·里根巴赫博士**（Dr. Otto Riggenbach）。

2. 黑塞少时就饱受眼疾折磨，1910 年前住在盖恩霍芬（Gaienhofen）时曾接受泪腺摘除术，结果反而导致病情恶化。老年黑塞"一看近处，眼睛就抽筋"。
3. 黑塞在那里写了一篇美妙的散文《一处景致》(*Beschreibung einer Landschaft*)。见黑塞《晚期散文》(*Späte Prosa*) 或《黑塞全集》第八卷第 425—427 页。
4. 参见第八十五封信注解 2。

八十七　电报

1946 年 11 月 18 日

斯德哥尔摩的先生们终于同意了我十年前就提出的想法。祝贺您！[1]

托马斯·曼

---

1. 1946 年 11 月 14 日，黑塞荣获诺贝尔文学奖。曼氏发英文电报道贺："Finally the gentlemen in Stockholm happened to join my ten years old idea. Congratulations!"

   见第三十八封信注解 4 的书后附录。

八十八

1946年11月19日,纳沙泰尔市马林

亲爱的托马斯·曼先生:

我谨向您致以最诚挚的谢意,感谢您发来贺电,也感谢您大力促成斯德哥尔摩的决定。我本来想写一封更配得上您和这桩喜事的信,可惜近来我的火苗微弱得濒临熄灭,所以只好委屈您将就一下了。这个年份接连给我送来好几件礼物,这些礼物我盼望已久,本身都很可喜:今年夏天,我请家姐和舍妹[1]到我家住了几周,供她们吃穿,安慰她们,直到她们不得不回黑暗的德国去;接着我被授予歌德奖;然后,我一生中最凶猛邪恶的敌人罗森伯格[2]在纽伦堡被判绞刑;现在11月给我送来了诺贝尔奖。第一件好事——和姐妹团聚——非常愉快,而且是唯一的一件我真正感觉到的事。其他喜事我暂时还没反应过来,因为我感知和消化失败的速度一向快于成功。无从得知我住处、转而侦察到我家地址的瑞典等国记者把我家包围了整整一周,着实吓住了我。不过渐渐地我越来越能看到这件喜事的好处了,我的朋友们,尤其是拙荆,开心得像小年轻似的痛饮香槟酒。巴斯勒[3]也颇感欣慰,我的许多老读者都很高兴,他们对我的偏爱现在被证明不全是错的。若是我的身体能慢慢好起来,那这一切还将会给我带来不少乐趣。

握您的手。我常常想起在慕尼黑菲舍尔夫妇住的宾馆里结识您的情景,那是 1904 年[4] 吧。

希望您已收到我的小文集[5],只是一些没分量的文章,但至少立场和态度一如既往。

祝您阖家安康顺遂。

赫·黑塞

---

1. 黑塞的姐姐阿德勒·贡德特,娘家姓黑塞;妹妹马鲁拉·黑塞(Marulla Hesse,1880—1953)。
2. 1947 年 10 月 29 日,黑塞在给一位老同学的信中提到纳粹理论家、纳粹报纸《人民观察员》(*Der Völkischer Beobachter*)主编阿尔弗雷德·罗森伯格:"我一开始就得罪了他,因为我这么个青年作家收到他寄来的《20 世纪神话》后却没有答复。不过他真正讨厌我是因为后来企图贿赂我未成。从那时起,他决心不择手段地打垮我,而他的手段繁多。"罗森伯格通过瑞士作家约翰·克尼特尔(John Knittel)向黑塞提出"由罗出资"邀请黑塞来苏黎世加入罗创立的欧洲合作者联盟(Bund europäischer Kollaborateure),遭黑塞拒绝。在 1932 年写的《玻璃球游戏》引言第二版中,黑塞用"施文辰教授"(Prof. Schwentchen)及其著作《绿色的血》(*Das grüne Blut*)嘲笑罗森伯格,不过此文直到黑塞去世后、1973 年才发表在《有关黑塞生平和作品的资

料——玻璃球游戏》第一卷中，1977年和福尔克·米歇尔斯的一篇文章一起发表在《关于玻璃球游戏的本质和起源——引言的四个版本》一书中。

3. 奥托·巴斯勒，参见第八十五封信注解1。
4. 两人于1904年4月首次会面。
5. 黑塞《战争与和平——自1914年以来对战争和政治的反思》(*Krieg und Frieden, Betrachtungen zu Krieg und Politik seit dem Jahre 1914*)，1946年在苏黎世出版。

八十九

太平洋帕利塞德，1947年2月8日

亲爱的黑塞先生：

我早就应该为您惠赠美丽、智慧而纯净的《战争与和平》而道谢的。书中间的某个地方还有"查拉图斯特拉归来"[1]，比早先那个我觉得有点可怕的查拉图斯特拉形象更和悦，语气更亲切，而且还加上了"感谢歌德"[2]，还有"威廉·迈斯特"雄文[3]，此文大概是继弗里德里希·施莱格尔之后最温暖、最聪明的书评。如今您实至名归，大作纷纷从时代迷雾中现身，清晰、坚定、隽永、令人信服，您本人必定也为此欢欣鼓舞，在您特有的抱怨、责备和哀叹的背后，必定隐藏着对一个顺利、幸福、总是被命运体贴地放过时代罪行的人生的满足和感激。当然，随着斯德哥尔摩的胜利号角吹响（这个图景令人忍俊不禁，想必您也觉得别扭），本地也行动起来了：我听说，不是《德米安》，就是《荒原狼》，要不就是两书很快都要出英文版，而且好像有人认为该由我来译介您："我想要您见见黑塞先生。"我保证尽力而为，别的就不敢保证了。

关于您的政治文章，您在信中写道："至少立场一如既往。"我的立场呢，也是一如既往，若是按歌德所说的"他一再改变观点，但从未改变立场"来区分立场和观点的话。我发现，您关于第一次世界大战的言论，我当时就觉得很好、很对，确切地说，我当时就这么说过。但是当时政治文人、表现主义者和活动家们的和平主义[4]就和协约国雅各宾派清教徒宣扬的美德一样让我厌烦，我捍卫的是我视为生活基础的新教浪漫主义的、非政治和反政治的德国。此后三十年，我几乎彻底改变了我的观点，却并未感到人生有中断和不连贯，但是和平主义仍然是一件怪事。它似乎并非每时每刻的真理，反而一度是全世界法西斯崇拜的面具，比如1938年的"慕尼黑"就令所有和平爱好者绝望，我热切渴望并"煽动"对希特勒作战，也会永远感激罗斯福这个天生的、清醒的除恶者用最伟大的艺术把至关重要的美国推入战争。当我第一次走出白宫时[5]，我就知道，希特勒完了。

不过事实上，每场战争，包括为挽救人类发动的战争，都会留下许多污秽、腐朽、野蛮和愚蠢。这既是必要的，也是有害的，属于尘世的"矛盾"。但是，虽然有许多迹象表明人类退步了，我仍然认为，过去十年中，人类在走向社会成熟的道路上向前迈进了一步，或者说被推进了一步。我认为这一点今后会表现出来，然后德国将不得不承认，它也走了这么一步。

说得差不多了。数日前[6]我写完了和您提过的浮士德小说，一共八百多页，能坚持下来也算一种道德成就，另外是否还有什么值得认可的，就要由未来告知了，目前我还看不清这个问题。此书肯定有些挑衅的德国特点，出卖灵魂给魔鬼，虽有新意，却又有一只脚踏在16世纪。没有约瑟系列的欢快，而是悲伤和严肃的。永远没法面面俱到！德文版将在瑞士出版，总算这回又由德语母语者负责排字了，而且让我自己校对，否则文风悲戚还加上错误百出，那就太对不起读者了。

今年我们会见到贤伉俪吗？我们曾经打算，现在依然打算5月份过去，可惜由于种种原因，没能及时着手安排，准备工作颇为繁琐。

祝您身体健康，微笑着、坚定地走向70岁！

托马斯·曼

---

1. 题词"约瑟夫·克乃西特献给托马斯·冯·德·特拉维，1946年10月于瓦尔德策尔"（Für Thomas von der Trave von Jos. Knecht, Waldzell im Okt. 46）的《战争与和平——自1914年以来对战争和政治的反思》中也有黑塞1919年1月署名"一个德国人"（Von einem Deutschen）发表的政论文《查拉图斯特拉归来——给德国青少年的一句话》（Zarathustras Wiederkehr. Ein Wort an die deutsche Jugend）。参见《黑塞全集》第十卷第466—468页。

2. 黑塞文章《感谢歌德》（Dank an Goethe），1946年在苏黎世出版，1975年岛屿袖珍书第129号。

3. 黑塞约于1911年创作的散文《威廉·迈斯特的学习时代》（Wilhelm Meisters Lehrjahre），参见《黑塞全集》第十二卷第

159—161页和黑塞《书评和文章中的文学史》。

4. 参见黑塞发表在1915年11月7日维也纳《时代》(*Die Zeit*)日报上的文章"给和平主义者"(Den Pazifisten)和1915年12月3日的公开信"致和平主义者"(An die Pazifisten)，见1973年在美因河畔法兰克福出版的黑塞《书信全集》(*Gesammelte Briefe*)第一卷（1895—1921年）第548—550页和第308、309页。

5. 1935年6月30日，托马斯和卡佳·曼夫妇首次应罗斯福夫妇私人邀请造访白宫。

6. 1947年1月29日。

九十

巴登（近苏黎世），1947年3月10日

亲爱的托马斯·曼先生：

收到您亲切的来信，我欢喜之余有点惭愧，因为您提到美国出版社向您打听我的情况。您千万别太当真了，想做多少就做多少，一定不要勉强。

我因坐骨神经痛发作离开马林，到巴登治疗，现已基本康复，不过精疲力竭、消沉低落等问题未见好转，此种状况到眼下已有两年半了，我也有心情愉快的时候，可惜总是转瞬即逝。关于我去年过冬的地方，您会在下期贝尔曼的《新评论》中读到一篇散文。[1]

安德烈·纪德的问候让我感到高兴，他是我最喜欢的当代法国人。我的作品中，他和我本人一样特别欣赏《东方之旅》，愿意帮忙出一个好的法文版。[2]

希望您能如愿成行，我们届时能够重逢。

祝您阖家安康。

赫·黑塞

---

1. 纳沙泰尔湖畔马林镇普雷法尔日耶，黑塞撰文《一处景致》，参

见第八十六封信注解3。

　　彼得·苏尔坎普在德国菲舍尔出版社继续办的《新评论》于1941年被禁。戈特弗里德·贝尔曼·菲舍尔1945年6月复刊，首期主题为托马斯·曼的七十寿辰。《一处景致》发表在1947年春第六期。

2. 最晚从1905年阅读纪德的《背德者》(*Der Immoralist*)以后，黑塞不但读了纪德的全部新作，而且从1905至1957年写了十五篇书评，把纪德介绍给德国读者。见书后附录。

纪德的女婿让·兰伯特（Jean Lambert）将黑塞的《东方之旅》译成法文，1948年由巴黎卡尔曼-列维（Calman & Lévy）出版社出版，纪德撰写前言。

九十一

（1947年6月初）

亲爱的托马斯·曼先生：

随信附上一首为您贺寿的小诗，可惜印得晚了。请笑纳。

下面两句话摘自我前不久收到的一封信，给您看看，是写信人要我告诉您的：

1. 您对德国的判断与他担任英国审查官一年、阅读十几万封信后作出的判断完全一致。

2. 您别去德国，就因为有遭遇暗杀的危险也不能去。

好了。您肯定还有其他东西要读。还有，万一您7月2日那天正巧在伯尔尼附近：我7月2日就和亲友在《东方之旅》里提到的布雷姆加滕城堡过生日，不公开邀请客人。除了我们俩和布雷姆加滕的那对夫妇，只有我的近亲，还有三四个朋友。到时定在一个漂亮的大厅里共进午餐，可能还配点音乐，下午晚些时候结束，大家各自回家。

若您不嫌远，愿意来，请知会我一声，也可以直接告知伯尔尼布雷姆加滕城堡（不是阿尔高的布雷姆加滕）的马克斯·瓦斯默。

赫·黑塞

速写页

秋日冷风吹响根根芦苇，
它们在黄昏中变为灰色；
黑鸦飞离柳树，抖着翅膀飞向陆地。

岸边，一位老人独自休憩，
发间感受着风吹，感受着雪与夜的临近，
阴影中他眺望那方明亮，
云水之间
远远的对岸仍闪着温暖亮光：
金色彼岸，幸福如诗如梦。

他将这闪光图画在眼里牢牢记住，
想着家乡，想着他的好年华，
直看到那金色消失褪去，
他转身，慢慢走回，
离开柳树，走向陆地深处。

写于 1946 年 12 月 5 日　赫·黑塞敬上

（郭力译《诗话人生——黑塞诗选》第 266 页，上海译文出版社，2015

诗题为"Skizzenblatt"）

九十二

苏黎世巴尔拉克，1947 年 6 月 14 日

亲爱的黑塞先生：

多谢您写信来，我也为您的上一封信和现在这篇迷人的、和它的精致包装相称的散文[1] 道谢！附件也很好。当我在夜里想到德国，我便赶紧再睡。[2] 我不去德国，这事早就定了。我已答复了慕尼黑的各位先生，内因和外因都阻止我去。光是福特温格勒的事[3] 就足以让我罢休了。

下周一我在巴塞尔还有一档演讲[4]。20 日我们去弗林姆斯休息四周。我对节庆和成就感到厌倦。8 月底回家前我们还会去荷兰一段时间。其间我们肯定还会去堤契诺和蒙塔诺拉，希望届时能见到您身体健康，因为寿辰时亲友表达的爱而倍感温暖。我们本来很想去布雷姆加滕城堡为您贺寿，可惜安排不了。

我们也向妮侬女士致以最亲切的问候。

托马斯·曼

---

1. 黑塞散文《一处景致》，1947 年首次内部出版。
2. "Denk ich an Deutschland in der Nacht, so beeile ich mich,

wieder einzuschlafen."曼氏对海涅写于1843年的诗《夜思》(*Nachtgedanken*)首句"当我在夜里想到德国,我便不能安睡"做了化用。

3. 曼氏在第三帝国时期曾谴责德国作曲家福特温格勒(Wilhelm Furtwängler, 1886—1954)的立场,结果对方在自辩文中猛烈攻击曼氏。参见1963年在美因河畔法兰克福出版的曼氏《书信集1937—1947》第529、530页曼氏给曼弗雷德·乔治(Manfred George)的信。

4. 曼氏1947年6月16日在巴塞尔发表题为"从我们的体验看尼采哲学"(Nietzsches Philosophie im Lichte unserer Erfahrung)的演讲,参见《托马斯·曼全集》第九卷第675—677页。

九十三

赫尔曼·黑塞七十贺寿辞[1]

托马斯·曼

我祝贺赫尔曼·黑塞六十大寿真的过去十年了吗？这是有可能的，说不定还不止十年——就看其间发生了多少事情，世界历史上的事情，发生在这些动荡的压力和噪音中，而部分冲击正是由我们永远勤勉的双手造成的。各种外部事件，尤其是可悲的德国不可避免的沉沦，我们俩曾经共同预见并共同经历，彼此相距遥远，有时音讯断绝，但是我们的心总在一起，总是互相思念。我和他分头走过精神土地的道路，保持一定的距离，但是不知何故，我们永远殊途同归，我们是同行、兄弟、同道中人，若要细分的话，我乐于看到我们俩的关系就像《玻璃球游戏》中约瑟夫·克乃西特遇到本笃会神父雅各布斯一样，非得"像两位圣人或教廷贵人相见时没完没了地打躬作揖"不可，这是克乃西特心爱的、有点滑稽的中式礼仪，他说游戏大师托马斯·冯·德·特拉维也深谙此道。[2]

所以我和他有时被同时提到是非常合理的，就算被同时提到的方式再古怪，我们也没意见。慕尼黑一位著名的老作曲家，典型的德国人，性情凶狠，他在前不久寄到美国的一封信中，称黑塞和我为"卖国贼"，因为我们否认德国人是最高级最尊贵的"麻雀中的金丝雀"[3]。这个形象是完全错误而愚蠢的，更何况其中表露的、给我们这个悲惨民族带来无尽痛苦的顽固不化和狂妄本性。此人一生说了很多斗嘴的废话，所以用不着管他。我也坦然接受这个"德国灵魂"的判断。在德国时的我或许确实是在大群哈尔茨金丝雀里的一只理性灰麻雀，他们也很高兴1933年摆脱了我，今天却又因为我不肯回去而假装大为恼怒。但是黑塞呢？要多么无知，多没教养，才能（按照德式的说法）把这只*夜莺*（他肯定不是一只中产阶级金丝雀）逐出德国森林，骂这位莫里克定会动情拥抱的、从我们的语言中提取到最柔和最纯净的形象、从中创造出最真挚的艺术品位的歌曲和词句[4]的作家为"卖国贼"，只因为他把思想同往往贬低思想的表象分离开来，因为他在经历了最可怕的事、却还是看不到真相的故国民众面前说出了真相，因为他为民众在错误的自我实现中犯下的罪行感到内疚！

如果在民族个人主义正在消亡、单个国家不再能够解决任何大问题、一切祖国的东西都成了狭隘的污浊空气、任何不代表欧洲传统整体的精神都被摈弃的今天，国家的"真实性"和民族特征依然还有价值（观赏价值应该还有），那就正如任何时代，关键不在于认为和叫喊，而是存在，是行为。尤其在德国，对"德国性"最不满的仍然是最有德国心的人。[5]而且，姑且不谈他的创作，谁能无视文学家黑塞的教育事业、他充满感情又丰富多彩的编辑出版工作中富含的德国气质？用歌德所创的"世界文学"一词[6]来形容黑塞最为自然恰切。黑塞有一套丛书，还是在美国出版的，"根据1945年《外国人财产保护法》的授权，为公共利益而出版的出版物"，题目干脆就叫"世界文学图书馆"[7]，是黑塞密集而专注的阅读的明证，他尤其在东方智慧的庙宇中如鱼得水，本着人道主义了解"人类精神最古老最神圣的见证"，他的特别研究是1904年关于亚西西圣方济各和薄伽丘的文章[8]和《窥探混沌》中三篇关于陀思妥耶夫斯基的文章[9]。中世纪故事、古意大利作家的小说和逸闻趣事、东方童话、《德国诗人之歌》、让·保尔和诺瓦利斯等德国浪漫主义作家著作的新版上都有他的名字[10]。这是一种服务、致敬、选择、修订、重版和内行的序言，足以填满某些学者的生活。他就是拥有大量的爱（还有勤奋！），在当代丰厚无匹的、个性强烈的个人作品之外积极投身于一种对自我和世界关系问题的思考的爱好。

他还喜欢隐藏作者身份，假装是"曝光"文章的人，比如他创作的《赫尔曼·劳舍尔诗文遗作》[11]。他还化名"辛克莱"发表《德米安：埃米尔·辛克莱的彷徨少年时》（1919年）。还有精深的、从人类文明的东西方所有源头汲取养料的晚年巨著《玻璃球游戏》，副题为"游戏大师约瑟夫·克乃西特生平传略"，而他自称编者。我阅读时强烈感受到（也写信告诉了他），对于一本运用学术补正法的传记，比喻、虚构、讽刺和幽默的元素有助于避免这样一部晚年著作过度精神化，并保持游戏能力。（此处略去六十贺寿辞中已有的内容。）

十多年来，我一直在向瑞典推荐授予黑塞诺贝尔文学奖。他若在六十岁时获奖也不过早，若是在希特勒因奥西茨基[12]获奖而永久禁止德国人接受诺贝尔奖的时候，能给加入瑞士国籍的黑塞颁奖，本会发出一个机智的信号。而现在，这位七旬老者用一部伟大的教育小说来为自己已然丰富的创作加冕之后，这份荣誉仍然来得很及时。它照亮了一个用作品保护传统、又以开放心态面对未来的作家、一个用善良和自由给这个处于过渡阵痛中的时代大量宝藏的智者的名字。

---

1. 见 1947 年斯德哥尔摩《新评论》第七期和 1947 年 7 月 2 日《新苏黎世报》。
2. 见书后附录。
3. 德国作曲家汉斯·普菲茨纳，1946 年 1 月 5 日给德国指挥家布鲁诺·瓦尔特（Bruno Walter）的信。参见 1989 年在美因河畔法兰克福出版的曼氏《1946—1948 年日记》（*Tagebücher 1946 bis 1948*）第 551—553 页。
4. 曼氏在 1954 年 3 月 28 日给美国作家奥斯瓦尔德·勒温特（Oswald LeWinter）的信中写道："我可以生动地感受到黑塞纯洁可爱的诗歌引起您对戈特弗里德·贝恩被夸大的美国名声的嫉妒。美国不愿了解黑塞，也确实知之甚少，这一点让我恼火已久。但是对这种全国性的麻木又能做什么呢？我能为您慷慨大方的项目做些什么呢？翻译黑塞的诗吗？"
5. 曼氏认为歌德、尼采和普拉滕是德国精神的代表。

6. 歌德在 1827 年 1 月 31 日给艾克曼的信中写道："民族文学已经过时了，现在正是世界文学的时代，每个人都应该努力促使这个时代尽快来临。"

7. 黑塞《世界文学图书馆》丛书（*Eine Bibliothek der Weltliteratur*），1929 年雷克拉姆世界图书馆（Reclams Universal-Bibliothek）第 7003 号。参见《黑塞全集》第十一卷第 335—337 页和黑塞《书评和文章中的文学史》。

8. 1904 年在柏林和莱比锡由舒斯特和吕弗勒（Schuster & Loeffler）出版社出版的丛书《文选》（*Die Dichtung*）第十三卷和第七卷，1988 年和 1995 年在美因河畔法兰克福由岛屿出版社再版。

9. 黑塞评论集《窥探混沌》（*Blick ins Chaos*）中的三篇文章，1921 年在伯尔尼出版，参见《黑塞全集》第十二卷和《书评和文章中的文学史》第 307—309 页。

10. 《中世纪故事》（*Geschichten aus dem Mittelalter*），编者：黑塞，1925 年在康斯坦茨出版。

《罗马人事迹——基督教中世纪最古老的童话和传说》（*Gesta Romanorum. Das älteste Märchen- und Legendenbuch des christlichen Mittelalters, ausgewählt und mit einer Einführung von Hermann Hesse*），黑塞选编并撰写导言，1915 年在莱比锡出版。

《棕榈叶——东方小说集》（*Palmblätter. Morgenländische Erzählungen*），黑塞在赫尔德（Johann Gottfried Herder）和利

贝斯金德（August Jacob Liebeskind）选集初版基础上重编，1914年在莱比锡出版。

《德国诗人之歌——从保尔·葛哈特到弗里德里希·黑贝尔的德国古典诗歌集》(Lieder deutscher Dichter. Eine Auswahl der klassischen deutschen Lyrik von Paul Gerhardt bis Friedrich Hebbel von Hermann Hesse)，黑塞选编，1914年在慕尼黑出版。

《让·保尔文选》(Jean Paul. Ausgewählte Werke)，黑塞撰写序言，1943年在苏黎世出版。

《荷尔德林生平资料》(Hölderlin. Dokumente seines Lebens)，黑塞撰写跋文，1925年在柏林出版。

《诺瓦利斯生平死亡资料》(Novalis. Dokumente seines Lebens und Sterbens)，黑塞撰写跋文，1925年在柏林出版。

黑塞编辑出版的详细书目见1973年在美因河畔法兰克福出版的苏尔坎普袖珍书第143号、西格弗里德·温塞德（Siegfried Unseld）所著的《赫尔曼·黑塞作品和影响史》(Hermann Hesse, eine Werkgeschichte) 第303—305页。

11. 《赫尔曼·劳舍尔诗文遗作》(Hinterlassene Schriften und Gedichte von Hermann Lauscher)，1901年在巴塞尔出版。参见《黑塞全集》第一卷第216—218页。

12. 《世界舞台》杂志主笔卡尔·冯·奥西茨基（Carl von Ossietzky, 1889—1938），被纳粹关入集中营，1936年获诺贝尔和平奖，希特勒从此禁止德国公民接受诺贝尔奖。

九十四

蒙塔诺拉，1947年7月3日

亲爱的先生和朋友：

无名或不太有名的人称一位名人为"朋友"，我总是觉得有点可笑。但是如果可以有那么一次，那么现在是这样称呼您一次的良机。雅各布·布克哈特就喜欢用"先生和朋友"来称呼特别可敬的、他真心敬重的朋友。

您在《新苏黎世报》上的问候让我大吃一惊。这期报纸上要登我的一篇文章，所以我订了一批。结果我一打开包裹，大作的标题就对着我笑，我几乎惊呆了。于是我坐下来拜读，读您文雅又亲切的话，时而感动，时而窃喜，太高兴了。

24个小时以前，来了一封我很欣赏的一位施瓦本先生的长信，此人请我转告您，对于崇拜您的德国读者来说，至少是反抗希特勒和受其迫害的人，如果您还是可以去德国短期访问，他们将大受鼓舞、深感安慰。这个好心又热诚的任务我就不执行了，不过我非常喜欢这封信，因为它在我们俩身上均匀地分配了一位老读者的忠诚和崇拜。我常常听到、读到天真的流浪爱好者视我为同类，欣赏我迥异于那位吕贝克名人，不是一个冷漠的知识分子和衣冠楚楚的社交名人。您肯定也收到过无数封此类信件，用您与那个幼稚的施瓦本田园爱好者的比较来为奉承加料。我不得不对一些人提出批评,私下里还数次为那位吕贝克名人辩护。[1]

在您的同行和朋友式的问候中,没有一句话语和一个暗示不让我感到愉快,没有一种感觉我无法准确生动地体会到。而且多么美丽和有趣,正巧您收到一位音乐家的信(我猜是普菲茨纳)!您对那只金丝雀的答复本身就是一种乐趣和享受。

我的身体欠佳,连一向喜爱的炎热都经受不住了,否则我还会再给您写满几页信纸。

据说维兰德去盖斯林根看舒巴特时曾说:"阿迦通问伊克西翁好。"[2] 我今天要怀着忠诚的热爱和感激之情说:"约瑟夫·克乃西特向托马斯·冯·德·特拉维八叩首。"[3]

赫·黑塞

---

1. 众多事例中的两例见书后附录。
2. 德国作家维兰德(Christoph Martin Wieland,1733—1813)的名作、以古希腊为背景的自传体教育小说《阿迦通》(*Agathon*)(写于1766、1767年)中的两个人物。
3. 古代中国人向贵人致敬时行的大礼。

九十五

翁根，1947年8月

亲爱的托马斯·曼先生：

有件事我一直有点内疚：您前不久看到卢塞恩宾馆的账单时，肯定也吃了一惊。[1] 卢塞恩的熟人告诉我，宾馆会给我们俩"特价"，我天真地以为就是优惠价的意思，结果人家是误把云游歌手当成了王侯富豪。无法挽回了。幸好除此之外，我们的约会都非常美好，令我心怀感激。您的时间这么紧，还来见我们，这是一份厚礼。除了固有的好感和崇敬之外，这次重逢也印证并增强了我这种奇异的亲密感甚至是休戚相关的感觉，估计是巧合，我们俩在某种程度上是当今德国本质和精神的两张面孔。

我们很难继续喜欢德国，保持和德国的良好关系。但是我们不能忘记也不应低估，有一个应该算是精英的阶层始终忠于我们，信任我们。否则，今日之我确实宁可不当德国作家。

前不久我们避暑去了，甚至上了少女峰[2]，当然不是自己走上去的，是开车上的山。希望您在荷兰还有时间休息。我和拙荆衷心祝贤伉俪一路平安。

赫·黑塞和妮侬·黑塞

1. 黑塞和曼氏7月23日在卢塞恩国家宾馆（Hotel National）会面。黑塞在1947年7月29日给插画家冈特·伯默尔的信中写道："在卢塞恩和朋友住的第一家宾馆，妮侬和我两人的一夜住宿和早晚餐花了88法郎。我一时间觉得自己成了一个美国人，鄙视全世界。和托马斯·曼的会面很美好，我们也去了特里布申的瓦格纳博物馆，那里有个极其可怕的19世纪末德国浪漫主义绘画的小展览。"

在给理查德·本茨（Richard Benz）的信中写道："几天前我在卢塞恩和托马斯·曼会面。我们还去特里布申瓦格纳博物馆参观了一小时。除了几张照片和信件以外，充斥着19世纪声名狼藉的作品，一个下落不明的戏剧世界。幸好我在旁边一间小陈列室里看到一张尼采在普夫达学校念书时的照片，我以前没见过，少年时代的让·保尔估计也是这个样子，抵偿了所有其他的破烂玩意儿。"

2. 伯尔尼高地阿尔卑斯山区的山峰，海拔4166米。

九十六

苏黎世鲍尔奥劳克，1947 年 8 月 10 日

亲爱的赫尔曼·黑塞：

我抓紧最后一刻（我们今天飞）感谢您的亲切来信。卢塞恩国家宾馆在有一点上还是诚信的：他们主动为我们打开了皇家大厅，因为并不是我们要求的，我们就无需付款。

这是一次美好的重逢，够让我们回忆一整年。我对东奔西跑无比厌倦，马上又要在荷兰开始奔忙了，实在可怕。[1] 我盼着登船离开的那一刻，而且暗自怀疑我明年 5 月（离现在就只有八个月了）是否真会再来表演一回。当然瑞士我是不肯放弃的。这是一个迷人的国度。前不久登阿尔卑斯山，我们开车到斯特雷萨[2]，我印象深刻。（古人是怎么骑着大象翻山越岭的？[3]）远方来客偶尔去一趟，还能拿到不少的瑞士法郎呢。

我从华盛顿收到了几条关于版权事宜的坏消息，"小书"德文版有可能还得再拖上八九个月才能出版[4]，我很郁闷，估计这对贝尔曼的打击更大。幸好负责校对的贝内迪克特博士[5]从瑞典（原先在维也纳）给我寄了一封振奋人心的信。

我和拙荆衷心祝您和妮侬女士安好。

托马斯·曼

1. 曼氏8月10日至18日在阿姆斯特丹出席了包括新闻发布会、招待会和讲座在内的众多活动。在诺德韦克（Noordwijk）休息了十天以后，曼氏夫妇于8月29日返回美国。
2. 曼氏8月初到意大利马焦雷（Lago Maggiore）湖畔斯特雷萨（Stresa）拜访其出版商蒙达多里（Arnoldo Mondadori）。
3. 在第二次布匿战争中，汉尼拔（Hannibal Barkas）于公元前218年越过阿尔卑斯山。
4. 斯德哥尔摩贝尔曼-菲舍尔出版社于1947年10月出版曼氏的《浮士德博士》。
5. 恩斯特·贝内迪克特（Ernst Benedikt，1882—1973），奥地利记者、画家，曾任维也纳《新自由报》（*Neue Freie Presse*）主编，1938年被纳粹逮捕，1939年获释后迁居瑞典。

托马斯·曼 1945 年 4 月 8 日信签名 "托马斯·冯·德·特拉维",
自比黑塞笔下的玻璃球游戏大师
托马斯·曼赠黑塞《浮士德博士》中的题词；1947 年《浮士德博士》首版封面

九十七

1947 年 10 月 13 日

亲爱的、尊敬的福马·根里霍维奇[1]：

我早就想给您写信打个招呼，问候一声，表表思念之情，因为我们常常想您，最近又重读了《评说和回答》的几乎全部文章[2]，从讲沙米索的那篇和自传文开始。然后，受您的感染，我们多年后决定重读《施特希林》[3]，每晚读它。而今天又来了一个关于您的更强的信号：我们在收音机里听了由您朗读的《神童》[4]录音，听到您的声音、您的语言，真是高兴。我们再次感慨地发现，在您的早期作品、包括很短的作品中，不仅语调和风格已经非常成熟而准确，而且能够恰到好处地突出主题和重点。

其实无需在收音机里相遇，或是别的什么信号，我总会亲切而感激地想起您来。在日渐老去的过程中，人总是不那么容易接受新人新事，其存在、作用和影响能够带来纯粹快乐的人或作家同行并不多见，还有少数思想者的存在和天赋带来欢欣，这更令人心存感激。

本月舍妹又来我家做客，11 月份我可能会再去巴登。

我和拙荆衷心祝贤伉俪安好！

赫尔曼·黑塞

1. 托马斯·曼在《评说和回答》(Rede und Antwort) 文集《俄国文选》(Russische Anthologie) 序言中自称"福马·根里霍维奇"(Foma Genrichowitsch，意为"托马斯·海因里希之子")，托马斯·曼的父亲是约翰·海因里希·曼 (Johann Heinrich Mann, 1840—1891)。

2. 曼氏《评说和回答——论文和短文集》(Rede und Antwort. Gesammelte Abhandlungen und kleine Aufsätze)，1922 年在柏林出版。

3. 冯塔纳小说《施特希林》，1899 年出版。

4. 苏黎世电台 1947 年为曼氏 1903 年写成的小说《神童》(Das Wunderkind) 录音，见汉堡的德意志留声机唱片公司文学档案 (Literarisches Archiv der Deutschen Grammophon Gesellschaft) 第 43063 号《托马斯·曼说》(Thomas Mann spricht)。

5. 马鲁拉·黑塞。

九十八

太平洋帕利塞德，1947年11月25日

亲爱的黑塞先生：

我现在拥有一笔宝贵的财产：您10月份的亲切来信，加上妮侬女士友好的附注和关于《玻璃球游戏》的精彩通信[1]。可以看到这个"无可比拟的"作品的影响是多么的纯净、高尚而真挚，并再次发现只有"无法比较的"才是有趣的。[2] 这个词好像最早是歌德自己用在《浮士德》上的，而它仍然是非凡杰作再现时能想到的最恰当的词语。我正借编一本歌德选集的机会再读《浮士德II》[3]。常常有人认为该书是一种无聊的故弄玄虚，您能理解这种观点吗？[4] 而我再次感到欢欣鼓舞，当然我不喜欢里头的奇怪植物和可疑的主角、天主教的歌剧结尾、歌舞剧和世界诗的混合体。但是书中的每处细节写得多么精彩，描述法萨卢斯战场还有佩涅奥斯和海伦的奥秘等神话传说是多么机智幽默啊！通过运用玩笑、智慧、抒情的词语，处处一语中的！这本书非常特别、大胆，有凡人的瑕疵，又相当明了，可以深入研究，让人有兴致写一篇全新的、亲切的书评，让读者摆脱在那部高明、开朗、绝非不可接近的作品面前过于虔诚的羞怯。

《浮士德II》和《玻璃球游戏》在一定程度上系出同源，区别只在于后者按照今人常用的方式写成了散文。德国《水星》杂志上恩·罗·库尔提乌斯的文章[5]可能是最好的。您当然知道这篇文章，我在苏黎世对作者大为夸奖[6]，不过顺便说一下，此人在其他方面不怎么有意思，政治观点不堪一听。所有从头到尾待在里面的人，智力至少有点退化，甚至变得空洞贫瘠，而且悲观沮丧，令人生厌。

欧洲已经过去很久了，就像一个梦，我经常愉快地回忆它，特别是与瑞士的再接触，与您的再会。一切都是"再"，八年后再到一个深爱的地方，现在那里质量差了、物价高了，不过大露台、沙滩和海都很壮观，我又开始坐在小沙屋[7]里写东西了。当从哈得孙重新入境美国时，护照官说："您就是*那位*托马斯·曼吗？欢迎回家！"嗯，"回家"，可以这么说，虽然"家"为何物我早已没有把握了，其实我从来就没搞清楚过。对此，您可以参考我刚写好时曾在蒙塔诺拉给您念过一遍的《与堂吉诃德航海》。[8]

您竟有兴致再听我的旧文！《精神贵族》[9]里头的文章更好些，而且我认为恰恰是几篇短文值得一读：关于施托姆的；关于普拉滕的，后者得到了克罗齐[10]的赞许，令我喜出望外，毕竟他是专业评论家，而我只喜欢私底下表示敬意，闲聊几句听来的轶事。

目前我手头没有正事，心里倒是想着这个那个的。（我若是为了晚年自娱把《菲利克斯·克鲁尔》的残篇扩写成一部真正的流浪汉小说，您觉得怎么样？）此外我在留意正进入欧洲世界的《浮士德博士》，此书花费了我最多的心血，比以前任何一本书都多，而且我明知它冗长拖沓，却不可思议地依恋它。这次我也只管德文版，此书完全不可译。每来一个包裹，我一拆开就先找有没有瑞典或瑞士方面的书评。确实有一些。此书虽然沉闷，沉闷中却有激动人心之处，这一特点总算也有评论家体会到了[11]。您有这本书了吗？虽然信任出版商，但我本应亲自寄给您，可惜到目前为止我只收到了我在这里迫切需要的寥寥几本。一旦收到更多的，若是我事先没有听到您已经有了，我就寄一本给您。

我和拙荆祝贤伉俪安好！

托马斯·曼

---

1. 《关于玻璃球游戏的两封信》(*Zwei Briefe über das Glasperlenspiel*)，1947年10月5日巴塞尔《国家报》周日插页。参见《有关黑塞生平和作品的资料——玻璃球游戏》第一卷第278—279页黑塞给一位女读者的回信。

2. 1827年5月6日歌德给艾克曼的信中谈《浮士德》和《亲和力》："……诗作越是无可比拟，越难懂，就越出色。"见莱比锡岛屿出版社出版的《歌德艾克曼谈话录》(*Goethes Gespräche mit Eckermann*)第323页。

3. 《永远的歌德》(*The Permament Goethe*)，托马斯·曼选编介绍，1948年在纽约出版。

4. 《浮士德·悲剧第二部》(*Faust. Der Tragödie zweiter Teil*) 在歌德逝世后出版时，正流行以费肖尔（Friedrich Theodor Vischer）为代表的现实主义，其先锋根据"现实艺术"（Kunst der

Wirklichkeit)的要求不能容忍《浮士德·悲剧第二部》这种另类,普遍认为歌德当时已经老迈糊涂,《浮士德·悲剧第二部》只是一部平庸的寓言作品。连黑贝尔(Friedrich Hebbel)也持这一观点。

5. 《水星》(Merkur)杂志登载德国学者恩斯特·罗伯特·库尔提乌斯(Ernst Robert Curtius,1886—1956)的文章"关于赫尔曼·黑塞,尤其是《玻璃球游戏》"(Hermann Hesse, insbesondere über „Das Glasperlenspiel"),见1954年在伯尔尼出版的库尔提乌斯《欧洲文学批判杂文集》(Kritische Essays zur europäischen Literatur)第二版,也摘录于1974年在美因河畔法兰克福出版的《有关黑塞生平和作品的资料——玻璃球游戏》第二卷第68—70页。

6. 1947年8月2日,曼氏在鲍尔奥劳克宾馆(Hotel Baur au Lac)与库尔提乌斯聚餐。

7. 沙滩篮椅。

8. 参见第三十八封信注解9。

9. 曼氏《精神贵族——解决人类问题的十六次尝试》(Adel des Geistes. Sechzehn Versuche zum Problem der Humanität),1945年在斯德哥尔摩由贝尔曼-菲舍尔出版社出版。

10. 贝奈戴托·克罗齐(Benedetto Croce,1866—1952),意大利哲学家,文学评论家。

11. 最初的三篇书评:

马克斯·里希纳（Max Rychner）发表在 1947 年 10 月 18 日苏黎世《行动报》(*Die Tat*)上的"托马斯·曼的《浮士德博士》"(Thomas Manns Doktor Faustus)；

爱德华·科罗迪，1947 年 10 月 20 日《新苏黎世报》；

埃米尔·施泰格，苏黎世《瑞士新评论》(*Neue Schweizer Rundschau*)1947 年十一月刊。

见书后附录。

九十九

巴登，1947年12月12日

亲爱的托马斯·曼先生：

在这几周单调乏味、昏沉孤单的巴登疗养期间，您的来信是最好的礼物，而且还是这样一封令人欣喜而充满希望的信，因为它承诺了或者至少提到了您正努力追求的两件美事，我也是向往已久，其一是盼了几十年的《克鲁尔》，其二是近年来我不止一次想到的浮士德书评。《克鲁尔》我无需多言，您早就知道我极爱这个人物，您可以想象我不仅热望拜读，也希望您有很长时间从事这项工作，该书可爱的调子和气氛业已存在，我设想它会是一次艺术天空漫步和不谈现实恐怖问题的游戏。祝您创作顺利！

自上一封信后，我也读了《莱韦屈恩》。此书伟大而勇敢，原因不仅在于书中提出的问题，在于把这个问题带到音乐领域、并以只有在抽象中才可能有的客观和冷静，以极其明朗和非物质的方式分析问题。不，令我惊奇又兴奋的是，您不让这个纯粹的标本，理想的抽象，渐逝于理想的空间，而把它放在一个现实可见的世界和时间之中，一个吸引人去热爱和欢笑、憎恨和唾弃的世界。这样一来，人家肯定会怪您多事，不过这是常有的，您不会介意。我本人读了一遍以后，觉得莱韦屈恩的内心世界比外界环境清晰、有序、透明得多了，我正是喜欢这个，因为外界环境形形色色，角色众多且反复登场，既容得下哈勒的神学家漫画，也容得下在内波穆克娱乐中心玩耍的孩童。作者在西洋镜里装了很多很多画片，几乎从未失去好情绪和表演的兴致。

您看，这本书我已经有了，不过我只有一本普通的平装书。若您日后见赐精装本，我感谢不尽。

还有一点：大作中有几处分析莱韦屈恩的音乐，让我想起了《玻璃球游戏》中的一个配角：德格拉里乌斯，他的玻璃球游戏有时倾向于以看似最合理的方式在忧郁和讽刺中结束。

我的疗养期快结束了，几天后就回家。我和妮侬衷心祝贤伉俪安好。

赫·黑塞

一百

1948年1月21日

亲爱的托马斯·曼先生：

您会笑话我的，我今天头一回读了您的一篇英文文章，确切地说，是一个字母一个字母地看了您为美国版《德米安》（我刚收到）写的序言[1]。

我很高兴能在您的帮助下、并且由您介绍，第一次郑重地面对这个陌生国度，因为我此前在美国介绍自己书籍的尝试[2]毫无反响。现在这个开端虽然还不至于让我激动万分，但是至少很有意思，何况还有良朋相伴。

霍尔特出版社在封底印上圣莫里茨风景画，试图弥补封面的丑陋，我也觉得很有趣。

总之，我又当了一回受益人，这在人们常受到欺骗和偷窃的今天很不寻常，几乎让我有点脸红。

再次感谢您的文章，并寄上我们对新年的祝福。愿下次的世界灾难很久很久以后才来，不能再伤及我们，愿人生光明美丽的一面继续在某处茁壮成长。

我和拙荆衷心祝贤伉俪安好。

赫·黑塞

1. 纽约霍尔特（Holt）出版社1948年出版由曼氏撰写序言的美国版《德米安》。
2. 此前美国已出版了黑塞著作《盖特露德》（纽约，1915年）、《德米安》（纽约，1923年）、《荒原狼》（纽约，1929年）和《纳齐斯与戈德蒙》（纽约，1932年）的英译本。

托马斯·曼为美国版《德米安》撰写的序言

（序言主要引用曼氏写的黑塞六十和七十岁贺寿辞，另加对《德米安》的评论：）

我很高兴能为激动人心的黑塞壮年作品《德米安》美国版写一篇表示赞许和热情荐读的序言。《德米安》是一本小书，但篇幅短小的书往往能发挥出最强的能动性——比如《维特》，《德米安》的巨大影响让人联想起当年《维特》在德国的影响。作者对此书的感情显然不仅局限于个人命运，副标题"彷徨少年时"有意识的模糊性也表明了这一点：这既可以是一个人的故事，也可以是整个一代少年人的故事。黑塞不愿用自己已为人熟知并定性的真名发表小说，而是化名荷尔德林崇拜者"辛克莱"[1]，细心隐瞒作者身份良久，也说明了这一点。当时我写信给出版该书的柏林菲舍尔出版社（也是我本人的出版社），逼问这本奇书的秘密，"辛克莱"究竟是谁。菲舍尔老先生信守诺言，谎称自己是通过一名中间人从瑞士拿到手稿的。后来此事还是不慎走漏风声，对文风的分析[2]也是一个原因。不过黑塞一直等到第十版才亮出作者身份。

1914年，书的尾声，德米安对朋友辛克莱说："要打仗了……但是你会看到，辛克莱，这只是一个开头。或许会是一场大战，一场巨大的战争。但是，即便如此，这依然只是个开头。新时代开始了。在恋旧的人眼里，新时代是可怕的。你打算做什么呢？"

正确答案应该是："帮助新事物，不牺牲旧事物。"新时代最好的仆人应该是了解、热爱旧时代并将其传承到新时代的仆人，黑塞就是这样一个仆人。

---

1. 崇拜荷尔德林的伊萨克·冯·辛克莱（Isaac von Sinclair, 1775—1815），是一个好斗的共和党人。
2. 德国作家奥托·弗莱克根据妻子托尼（Toni）的提示，认定1919年化名埃米尔·辛克莱发表《德米安》的人正是黑塞，并在罗兰（Roland）出版社1920年在慕尼黑出版的著作《五册》（*Die fünf Hefte*）中指出这一点。爱德华·科罗迪随后在1920年6月24日《新苏黎世报》上发表题为"谁是《德米安》的作者？"（Wer ist der Dichter des "Demian"?）一文，要黑塞表态。黑塞写了一封公开信作答，并请科罗迪在《新苏黎世报》上发表全信。但是科罗迪并没有发表黑塞的信，而是发表了一封致黑塞的公

开信，只引用了黑塞原信的部分内容。黑塞的原信就此湮没。参见黑塞《书信全集》(*Gesammelte Briefe*)第一卷（1895—1921年）第564—566页，详情见福尔克·米歇尔斯1993年在美因河畔法兰克福出版的《赫尔曼·黑塞"德米安"资料——自证起源史》(*Materialien zu Hermann Hesses Demian. Entstehungsgeschichte in Selbstzeugnissen*)。

黑塞著作《德米安：埃米尔·辛克莱的彷徨少年时》化名首次出版时的广告
刊登于 1919 年 10 月《新评论》杂志

一百零一

1948 年 3 月初

亲爱的托马斯·曼先生:

您见赐的精装本《浮士德博士》收到,真美,非常感谢。昨天我收到一本从康斯坦茨寄来的杂志[1],其中有一篇文章评论了您的书和我的书,不过我还未及阅读。寄给您的杂志肯定也已经在路上了。目前虽有众多政治事件分心,但是人人都对大作兴趣浓厚,可惜我真的没能读到特别聪明贴切的书评,最优秀的是舒氏的评论(我指音乐领域)[2]。这本阴森又迷人的书无法用通常的类别来看待,因为它在上下两个方向都超越了通常类别:上达精深,下抵鄙陋,而精深正在鄙陋的外表之下,这种装扮无所不用其极,也使用一些不够资格的人不能用的手段。我无法简洁地表达我的意思,也很高兴我不必这样做,但是,这些矛盾、冲突和凶险正是我最喜欢的,莱韦屈恩的微观世界常常让我联想到印度神话中的人物。歌德未曾找到和这些人物的关联,而我,正是因为这些人物把最崇高的东西包裹得面目全非,我欣赏和惊羡的正是这种狂野、苗壮、丑陋、夸张。您的《浮士德博士》让德国兴奋不已,德国人比任何别国人都能更好地理解,就连还算比较像欧洲人的加拿大人[3]都会觉得此书阴森恐怖又纷繁复杂,完全是多余的,而我们欧洲人却能从中感受到家乡的气息，觉得意义重大。

我和拙荆衷心祝贤伉俪安好。

赫·黑塞

---

1. 德国作家路德维希·埃玛努埃尔·赖因德尔（Ludwig Emanuel Reindl）的《编者日记》（*Tagebuch des Herausgebers*），发表在南方出版社（Südverlag）在康斯坦茨出版的《小说——优秀文学爱好者期刊》（*Die Erzählung, Zeitschrift für Freunde guter Literatur*）1948年第二期上。

2. 爱德华·科罗迪、维利·舒和恩斯特·哈多恩（Ernst Hadorn）撰写的书评"托马斯·曼的《浮士德博士》"（*Thomas Manns Doktor Faustaus*），见1947年11月29日和12月6日《新苏黎世报》。

3. 德国作家索伊默（Johann Gottfried Seume, 1763—1810），其寓言《野蛮人》（*Der Wilde*）的开头闻名遐迩：

> "一个加拿大人
> 还不懂欧式虚礼，
> 心就像主赐给时
> 还无有文明痕迹。"

一百零二

太平洋帕利塞德，1948年6月1日

亲爱的赫尔曼·黑塞：

谢谢寄来这本漂亮的小册子[1]！有这样一份小礼品备用总是好的。我一般是用一张我家花园和房子的小照，我在后面写上问候语，让收信人养养眼。

您发表我的那篇短文还需要我批准吗？我不禁想起了汉斯·普菲茨纳，据说此人虽为文化部长，手握大权，却被判为与纳粹无涉。在弗兰克部长[2]被绞死前的最后一刻，普菲茨纳发电报给他说："亲爱的朋友，我全心全意地想您！"我要说：这种堂吉诃德式的仗义倒让我能接受他被宣布清白了。

您最近在做什么美事呢？我在为一个计划召开的和平会议写发言稿[3]，若非实在要紧，我不会插手，但是美国正为了驱除小鬼而招来魔王，而且打算完全废除《权利法案》。亚尔马·沙赫特[4]证明我们做得对，这实际上应该让我们心生疑窦。

不过我的正事是写一个哈特曼·冯·奥埃《格利高里乌斯》的新版故事[5]，您知道的，中世纪的俄狄浦斯传说，乱伦罪人最终当上了教皇。通过浮士德博士，我对中古高地德语得窥门径。现在我再加上一些古法语，因为我的故事发生在一个传说中神奇的佛兰德阿图瓦公国,很好玩。

请代我问候妮侬女士!她的亲人得救了[6],我真高兴!

托马斯·曼

---

1. 在一封尚未找到的信中,黑塞请曼氏同意他印刷曼氏的黑塞七十贺寿辞。1948年,曼氏贺寿辞、安德烈·纪德文章"关于黑塞作品的几点意见"(Bemerkungen zum Werk Hermann Hesses)和汉斯·卡罗萨的贺黑塞1946年获歌德奖诗歌结集内部发表。
2. 汉斯·弗兰克(Hans Frank,1900—1946),巴伐利亚司法部长,1939年后任波兰总督。
3. 曼氏1949年6月6日在好莱坞向主张美苏和解的和平团体发表讲话。
4. 亚尔马·沙赫特(Hjalmar Schacht,1877—1970),曾任帝国银行行长(1923—1939)和帝国经济部长(1934—1937),1952年创建杜塞尔多夫外贸银行,在纽伦堡战犯审判中被判无罪。
5. 曼氏长篇小说《被选中者》,菲舍尔出版社1951年在美因河畔法兰克福出版。
6. 妮侬·黑塞的妹妹莉莉·凯尔曼(Lilly Kehlmann)和妹夫海因茨·凯尔曼(Heinz Kehlmann)历尽磨难后终于在1948年2月逃出罗马尼亚,客居蒙塔诺拉黑塞家一年多。

托马斯·曼和孙子弗里多林（左）、托尼
1948年在加州太平洋帕利塞德家中
摄影：美国摄影师弗洛伦斯·霍默尔卡（Florence Homolka）

一百零三

蒙塔诺拉，1948年6月24日

亲爱的托马斯·曼先生：

从美国收到一封漂亮而低调小开本的信，这可不寻常，还能看到您熟悉的笔迹，这在我饱受折磨的生活中真是喜事一桩。您出事故[1]后，我一直没有您的音讯，现在我获悉您的状态不错，感受到您信中流露的好心情，真是高兴。您一跃而入中古高地德语，进入中世纪后期那种壮丽又充满隐喻的气氛，使老来才尽的我心生羡慕。哈特曼·格雷戈里斯，我只听说过名字，但您所述的他的情况唤醒了我关于《魔鬼罗伯特》[2]和海斯特巴赫《罗马人事迹》[3]的深刻记忆。如果还能读到您的这部作品，我会是一个感激的、或许能够基本读懂精妙之处的读者。

讲到中古高地德语，我想起一些感人的趣事。从德国的纷乱中，除了乞讨、献媚和羞辱的信件，我也时常（次数还不少）听到从那个神奇的、童话般的德国传来的声音，那个一再被预言即将灭亡的德国拥有一种杀不死的、坚持发芽生长的力量。比如不久前，我在几天内先后收到两件来自德国、却看不出希特勒或是占领国教育痕迹的礼物：一件是哈尔伯施塔特的一位教堂合唱队主事按姓氏"黑塞"的音名（H-E-Es-Es-E）谱的精彩又美妙的巴沙卡里耶舞曲和赋格曲；另一件更出人意料：我的二十六首诗的精美哥特体四开本手稿，是德累斯顿工大哥特语专业[4]的学生译成哥特语的，俄国审查机构看到这个怪东西时想必大感错愕。

我们打算7月中旬离开，拙荆非走不可，她受不了本地夏天的炎热。我们打算跟随您的脚步，住弗利姆斯宾馆。

我和拙荆祝贤伉俪安康！

赫·黑塞

---

1. 曼氏1948年2月底摔断了锁骨。
2. 《魔鬼罗伯特》（*Robert der Teufel*），德国民间话本。
3. 《罗马人事迹》（*Gesta Romanorum*）作者凯撒里乌斯·冯·海斯特巴赫（Cäsarius von Heisterbach，约1180—1240），西妥教团僧侣，也是拉丁逸闻趣事集、13世纪教会和文化史最重要的来源之一《关于奇迹的对话》（*Dialogus miraculorum*）的作者。黑塞翻译了该书大部分内容，参见阿尔伯特·朗根出版社在慕尼黑出版的德国文化半月刊《三月》1908年七、八月刊和1925年在康斯坦茨出版、岛屿出版社1976年在美因河畔法兰克福出版新版的黑塞《中世纪故事》。另见《黑塞全集》第十二卷中黑塞书评或《书评和文章中的文学史》第62—64页。
4. 专业负责人为阿道夫·施潘默尔（Adolf Spamer）教授，1950年去世。

一百零四

太平洋帕利塞德，1948年8月3日

亲爱的黑塞先生：

附上一封我写给恩斯特·贝尔特拉姆的一位学生的回信的副本，因为这位施密茨先生把您对此事的意见也发给了我。[1] 读过我的回信后，您会发现，我们的论点基本一致，只是论据不同。

希望您和尊夫人在弗利姆斯住得愉快。我想听听您的意见，因为我们最后几天（当时学校已放假）住得不太顺心。

我和拙荆祝贤伉俪安好。

托马斯·曼

---

1. 维尔纳·施密茨（Werner Schmitz），1919年出生，作家，图书管理员。见1965年在美因河畔法兰克福出版的曼氏《书信集》第三卷（1948—1955）第38页曼氏1948年7月30日写给施密茨的信，也见黑塞《书信选集》第252页黑塞1948年3月31日"写给几位恩斯特·贝尔特拉姆教授昔日学生的信"（An einige frühere Schüler Prof. Ernst Bertrams）。曼氏和黑塞都为被非纳粹化法庭归为第三档"轻从犯"的贝尔特拉姆辩护。

一百零五

巴登（近苏黎世）维瑞纳霍夫-奥克森宾馆，1948年12月13日

亲爱的托马斯·曼先生：

我的巴登疗养又结束了，这回疗养的时间长得要命，因为一场感冒，耽搁了整整两周，现在总算有望这两天就可以回家了。

我们在此地经常想到您，而且形式很生动。我这回约了施派歇的阿姆施泰因医生（您在弗利姆斯结识的那位）一起来巴登疗养。此人很有意思，是一位多才多艺的医生、诗人、艺术爱好者和读书人，可惜境况堪忧。他前不久在圣加伦的一档文学会上做了一场讲座，题目是"经历托马斯·曼的作品"，他带来了发言稿，念给我听。写得精彩、独特，配得上您。我力劝他找个地方发表。[1]

另外，我有一回搭一位朋友的汽车去布尔格市的巴斯勒[2]家小坐，他也热情洋溢地谈起您。巴斯勒把巴塞尔小品文作家穆施格[3]的新书给我看时，脸都气白了。穆施格我行我素地搞文学史，显然有一包气要出，结果全出在您身上了。穆施格谈起自己读过的书来，时而吹毛求疵，时而愤世嫉俗。对穆施格的书，本来没什么好说的，人人都有权写一本主观的、无智甚至反智的书。但让我觉得不像话的是，作者是巴泽尔的文学史教授，除了上修辞学副刊性质的公开课，还有一群女性崇拜者，现在又当大学校长，这样他就会系统化

地用公费损害整整一代学生的阅读品位。

不过这事您肯定早就听说了。我和拙荆衷心祝贤伉俪安好。

赫·黑塞

---

1. 医学博士马克斯·阿姆施泰因（Max Amstein，1896—1968），他的文章"关于托马斯·曼作品的思考"（Gedanken zum Werk Thomas Manns）经黑塞推荐，发表在《瑞士新评论》1949年五月刊上。
2. 奥托·巴斯勒，参见第八十五封信注解1。
3. 瓦尔特·穆施格（Walter Muschg，1898—1965），日耳曼语文学者，在专著《悲惨的文学史》及各种文章和讲座中称"托马斯·曼在德国文学史上体现了中产阶级的精神破产……他动人地说出了德国最后一代中产阶级读者群想听的一切……曼氏的书是德国文学的最后一个大失误，阅读这些书对于未来读者的意义主要在于可以借此搞懂曼氏所代表的德国垮台的原因。"

一百零六

太平洋帕利塞德，1949年1月4日

亲爱的赫尔曼·黑塞：

我们全家祝您和妮侬女士新年顺遂，非常感谢您从"奥克森"[1]寄来的小信（"我的小书"，您有一回这么说，很好玩，很温柔）。尽管不幸中途抱恙，希望巴登的疗养还是对您有益！我从不想去疗养和泡温泉，虽然有时候身体显然很需要，但我就是懒得去，因为实在麻烦。疲劳，我有时候感到疲劳。生活的确并非游戏，顶多是一场严肃的游戏。有些事变化无常，有些却是固定不变，诽谤者难以贬损。每个强大的生命都会引来敌人，我素昧平生的穆施格就是这样一个敌人，我会很快忘记他的。不过身为教授和校长的他却促使本就易受影响的青年厌恶优秀作品[2]，这当然很可惜。显然他一点也不在乎这些年轻人，这一点更加糟糕，我的意思是，这一点对他本人更加糟糕。

世界充斥着愚人，但是也有不少有良心、有头脑的好人，比如在弗利姆斯湖边与我共饮苦艾酒的阿姆施泰因医生。您把他的稿子描述得很吸引人，如果没人替他发表，我或许可以在今夏去瑞士时拜读。

前不久有篇写我房子内部装饰的文章中提到，"德高望重"的我

"至今仍在为生计操劳"。我的秘书告诉我，她的一位美国朋友读后非常生气，说这是可耻的，必须立即在全国发起募捐，让我可以安心退休！我很少笑成那个样子。

德高望重的您最近在写什么、做什么呢？至于我，您会在《新评论》一月刊中读到《浮士德博士》成书回忆录的节选。我得承认，这部回忆录让我有点羞愧，它的产生只是因为我写完书后，心里还放不下，也许是因为感到"今后不会再有了"。"小书"全本拟于今春出版[3]，也会谈到与《玻璃球游戏》的相遇，还提到两书同时问世在我心头激起的奇异感觉。

您给《国家报》的威斯特法伦信[4]摘选，好心的巴斯勒也寄给我了。它证实了即使像我这样身处远方的人也能获得的关于德国精神状态的全部（其实还不是全部的）印象。但是这会让人吃惊吗？不幸的东西方对抗虽然非常凄惨，对满目疮痍的德国却有一个好处：让人可以理解那种无耻，还有德国报刊利用自己的话语权搞的无耻把戏[5]。如此可恶，我还应该去德国？德国报纸常说我明年夏天就要去了，可我一个字也不信。[6]

托马斯·曼

---

1. 巴登（近苏黎世）的维瑞纳霍夫-奥克森宾馆（Hotel Verenahof-Ochsen）。

2. 穆施格所著的文学史完全没有提到黑塞。

3. 托马斯·曼《〈浮士德博士〉成书记，一部小说的小说》(*Die Entstehung des Doktor Faustus. Roman eine Romans*)，1949年在阿姆斯特丹出版。见书后附录。

4. 黑塞给一位女性读者的回信，黑塞在信中推荐《浮士德博士》。参见黑塞《书信选集》第280、281页。

5. 慕尼黑某期刊社论指称曼氏子女艾丽卡和克劳斯为"斯大林派驻美国的王牌间谍"。参见曼氏《书信集》第三卷第55页1948年12月6日写给女儿艾丽卡的信。

6. 关于是否去德国，曼氏其实还是很矛盾的。见书后附录。

一百零七

蒙塔诺拉，1949 年 5 月 26 日

亲爱的托马斯·曼先生：

想必每个与您交好的圈子和家庭都同我家一样，听到噩耗深感震惊，万分同情。[1] 我们老人习惯了眼见周围的朋友和同辈逝去，但是失去本应取代我们、掩护我们对抗永恒的冰冷沉默的子侄辈，这太可怕，让人难以承受。

我对您与令郎的关系知之不多。我本人曾对克劳斯的写作尝试表示关注和赞许，偶尔也因为您的缘故而为他的缺点感到生气[2]，最终他克服困难，写出了美好而有分量的《纪德传》[3]，赢得了朋友们的尊敬，我又大感宽慰。这本书将会比作者长寿很多。

我和拙荆这些天特别想念您和尊夫人，深情地握你们的手。

赫·黑塞

---

1. 1949 年 5 月 21 日，曼氏长子克劳斯·曼在戛纳自杀。
2. 参见黑塞文章《读一部小说有感》(*Beim Lesen eines Romans*)，见《谈文学》(*Schriften zur Literatur*) 第一卷或《黑塞全集》第

二卷第 272—274 页。

3. 克劳斯·曼著作《安德烈·纪德，一个欧洲人的故事》(*André Gide. Die Geschichte eines Europäers*)，1948 年在苏黎世出版。

一百零八

格劳宾登州武尔佩拉施瓦茨霍夫宾馆，1949年7月1日

亲爱的黑塞先生：

巴斯勒告诉我，您在家里，肯定要到秋天才去巴登。看来我们今年见不着了，真遗憾！经过许多冒险和劳累（不过常常是振奋人心的，尤其是在瑞典），我们有三周休息时间，当然我主要是利用这段休息时间为访问德国[1]（我都搞不清楚为何要自找或者自讨苦吃）认真准备。幸好我不必一直等到8月28日。7月25日我就可以在法兰克福讲两句[2]，然后去慕尼黑，甚至还去魏玛，当然是去出席一档和美国无关的活动。就是活动实在太多了！4月底就开始了，一开始很有趣，但是很快就让人自问，为何自找这么多麻烦。我真羡慕您能避开喧嚣，羡慕您的明智！要是我能平安离开德国，我们会在8月5日再次悠闲地从鹿特丹乘船回去。我没兴致再像5月份从纽约到伦敦那样，一口气飞回去。

明年5月，要是我还拥有生命和健康，我们会再来欧洲，因为我想在苏黎世过七十五岁生日。亲爱的朋友和兄弟，若是这回真的无法再见，那也祝您在我们下回再会之前，一直拥有生命和健康！我和拙荆也衷心祝妮侬女士安好。

托马斯·曼

《瑞士新评论》近期将发表可怜的克劳斯的一篇关于欧洲知识分子绝望处境的遗作[3]，敬请关注。

---

1. 1949年5月10日，曼氏首次为歌德诞辰二百周年巡回演讲从美国飞往欧洲，接受牛津大学和隆德大学荣誉博士学位及魏玛歌德奖，7月底赴美因河畔法兰克福、慕尼黑、斯图加特、纽伦堡和魏玛发表演讲，这是他十六年后首次重返德国。
2. "歌德年讲话"（Ansprache im Goethejahr），1949年7月25日在法兰克福圣保罗教堂（die Paulskirche）发表，1949年8月1日在魏玛国家剧院（das Nationaltheater）发表。
3. 克劳斯·曼的文章"欧洲精神受到的打击"（Die Heimsuchung des europäischen Geistes），《瑞士新评论》1949年七月刊。

一百零九

武尔佩拉，1949 年 7 月 6 日

亲爱的赫尔曼·黑塞：

我刚寄出上封信，贤伉俪吊唁小儿的函就到了，在路上耽搁了许久。我和拙荆深表谢意。

克劳斯短促的一生让我感到沉重和悲伤。我和他的关系困难重重，我一直很内疚，因为我的存在从一开始就给他的存在蒙上了一层阴影。在慕尼黑时，他是个高傲的青年王子，干了不少让人头痛的事。后来，流亡期间，他变得严肃认真、恪守道德，而且非常勤奋，可惜他写东西太容易，速度太快，所以书中多有瑕疵和疏忽之处。他阳光、和蔼、轻松和通情达理的表现与他的自戕行为截然相反，没人知道他究竟是几时起意赴死的。尽管他得到了支持和爱，他还是抛弃了一切忠诚、体谅和感激的念头，毅然决然地毁了自己。

尽管如此，他仍是一个英才。不仅《纪德》，他的《柴可夫斯基传》[1]也是一部好书，还有《火山》[2]，有些地方他本可处理得更好，除此之外，也许是最好的流亡小说。若把他最成功的作品集中起来看，我们就会发现他的早逝非常可惜。他生前和死后都受了很多委屈。我自问一向都是赞许和鼓励他的。

我在为德国写一篇演讲稿[3]，把自己累得够呛，还为双方提供的旅行日程对不上而懊恼。若是我们能在锡尔斯或附近某处小聚，那该有多好啊。期待来年！

托马斯·曼

---

1. 克劳斯·曼著作《悲怆交响曲——柴可夫斯基传》（*Symphonie Pathétique. Ein Tschaikowsky-Roman*），1936年在阿姆斯特丹出版。
2. 克劳斯·曼著作《火山——流亡人士小说》（*Der Vulkan. Roman unter Emigranten*），1939年在阿姆斯特丹出版。
3. 托马斯·曼1947年在柏林发表题为"德国和德国人"（Deutschland und die Deutschen）的演讲。

一百一十

太平洋帕利塞德，1949年11月2日

亲爱的赫尔曼·黑塞：

拜德勒[1]卡片收到，谢谢。是啊，我也常常没胆量写信。有必要时不时地彻底失败，放弃一切。等我们死了，他们会做什么呢？到时候他们就无事可做了。《国家报》上您写给那位闹事年轻人的信[2]很有魅力，耐心引导，深情教诲。这样答复一次以后，应该可以消停很久了。

我刚从旧金山回来，我在那里见了正对美国进行长时间国事访问的尼赫鲁[3]，是他和他的大使妹妹约见的。尼赫鲁是个优秀、可爱、聪明的人，比美国领导人明智、坚定。美国人没能说服他支持冷战，所以估计他也拿不到钱。

前不久有人问我最近读过哪些"印象深刻"的书，我特地提到《玻璃球游戏》英译本[4]，其实我都不清楚是否读得下去，估计有困难。祝贤伉俪安好。

托马斯·曼

---

1. 弗朗茨·威廉·拜德勒（Franz Wilhelm Beidler，1901—1981），瓦

格纳的外孙,时任瑞士作家协会秘书。见下一封信。

2. 1949年9月3日巴塞尔《国家报》登载的"致一位二十岁的德国诗人"(An einen zwanzigjährigen Dichter in Deutschland),见黑塞《书信选集》第275、276页。

3. 尼赫鲁(Jawaharlal Nehru,1889—1964),甘地的战友,1946—1964年任印度总理兼外长。其妹潘迪特(Vidjaya Lakshmi Pandit,1900—1990),时任印度驻华盛顿大使。

4. 英文版书名为"Magister Ludi"(意为"玻璃球游戏大师"),默文·萨维尔(Mervyn Savill)和埃里克·彼得斯(Eric Peters)译,1949年在纽约出版。

一百十一

蒙塔诺拉，1949 年 11 月

亲爱的托马斯·曼先生：

那位夏秋之交时来看我、留下一张要您签字的卡片的作协先生无意间给我带来了喜悦和一份礼物：您的一封信。

您认为尼赫鲁是个正派人，我很高兴，看肖像，我对他的印象也很好。可惜我读不了他的回忆录[1]，因为我的时间不够，眼力更糟。

我今年有一得一失：初夏时，我最后一次接待了家姐，留她在家住了几周，她是我此生最慈爱、最亲密的陪伴者。9 月份舍妹来了。舍妹还在我家时，我们收到了家姐的死讯。[2] 您不必给我们写吊唁函，我们活得够久了，知道人生是怎么回事。

真正让我担心害怕了好几年的是德国访客大潮。漫长的高校假期中，大学生成群结队地来。有些很可爱有趣，但是人一多，我就受不了。他们来服几周"农役"，然后在瑞士休一阵子假，搭便车遍访名胜和名人。每天、甚至每个钟头，都有人来到我家门口，看着"谢客"门牌发笑，他们在花园深处突袭我，已经有三回惹得我这个老隐士发火，好几个钟头心慌头痛。

我们不久后会再去巴登疗养四周。

我们正在读令兄的回忆录[3]，这样我们几乎每天都会谈到您。
祝贤伉俪安好。

赫·黑塞

---

1. 尼赫鲁回忆录《发现印度》(Discovery of India)，1946年在伦敦和纽约出版。
2. 黑塞的姐姐阿德勒·贡德特于1949年9月24日去世。
3. 海因里希·曼的回忆录《参观一个时代》(Ein Zeitalter wird besichtigt)，1945年在斯德哥尔摩出版。

一百十二（致妮侬·黑塞）

加州太平洋帕利塞德，1949年12月8日

亲爱的妮侬女士：

登有卡伦巴赫博士关于我和歌德"交情"的文章的《埃尔福特文化报》[1]和附上的完整的手打稿收到。您下回给作者写信时，麻烦您转告我的谢意，告诉她，我读了她的美文，很高兴。

收到黑塞的信，我非常高兴，不过获悉他受到傻乎乎的德国青年的骚扰，我很生气。您家得养条猛犬，要不就雇个人拎着棍子看门！

希望巴登疗养有益于尊夫的健康。祝贤伉俪圣诞快乐，新年顺利！

您忠实的托马斯·曼

---

1. 卡罗利妮·卡伦巴赫（Karoline Kallenbach）的文章"歌德和托马斯·曼"（Goethe und Thomas Mann），1949年在埃尔福特（Erfurt）发表。

一百十三

蒙塔诺拉，1950年3月17日

亲爱的托马斯·曼先生：

惊悉令兄逝世[1]，谨致衷心哀悼！在老年给我们带来的诸多奇异模糊的东西中，失去亲人，尤其是少年同伴，或许是最大的异事。亲友接连逝去，到了最后，"那边"的亲友数量远超"这边"，自己也就意外地对"那边"渐生好奇，忘了少壮时对"那边"的惧意。

但失去再多，根基再松动，人终究摆脱不了私心。一听说令兄辞世，在消化并接受了这一悲讯后，我立即想到：您可别因此而轻易想到辞世，这个利己的念头就这样自然而然地在我心中和嘴上冒了出来。

我希望您还能发光很久。知道您健在，可以找到，我就能振作起来。

我和拙荆祝贤伉俪安好。

赫·黑塞

---

1. 海因里希·曼于1950年3月12日在加州圣莫尼卡（Santa Monica）去世。

一百十四

太平洋帕利塞德，1950 年 3 月 21 日

亲爱的黑塞先生：

衷心感谢您的慰问！

我们希望很快就能见到您。我打算、也应该能在 5 月初飞往巴黎出席《浮士德博士》法文版首发式。不过，我答应去那儿，主要是因为我盼着去瑞士住几个月。我们计划 5 月中旬前到堤契诺看望您和尊夫人。[1]

听说您也给卢塞恩《即兴》办刊人写信表示鼓励，我特别高兴。[2] 这份好刊物遭到扼杀，真是岂有此理。人类多难忍受真相啊！但我还是要说出真相，在眼前的旅行中就说，从华盛顿开始。[3] 祝贤伉俪安好！

　　　　　　　　　　　　　　　　　　　　　托马斯·曼

---

1. 曼氏后来是 5 月 31 日到瑞士卢加诺的。黑塞在给德国神学家爱德华·策勒（Eduard Zeller）教授的信中写道："托马斯·曼前不久来过了。他们夫妇在卢加诺住了十天，隔天来看我们一次，待几个钟头，有时候待半天。有一回他还给我们念了他手稿中的两

章，非常美好。他极有活力，还像以前那样文雅活泼，略带挖苦。听他说话，仅仅在语言上就是一种乐趣。"

2. 《即兴》(*Extempore*)：独立的信息期刊，1949年7月15日至11月15日出版，发行人：卢塞恩维塔诺瓦（Vita Nova）出版社社长鲁道夫·勒斯勒尔（Rudolf Rößler）、《卢塞恩新讯报》(*Luzerner Neuesten Nachrichten*) 编辑汉斯·冯·泽格塞尔博士（Dr. Hans von Segesser）。曼氏在1949年12月8日给奥托·巴斯勒的信中写道："卢塞恩有一份小型政治期刊《即兴》，我常读。极好。是谁办的？我特别欣赏上期社论'质疑权力政治'。在这个世界和社会的疯人院里，至少还有人能客观理性地说话，实在可喜。"见托马斯·曼《书信集》第三卷第119页。

3. 曼氏在芝加哥和纽约发表了题为"我的时代"（Meine Zeit）的演讲，但是没能去成华盛顿，因为他1949年的魏玛之行引起了不快。见托马斯·曼《书信集》第三卷第140页曼氏1950年3月27日给阿格尼丝·伊利莎白·梅耶女士的信。

一百十五

1950 年 6 月

托马斯·曼七十五岁贺信[1]

亲爱的托马斯·曼先生：

我结识您时日已久，那是在慕尼黑的一家宾馆里，我们应出版人萨·菲舍尔之邀去那儿会面。当时您发表了首批中篇小说和《布登勃洛克一家》，我发表了《彼得·卡门青》。当时我们俩都还单身，对未来充满憧憬。当然，除此之外，我俩不怎么像，从衣着和鞋子上就可以看出区别来。我记得当时问了您一个问题，您和《亚述女公爵三部曲》的作者[2]是否沾亲。这首次见面主要是基于巧合和文学上的好奇心，而非一段友谊和伙伴关系的开端。

结果后来还是成就了友谊和伙伴关系，而且是我后半生最可喜、最顺利的友谊和伙伴关系之一，其间发生了许多我们在慕尼黑那个快乐时刻不曾想到的事情，我们都被迫走过一条艰难甚至昏黑的道路，从国籍带来的虚假安全感，到受到孤独和排斥，最后到世界主义干净而略为清冷的空气中。尽管这种世界主义在我们两处的面目迥异，它却把我们联系得更为牢固可靠，超过我们在道德和政治上无辜时的全部共同点。

现在我们都已垂暮，同路人所剩无几。今天您满七十五岁，我虽不出席寿宴，但我心怀感激，感谢您的创作、思考和忍受的一切，感谢您聪明又迷人、硬朗又轻松的文章，感谢孕育您毕生巨著、您的故国人可耻地不愿认可的爱、温暖和热忱的源泉，感谢您忠于自己的语言，感谢您的高尚信念，但愿我们死后，这种信念能够构成一种新的世界政治道德，一种我们今天心怀担忧和希望注视其蹒跚学步的世界良知的要素。

亲爱的托马斯·曼，请与我们长久相伴！我并非受某个民族之托，而只是一个离群索居的人，真正的祖国尚待成形，就同您的真正祖国尚待成形一样，祝您安好，谢谢您。

赫·黑塞

---

1. 发表在1950年2月《新评论》上。
2. 1903年在慕尼黑出版的海因里希·曼系列小说《狄安娜、密涅瓦、维纳斯三女神——亚述女公爵三部曲》（*Die Göttinnen oder Die drei Romane der Herzogin von Assy-Diana*, *Minerva*, *Venus*）。

一百十六

巴尔拉克酒店,苏黎世,1950年5月17日

亲爱的赫尔曼·黑塞:

您发表在《新评论》上的精彩贺词,我读后非常高兴,决定立刻写信道谢。

昨晚我们从巴黎开车到了此地。我在这昔日的(某种程度上也是永远的)故乡感到无比亲切,简直难以形容。不过这回我们只在苏黎世待四五天,因为我完成任务[1]之前还有很多时间。5月份剩下的日子,我们想住在堤契诺,去探望您和妮侬女士,不是顺道去一下,而是专程拜访,弥补去年没聚成的遗憾。请务必告诉我们下周去时能否见到您,好让我们安心![2]

                                      托马斯·曼

---

1. 曼氏1950年6月在苏黎世和巴塞尔发表题为"我的时代"的演讲,在苏黎世剧院(Das Schauspielhaus Zürich)朗读《被选中者》章节。

2. 两家人如愿见面了，参见第一百十四封信注解1。夏天两家在瑞士锡尔斯玛利亚（Sils Maria）再聚，曼氏7月15日至8月8日、黑塞7月21日至8月13日住在圣莫里茨。

一百十七

太平洋帕利塞德，1950年11月1日

亲爱的黑塞先生：

或许有点孩子气，但是想到我们在蒙塔诺拉和锡尔斯[1]共度的时光，我要告诉您和妮侬女士，我几天前把您兴致勃勃听我念过、我们谈过多次、现在大概是最后一次谈的《被选中者》写完了。天哪，不是大事，我急着告诉您，只是因为做完了一件拖了很久的事，我很满意。还有，德国东部的一位新教牧师[2]写来一封信，说尊夫人同他提起我们的朗读会，说您和尊夫人都喜欢。此人信中还提到另外几件令人高兴的事。说来奇怪，近来我常常收到新教神职人员的友好来信，估计您也碰到了同样的事情，估计您和我一样也因此而开始思考，究竟是什么东西天然地最终决定并"约束"我们的存在。

拙荆手术后恢复得很好[3]，一如既往地积极。倒是艾丽卡让我们担心，她失眠、厌食、消瘦，是心理问题，详细检查没有诊断出器质性疾病。她受不了美国的气氛，受不了自己的多种才能无望施展。广播、新闻、电视，她样样出色，但是只因为她持不同政见，就一点机会也得不到。对了，她的文章，您推荐过的那篇，不仅在丹麦和瑞士，现在也在一份荷兰大型刊物上发表了。[4] 不久后她也要在勇敢的"一神普救派"的政治活动上再做一场报告。这对她、也对那些愚人有好处。就算状态不佳，她依然有本事说服最固执的观众。我本人则被回乡之程中地方、空气和海拔的频繁更换弄得精疲力竭，辛苦地返回后，过了数周才缓过来。一恢复精神，我赶紧继续写那本拖了很久的书[5]。现在写完了，我就心定了。不过您知道，这个可爱的世界从不让人闲着。信息、书籍、生日、刊物周年庆典等等，没完没了。若只是想要打发日子，根本无需工作，但总还是觉得嘴里没味，我得尽快找点新笑话上午做，至少有理由说："抱歉，我太忙了。"[6]

亲爱的黑塞先生，您好吗？疗养结束后仍然觉得山区空气对健康有益吧？我们常谈起您、您的信、您在眼下世事纷乱中的典范态度。生活再悲惨，一想到有您结伴同行，我就感到心情舒畅。

托马斯·曼

---

1. 曼氏在1950年10月10日给约阿希姆·马斯的信中写道："我们常同黑塞聚会，先是在蒙塔诺拉，后来在锡尔斯。他是个可爱的老人，亲切、调皮、睿智，在眼下世事纷乱中的态度堪称典范。不过，在德国人又跟他翻旧账时，他会变得很严厉。"
2. 可能指莱比锡托马斯教堂唱诗班指挥京特·拉明（Günther Ramin, 1898—1956）。
3. 卡佳·曼1950年6月在苏黎世做了手术。

4. 关于路透社社长逃亡东柏林事件的文章"约翰·皮特事件"（Der Fall John Peet）发表在丹麦《信息》（*Information*）、瑞典《VI》和荷兰《自由荷兰》（*Vrij-Nederland*）等报刊上。黑塞在1950年8月给瓦尔特·豪斯曼博士（Dr. Walter Haußmann）的信中写道："我向瑞士媒体推荐艾丽卡的一篇呼吁知识分子鼓起勇气的世界局势分析的美文，结果文章没能在瑞士发表。只在丹麦发表了，在美国给作者招来了深仇大恨。"

5. 长篇小说《被选中者》，曼氏于1950年10月26日完稿，1951年3月出版。

6. 原文为英语（"Excuse me, I am so busy."）。

一百十八

蒙塔诺拉，1950年11月8日

亲爱的托马斯·曼先生：

最近邮递员送来的信件令人烦恼。就连语气温和、措辞谨慎的谈论畏惧战争的文章[1]都又在德国引起了愤怒和敌意。总算幸好我措辞谨慎，此文不仅登上了《国家报》，还混上了慕尼黑《新报》。两报均将其列为小品文，没有体会到那一点点政治味，但《新报》还是马上挨了美国的骂，几天后还登了一封令人悲哀的差劲回信。[2]没关系，毕竟文章还是过了很多人的眼，而且很多人看出了个中原委。

可是这回，除了这些烦人的日常信件，还来了一封您的手写信，亲切友好，令人欣喜，还带来了《被选中者》完稿的喜讯！这绝对是一件大喜事，虽然您可能会想念您笔下的格利高里乌斯，想念您和他的每日对话，但是我们还是要向您道贺，并且期待这个绝妙的人物和故事再现。它肯定会大受欢迎。大部分读者将会感觉到这本迷人的书的讽刺意味，但是估计不是所有人都能体会到藏在讽刺后面的、给予这种讽刺真正喜悦的严肃和虔诚。

您信中所述，我们唯一担心的是令爱艾丽卡女士。关于她的病情，您分析得对，这样一个才华横溢、干劲十足的人身处目前这种滞重的气氛中,我本人非常能够理解她的心情。不久前我还收到令爱的一封亲切来信,我和令爱的友谊[3]属于这些古怪年份中美好而纯洁的经历和馈赠。

我们一直忙忙碌碌的,否则我早就给您写信了。八天后我们又得去巴登。除了泡温泉,等着妮侬的还有苏黎世图书馆,等着我们俩的还有和一批朋友的聚会。马丁·布伯[4]也会来瑞士,肯定要来巴登看我。

等《被选中者》成了一本漂亮的书,到我们手里,那将是一个大喜的日子,但愿我们也有机会再聚。

祝您、尊夫人和令爱安好。

赫·黑塞

1. 黑塞"通往和平的其他道路——回复德国来信"(Andere Wege zum Frieden. Antwort auf Briefe aus Deutschland),发表在1950年10月22日巴塞尔《国家报》和1950年10月28日柏林与美因河畔法兰克福的《新报》(*Die Neue Zeitung*)上,黑塞《书信选集》第358—360页。见书后附录。
2. 1950年11月1日《新报》登载格哈德·蒂姆(Gerhard Thimm)的"赫尔曼·黑塞的可怜安慰——回复一位作家"(Hermann Hesses schlechter Trost. Antwort an einen Dichter)。见书后附录。
3. 黑塞生前一直和艾丽卡·曼定期通信,黑塞遗物中迄今共找到艾丽卡1950至1962年写的三十八封长信。

4. 马丁·布伯（Martin Buber，1878—1965），德国哲学家，12月初去巴登看望黑塞。黑塞和布伯交往的时间几乎和曼氏一样长，1909至1950年为布伯的十三本书写了书评，并于1950年推荐布伯获诺贝尔文学奖。

一百十九

1951年6月7日,托马斯·曼从奥托·巴斯勒处收到黑塞的致友人通函:[1]

不久前,德国西部估计读者人数最多的报纸《新报》发表题为"怎么做"(Wie's gemacht wird)的文章,对诗人贝歇尔(Johannes Robert Becher)提出了一项阴险的指控(1951年5月25日《新报》)。原因是我曾为贝歇尔六十岁生日纪念文集提供了一首诗和献词,可惜我不慎交了几年前给画家霍费尔(Karl Hofer)纪念文集的同一首诗,不过这个疏忽应该可以原谅,或至少可以理解,因为霍费尔纪念文集好像从未出版过,至少我从未见过。

结果《新报》利用这件事情编出了一条讨厌的新闻,假称东柏林扣下了我原先为霍费尔写的诗,贝歇尔伪造了我的献词,将该诗据为己有。但是,我给贝歇尔写的献词有我的手写复本,就印在他的纪念文集里。这个怪诞的故事是为了政治目的而编出来的,当然并未事先征求过我的意见。真相不重要,关键在于抹黑政敌。(顺便说一下,很多其他德国同行——包括非共产主义者和坚定的反共产主义者——也像我一样向这位政敌表示了敬意。)

最后我还得补充一句:瑞士(在瑞士,认清真相要容易得多)

大报中唯有《联邦报》(Der Bund)卑鄙地登载了那条假新闻。

————————

1. 托马斯·曼在日记中对此事简单评论道:"又是这一套。"

一百二十　明信片

加施泰因格克宾馆，1951年8月23日

亲爱的黑塞友：

我们一家三口向您和妮侬女士问好。我们在这儿过得不错。我们9月7日再去苏黎世多尔德森林酒店，但愿今年也能与您和尊夫人再会。[1]

托马斯·曼

---

1. 两家人9月7日在瑞士卢加诺小聚。

一百二十一

太平洋帕利塞德，1951 年 10 月 14 日

我亲爱的黑塞先生：

您的《书信集》[1]真是一本妙书！我们一到家，我马上把它从收到的五十本书中拣出来，这几天，除了案头工作，几乎每晚必读。此书极能留人，读者边催自己："抓紧点，跳过几封！还有别的东西要读呢。"可还是忍不住一封接一封地读下去，直到最后。每封信都令人愉快，防守和友好回应的间杂令人感动，语言和精神的真诚（其实是一回事），充满外柔内刚的坚定智慧，不信中有信仰，怀疑绝望中又有信念，总而言之，体现了整个人性：人类的历史沿革和心智发展，比如，给菲德勒的信[2]中关于教会以及心智层次更高、但历史上无疾而终的纯粹虔敬的睿智意见，这个特别出彩。还有，您一旦不再忍耐，决定**明说**，总是让我眼前一亮，比如谈到政治的时候，幸好您和我的政治观点很一致，令我安心；或是您充满激情地禁止别人利用您来打击我。请您相信，若是倒过来（不过似乎没有这个危险），我也不会放过这种蠢人的！我深知有很多封可爱的信和我有关，超过我的想象。您送我的七十五岁贺信，我也借此机会重读了一遍。亲爱的赫尔曼·黑塞，请与我们长久相伴！您是所有好人的依靠和亮光，而对于我本人，我们的同甘共苦是一种永恒的、

珍贵的慰藉。

我们乘瑞航飞机从苏黎世—克洛滕飞到纽约,一路顺利,只在爱尔兰和纽芬兰经停两站,两站之间的八小时夜航是主要行程,我们在"躺椅"上惬意地睡了一觉。然后我们到芝加哥麦蒂家(任性的女婿正好去了意大利)住了三天,那儿潮湿闷热,美国中西部的气候是个灾难,最后我们乘车三十六小时回到海边的家。芝加哥有一家非常好的"自然历史博物馆",我们去了一次以后,按我的愿望,又去了第二次。博物馆展出有机生命的起源——海洋生物,当时陆地上还是一片荒凉,还有完整的动物世界,以及原始人的面貌和生活,是利用出土遗骸立体复制的,非常生动。我永远忘不了住在洞穴里的尼安德特人(一支已灭绝的古人类),还有估计是为了施魔法、专心致志地蹲着用植物颜料在岩壁上画动物图案的原始艺术家。我被彻底迷住了,这些人的神色有一种独特的魅力,让人温暖心醉。[3]

艾丽卡昨晚也途经加拿大顺利到家了。

祝您和妮侬女士安好!

托马斯·曼

---

1. 黑塞《书信集》,1951年在美因河畔法兰克福出版,自1974年起出版扩充版《书信选集》。曼氏1951年10月9日、10日在日记中写道:"黑塞书信集高尚纯洁,可读性强……""不像我这么客

气。待人颇严。"

2. 给德国牧师库诺·菲德勒的信，见黑塞《书信选集》第 182—184 页。

3. 这次博物馆之行是 1954 年出版的《大骗子克鲁尔的自白》第七章中威诺斯塔侯爵（Marquis de Venosta）参观里斯本自然博物馆的原型。

一百二十二

1951年10月底

亲爱的托马斯·曼先生：

您的来信给寒舍带来了欢笑。您和尊夫人旅途愉快，令爱也无需绕道墨西哥而顺利到家了，您还赐予我的《书信集》这么多的关注和时间。我们读了这些，既高兴又感动。《书信集》还缺一个说明出版契机的简短引言，不过我现在很少有写作所需的勇气或是幽默感了，无力完成这项任务。[1]

是啊，信件会给人带来这么多东西！有一回，一位柏林书商写信告诉我，他的一个客户，爱蒙塔尔的一个工人，订购我的《梦之旅》[2]数日后退货，理由是"此种胡言乱语还从未到过他的眼镜下面"。

今日也有一封信在众多严肃甚至可怕的信件中脱颖而出，逗乐了我。离您老家不远的一个学校主管部门通知我，他们近期正在布置中学礼堂，几经思虑后决定请雕塑家B教授塑五个高浮雕，象征五个"人生台阶"：出生；准备入职；在职业突破中实现对自我的认知；在公共和慈善事业中对"你"即他人的关注；最终经由信仰与知识的组合抵达先验的领域。还要做一条宽铭带，把这组浮雕连起来，若是我不反对的话，打算在铭带上刻我的诗"人生台阶"[3]的最后一段。现在我得考虑反不反对、反对什么，本质上我不在乎铭带上刻什么，但是后来我还是想到了几点，最后想出来一个答复，大意如下：

"回忆我读书时的教室，虽然我不记得有浮雕和铭带，那段传奇的战前时期还造不起这种尊贵宏伟的艺术品，但有些地方也能看到低调的肖像和铭言，比如门上有个索福克勒斯的石膏头像、一位享誉世界的德国剧作家的肖像，有些地方也有公认深刻的铭言。当时若有人问十四岁的我，想不想成为肖像上的某位作家，或是某位铭言作者，我会气愤地说不想，因为在我们眼里，这类尊贵的装饰品很无趣，我们最多在偶尔说反话或者做文字游戏时才会引用这些金句名言。因此您可以看到，由于学生时代的前科，我心里留下了对此类事情的顾虑甚至反感，我丝毫也不愿见到自己的话在如此庄严的场所招摇，见到自己与奥勒留和席勒等经典警句作者并列。

贵校的想法中有一点我很欣赏：贵校决定委托一位艺术家完成这项光荣任务。这位艺术家可能会为了要使"人生台阶"在心理和形象上让贵校和我本人都满意而担心，但我认为他会挺过去的。另一方面，若是我要参与贵校的项目，我想通过推荐那些当之无愧的古典大师中的一位的诗文来脱身，他们的宝库中珍品如林。

其次，关于我的诗和我的名字，我还有一重顾虑，不是为自己，而是为贵校。我不是政治家，更不是预言家，但我可以想象贵校、贵市和贵国在或近或远的将来，可能会受到某个专制独裁政权的压力，复辟军国主义或法西斯主义的。这时贵校礼堂墙上尽管有美丽的浮雕，但是，下方的铭带上却有一位每个专制独裁政权都会立即列入黑名单的作家的诗。充满激情的爱国少年很快就会确保下一位特派员听说贵校有这样一条辱国铭带的。到时候，校方不仅要斥巨资请人凿除铭带，而且恐怕还要因为选了此位作家及其诗句而遭受更为恶劣的困境。"

这是我设想的给遥远北方的答复。可惜人类一则软弱，二爱偷懒，而我既很软弱又极爱偷懒，结果我没有把那封精彩的拒绝和警告的信寄给校方，而是发了一张明信片，客气地表示同意。顺便说一句：明信片是德国人发明出来送给世界的一样好东西。[4]

您刚耐心地读了我的书信集，我就继续麻烦您看我这封既没写、又写了的信，不知道我这么做是否妥当。其实我就是想和您随便聊聊。

接下来，我们又打算照例去利马特河畔巴登，泡温泉疗养。妮侬也将从那里去苏黎世图书馆，我们也打算去看小儿海纳尔，他现在屈斯纳赫特您熟悉的席德哈尔登路[5]有座小楼。

我和拙荆衷心祝愿您阖家安康。

赫·黑塞

---

1. 黑塞1952年1月为1954年《书信集》第二版写了一篇简短的跋文，参见《书信选集》第555页。
2. 参见第八十三封信注解1。

3. 黑塞写于1941年5月5日的"人生台阶"（Stufen）是约瑟夫·克乃西特"学生诗作"中的一首，见《黑塞全集》第一卷第119页。诗的最后一段为"也许还会有死亡时刻／送给我们新的体验／对我们，生之呼唤永不中断……／心啊，要告别过去，保持康健！"。（郭力译《诗话人生——黑塞诗选》第251页。）

4. 明信片是后来担任德意志帝国邮政总局局长的海因里希·冯·斯特凡（Heinrich von Stephan，1831—1897）1865年建议推出的，奥地利和普鲁士立即落实了这一想法，美国也于1873年启用明信片。

5. 二战前流亡瑞士时期，托马斯·曼就住在席德哈尔登路33号。

一百二十三　黑塞七十五岁贺电

1952 年 7 月 2 日

衷心思念，期待重逢。

托马斯和卡佳·曼

一百二十四[1]

(1952年7月)

亲爱的赫尔曼·黑塞：

在这儿缺席？绝不！不过隆重出场我也做不到。您年满六十岁和七十岁时，我都写过东西，内容全记不得了。拣重点说：我衷心敬佩您，这点我记得。但是这一点人人都知道，您本人也知道。请允许我在您满七十五岁时再重复一遍，并诚挚地祝贺您拥有一份幸福、可喜的人生，这份我们珍视的人生如今到了退休年龄，但是还在不断馈赠世界，愿您安康顺利、心情愉快！

歌德在最后一封信中写道："迷惘行动的混乱理论统治世界"[2]。现状正是如此，在我们看来更严重、更危险，富有才智的人更难保持正直、对抗荒谬混乱的日子，正如您、可敬的朋友，在您的"城堡"中设法做到的那样。我觉得您的行为堪称典范，确实如此：纯洁、自由、聪明、善良、坚定，为了此种模范的态度，主要是为了它，我向您道贺。而且，您可别死在我前头！首先，这太唐突，因为理应先轮到我的。而且，若是您先死，我会深感困惑并整天想您，因为您是我的伙伴、安慰、帮手、榜样和力量，失去了您，我会感到无比寂寞。

很快，我们就又会在您的"城堡"里重逢了，加上两位好太太。

我们一起骂骂人、叹叹气、对人性死一点儿心（我们俩骨子里都不擅长这个），在极大极大的蠢行上找乐子。福楼拜该乐坏了，愚蠢程度如此之高，他一定会惊叹"太棒了！"。

再见，蹚过给予我们梦想、游戏和文字慰藉的泪谷的亲爱老友。

托马斯·曼

---

1. 此信发表在1952年第三期《瑞士新评论》黑塞七十五岁生日特刊上。
2. 歌德在1832年3月17日给洪堡的信中写道："迷惘行动的混乱理论统治世界，而我最急着办的事就是：尽量提升我身上有的、保留了的东西，并且调整我的特点，正如您，可敬的朋友，在您的城堡中设法做到的那样。"

一百二十五

（1952 年 7 月）

亲爱的托马斯·曼先生：

在成堆的生日礼物中，只有寥寥几件让我大乐，您发表在迈尔博士[1]《新评论》上的文章就是一件。发现他们也麻烦您、向您约稿了，我先是吃了一惊，不过看到您如同一条强健的鳗鱼，生气勃勃、精力充沛地摆脱尴尬，在奋力抵抗他人强求之外还有余力找到诚挚的友谊良言，我顿感欣慰。

我们要出发了[2]，明天就走，8 月底回来。我累过了头，萎靡不振。关于死亡，我的医生[3]很勇敢。身为生意兴隆的外科医生，他却偏爱照顾老人，雄心勃勃地要为老人延年益寿。前天他又来给我和拙荆打了针，他甚至还想在 8 月份来锡尔斯，给我们用他的神药。谢谢您！祝您安好，希望您能在巴尔本戈或附近得偿所愿[4]！

赫·黑塞

---

1. 瓦尔特·迈尔博士（Dr. Walther Meier, 1898—1982），《瑞士新评论》杂志发行人。

2. 前往瑞士恩加丁的锡尔斯玛利亚。

3. 克莱门特·莫洛博士(Dr. Clemente Molo,1909—1998)。

4. 恢复健康。

一百二十六

埃伦巴赫—苏黎世，1953年1月8日

亲爱的赫尔曼·黑塞：

全集[1]和来信收到，我决定当天就向您道谢，感谢您赐书，尤其感谢您充满兄弟之情的题词[2]，让我倍感荣幸。您对世界的馈赠和成就的事业伟大而持久，激起我目睹此种终身成就时一直感到的全心崇敬。而认可自己的作品，我从来就办不到。在我眼里，自己的作品只是一些"改编"艺术品，因过于个性化而不宜与"原作"相提并论。我写作只是为了帮助自己渡过难关，不过说到底这也是相当光荣的。

您现在完全有资格"瞌睡、慵懒、呆滞"，或者感觉自己处于此种状态。"了解，了解。"老布里斯特[3]会如是说。而我还在不停地写，还觉得有必要"证明"自己。[4]这纯属没事找事，因为在那位施瓦本作家等部分人的眼里，我显然已经证明了自己，而另外的人，我永远也对付不了。我手头正在写的一篇小说题为《被骗的女人》[5]，已经写了一大半。小说的主角热爱大自然，却上了大自然的当。她五十多岁时痛心地绝经了，却陷入与儿子的年轻家教的热恋，好像是归功于爱情和慈爱的大自然的恩典，她幸福地重新成为流泉。可惜事实证明她的"月经"只是子宫癌晚期症状。她死了，并不记恨大自然的欺骗，倒是作者气愤难平。这篇小说源于我耳闻的一件逸事，颇有思想，用了经典小说的风格。艾丽卡认为读者会喜欢，至少美国读者会喜欢。

看我，杂七杂八的，什么都想跟您聊。我们是在平安夜入住的，小楼[6]现在还空空如也，像个临时落脚点。加州的"升降机"、我们的家具、画和书都还没到。等到家里收拾停当（我得请几个学生帮忙），我马上为您的六卷本全集找个好地方。

我们一家三口祝您和妮侬女士顺遂如意！

托马斯·曼

---

1. 六卷本《黑塞全集》，1952年黑塞75岁生日时在美因河畔法兰克福出版。
2. "赫·黑塞赠兄长"（Dem älteren Bruder der jüngere H. Hesse），1953年1月。
3. 冯塔纳长篇小说《艾菲·布里斯特》（*Effi Briest*）主角艾菲·布里斯特的父亲。
4. 参见曼氏《书信集》第三卷第356、357页曼氏1954年9月6日写给德国艺术家埃米尔·普里托吕斯的信。见书后附录。
5. 曼氏短篇小说《被骗的女人》（*Die Betrogene*），1953年在美因河畔法兰克福出版。

6. 1952 年 12 月 2 日，曼氏一家在苏黎世附近的埃伦巴赫（Erlenbach）租下了格莱尔尼施路（Glärnischstraße）12 号小楼，可惜很快就发现面积不够大。

一百二十七

1953 年 1 月

亲爱的托马斯·曼：

收到您的亲切来信，我很高兴，感激不尽。

获悉您即将完成一篇新小说也很高兴，这样我就又有一件事情可以期待了。

我们的感觉是个奇特的秘密（因为我也有这种感觉）：自己的作品不算"原作"，不算绝对有效、真实、经典、永恒。一方面，这种感觉是基于一个客观事实：真实、伟大和经典的作品是经受住了生者还需经受的时间考验的作品。这些作品经历了时间往往颇长的、被夸耀新杰作的世界厌弃的阶段，幸存下来，走出坟墓，死而复生。

不过我认为还有另一个原因：艺术家群体就像其他群体一样，有一类走运又放肆的人，对自己有信心，为自己骄傲，比如本韦努托·切利尼，黑贝尔和维克多·雨果大概也属于这类人，格·豪普特曼估计也是。另外，还有大批由于过度自信、夸大了自己作品的分量和寿命的小人物。而您和我不属于这类我们身边或许为数不少的人。

但愿您不久后就能感到住得舒适！获悉您定居埃伦巴赫后，想起您时，我的心情更为愉快。您对变化的绝美赞歌[1] 就像一瓶美酒，我慢慢啜饮，回味无穷。

赫·黑塞

---

1. 托马斯·曼散文"赞美变化——1952/1953 圣诞元旦致友人"（Lob der Vergänglichkeit. Ein Weihnachts- und Neujahrsgruß für unsere Freunde 1952/1953），收入 1953 年在美因河畔法兰克福出版的《新与旧——五十年小型散文》（Altes und Neues. Prosa aus fünf Jahrzehnten）文集。

"……不要忘了梦到那块石头,梦到那块在山涧里躺了千年、万年,被泡沫和洪水沐浴、冷却、冲刷的青苔石!关切地注视它的生活,最深睡眠中最清醒的生命,赞美变化中的它!它是幸福的,如果存在和幸福能够共处。晚安。"

摘自托马斯·曼散文《赞美变化》(*Lob der Vergänglichkeit*)。

一百二十八

1953 年 3 月

亲爱的托马斯·曼先生：

这是一个美好的惊喜！"哈，《克鲁尔》到了！"收到包裹时我这么想，打开一看，竟是一部新作[1]！我高兴地细看它、抚摸它，读到亲切的题词[2]更是欣喜，期待阅读这本装帧精美的书（我唯一不喜欢的是封面）。然后我看到了目录，浏览了此间内容，突然意识到此书是自传体的当代史珍宝，顿觉口角生津，赶紧先读以前未曾读过的文章，我特别欣赏"最爱的诗"[3]。伟大的艺术家！谢谢您，您给我带来了很大的乐趣。

我还想起一件事来：最近有个美国人（好像姓格伦沃尔德）寄来一篇稿子给我，让我看他标出的几处：全是无理贬低托马斯·曼、抬高黑塞的。我给他写了一张明信片，悲伤地告诉他，我不同意他的看法，他不能接受。估计他对我的景仰不久后就会变成厌恶，就像此前对您的态度一样，因为他说以前很崇拜您。这都是些什么人哪！

拙荆期待和我一起拜读大作。我们祝你们一家三口安好。

赫·黑塞

1. 托马斯·曼文集《新与旧——五十年小型散文》，1953 年在美因河畔法兰克福出版。
2. "欠缺描述之事物组成的世界总是俗气的，除非描述得好。"——托马斯·曼赠好友赫尔曼·黑塞，1953 年 3 月 12 日于埃伦巴赫—苏黎世。"
3. "最爱的诗——答问卷调查"（Das Lieblingsgedicht. Antwort auf eine Umfrage），最早发表在 1948 年 8 月 1 日《周日世界报》（*Welt am Sonntag*）上，黑塞也于 1953 年参加了苏黎世《世界周报》关于这一话题的问卷调查。参见 1977 年在美因河畔法兰克福出版的黑塞《书的世界》（*Die Welt der Bücher*）第 342—344 页。

„Ewig menschlich ist die Welt der Dinge, die man überhaupt nicht ausdrückt, es sei denn, man drückte sie gut aus."

Seinem lieben Hermann Hesse
　　in Freundschaft

Erlenbach – Zch.
12. März 1953
　　　　　Thomas Mann

托马斯·曼赠黑塞《新与旧——五十年小型散文》
(Altes und Neues. Kleine Prosa aus fünf Jahrzehnten) 题词

Sehr geehrter Herr

Ich erhielt Ihren Brief und hätte mich über ihn gefreut, wenn er nicht die Abhandlung über meinen lieben Kollegen und Freund Th.Mann enthielte.

Ihr Deutsche habt diesen Mann ausgebürgert, um seine Habe bestohlen, am Leben bedroht und auf jede Weise verfolgt und beschimpft – und nun steht Ihr da und wägt ab, ob man ihm dieses Schritt verweihen oder jenes Wort von ihm gelten lassen dürfe! Da stehn uns armen Ausländern die Haare zu Berge. Statt eurer Kritiken und Beschimpfungen solltet Ihr diesem Mann auf Knien Abbitte tun. Aber bekanntlich ist ja in Deutschland kein Mensch mitschuldig an dem, was Ihr seit 1933 über die Welt und euch selbst gebracht habt.

Da ihr es nicht tuet, schäme ich mich an eurer Stelle dieser unverzeihlichen Dinge.

Es grüsst Sie Ihr

Eine Briefkopie für W. Kehrwecker

黑塞众多信件中的一封碳式复本。他在信中阻止别人利用他来贬低托马斯·曼，手写体内容为"给 W. kehrwecker 的信的复本"收信人为拉芬斯堡的维利·克尔韦克（Willi Kehrwecker）。

一百二十九　明信片

致：赫尔曼·黑塞先生和太太

　　　　埃伦巴赫，1953年10月3日

亲爱的朋友，我们又回到了自己的小家，回想和两位共度的美好时光[1]，憧憬下次相见。麦蒂开车把我们直接送到艾罗洛，阳光明媚，我们看到下面有人露营，估计很快就会上来，到我们家附近。10月份天气宜人，早上有雾，中午天空见蓝。我们三个祝贤伉俪安好。

托马斯·曼

---

1. 曼氏夫妇9月16日至30日在瑞士卢加诺多次拜访黑塞夫妇。

一百三十　明信片

埃伦巴赫，1953年11月5日

亲爱的赫尔曼·黑塞：

您的友人通函[1]对我们也有纪念意义，这份礼物令人神清气爽，万分感谢！不论如何赞美"争议人物"[2]，您的身边只有朋友，您无比纯洁的人生唤起一致的爱意。

托马斯·曼

---

1. 黑塞写于1953年的友人通函题为"恩加丁经历"（Engadiner Erlebnisse），收入1955年出版的散文集《往昔回想》（Beschwörungen），也见《黑塞全集》第十卷第324页。
2. 曼氏认为黑塞此说指他。

一百三十一

埃伦巴赫—苏黎世，1954 年 3 月 26 日

亲爱的黑塞先生：

您的新通函[1]是一件瑰宝！虽然我的老家在特拉维河边，并不在卡尔夫，您还是把我列入同您一起老去的朋友，我非常感激。这是一篇无比美妙的经典抒情散文，风趣、智慧、温暖，具有一种高层次的朴实，正是由于这些特点，您晚年拥有大量读者，而不是只有名气，被人谈论。名人角色必然带来一些有点滑稽的责任，有时似乎让您颇为辛苦。不过永无机会承担这些责任的人肯定还是艳羡您的。

您肯定猜到了，我觉得通函中最提神醒脑的莫过于神父的伟大教育诗"美丽山谷/蛋形无误"，让我有一阵子都忘了生活的烦恼。我遇上一个人，就念一回这三句诗——通函的幽默高潮[2]。此种趣事可以让我连续数日心情舒畅。上一个我逢人就说的，是维也纳耶稣会会士、神学教授劳伦茨·米尔纳[3]的话，此人有位老熟人，姓约德尔[4]，是个思想自由的无神论者和启蒙运动伦理学者。米尔纳说："看呐，那个约德尔，那个约德尔真的相信世上没有上帝。我呢，我连这个都不信！"精妙绝伦！在佛罗伦萨，我用英语给 90 岁的贝伦松先生[5]讲了这个故事，就是那位把著名的艺术收藏捐给哈佛大学

的老先生。"正合我意!"他喊道。然后我离开了,去参观他的房子和藏品,结果他请麦蒂再讲一遍那个故事。

我在埃伦巴赫不写东西,我去多尔德森林酒店写。我们要搬到基尔西贝格去住了,我不想参与搬家,就逃到多尔德去,搬家主要靠艾丽卡。我们在基尔西贝格买了一座布局合理的房屋,在老兰德路39号[6],这是我最后的住址,但愿如此吧。这些年跑来跑去太折腾了。等到戈洛和几个壮实的朋友把书放好,一切都收拾停当,肯定还要两三周,之前我都会住在酒店。

祝您和妮侬女士一切顺遂!

托马斯·曼

听说又有孩子在您的谢客牌下边添了一句专门用来警告我的话,"继续谢客。抱歉!"之类的。他们总是笑话我。[7]

---

1. "往昔回想"(Beschwörungen),1954年2月通函(内部出版),收入黑塞《往昔回想——晚期散文新集》(*Beschwörungen. Späte Prosa/Neue Folge*)(1955年出版),也见《黑塞全集》第十卷第357—359页。
2. "美丽山谷/蛋形无误/充满矿物"。
3. 劳伦茨·米尔纳(Laurenz Müllner,1848—1911),维也纳大学哲

学教授。

4. 弗里德里希·约德尔（Friedrich Jodl，1848—1914），维也纳大学哲学教授。

5. 贝尔纳德·贝伦松（Bernard Berenson，1865—1959），美国历史学家，艺术收藏家。

6. 曼氏1954年4月15日迁到此处。

7. 由于常被游客骚扰，黑塞在花园门口钉了一块"谢客"牌，据黑塞说效果不佳：讨喜的客人从此绝迹，讨厌的客人照来不误。

一百三十二

蒙塔诺拉，1954年3月（底）

托马斯·曼先生：

我怀着极大的乐趣读了您的信。您喜欢我的通函，我很高兴。您精彩的约德尔笑话，我附上了荣格神父[1]的三句诗应和，也很可喜。该诗是我前些日子在找一件别的东西时在豪斯曼[2]1912年写的一张明信片上找到的。

我家就同您家一样，最近不太平静，因为拙荆又要溜到希腊去了，其实是去小亚细亚（特罗亚、士麦那等）和几座岛屿。春天到了，外人也来了，每天都有人在寒舍周围走动，估计不久后就会有人在门牌上刻新的笑话了。

近来我们又常谈到您，我们常读莱塞[3]的书。特雷比奇先生[4]前不久来过了，对贵宅赞不绝口。

再见，我现在写东西太艰难了，幸好天气允许我在室外长待，这对我的眼疾是唯一有效的疗法。

再见，希望不久后您全家就能在基尔西贝格住房里过得惬意舒适。祝安好。

赫·黑塞

（另纸：）

一百多年前，上施瓦本有位姓荣格的天主教神父，是个讲道高手，尤其因擅写悼词而闻名。他为葬礼写诗，还印刷发表，不过现已鲜为人知。我知道三句，出自一篇我的朋友康拉德·豪斯曼从前告诉我的悼词：

> 所以其实霍乱
>
> 有益她的灵魂。
>
> 智者虽也起舞，
>
> 却只慢慢转身，
>
> 他们跳得理性，
>
> 偶一为之怡人。
>
> 而她一直生动
>
> 呈现神圣信条，
>
> 由此也就始终
>
> 身为楷模留痕。

---

1. 关于1839年以《由伊勒尔河畔梅明根附近基尔希多夫神父米夏埃尔·冯·荣格撰写出版的哀歌》（*Melpomene oder Grablieder, verfasst und herausgegeben von Michael von Jung, Pfarrer zu Kirchdorf bei Memmingen an der Iller*）为题出版的"政治性悼

词",黑塞1912年就写过一篇小品文。参见1973年在美因河畔法兰克福出版的黑塞《闲散的艺术——短散文遗作》(*Die Kunst des Müßiggangs. Kurze Prosa aus dem Nachlass*)第139—141页。

2. 康拉德·豪斯曼(Conrad Haußmann,1857—1922),德国政治家,1890年起任德国联邦议院议员,从1908年左右开始与黑塞交好;《三月》杂志联合创始人,1910年10月起任帝国总理马克斯·冯·巴登(Max von Baden)亲王的私人秘书。

3. 约纳斯·莱塞(Jonas Lesser,1895—1968),《圆满时代的托马斯·曼》(*Thomas Mann in der Epoche seiner Vollendung*),1952年在慕尼黑出版。

4. 西格弗里德·特雷比奇(Siegfried Trebitsch,1869—1956),奥地利剧作家,曾将萧伯纳的作品译成德文。

一百三十三　明信片

基尔西贝格，1954年10月14日

亲爱的黑塞先生：

真是一个令人愉快的故事，亲切、多彩又暖心![1] 我们全家高唱皮克托娅之歌。非常感谢馈赠这一杰作，衷心祝愿您身体健康。

托马斯·曼

---

1. 黑塞《皮克托变形记——童话一则》(*Piktors Verwandlungen. Ein Märchen*)，1954年在美因河畔法兰克福出版影印版。参见1975年在美因河畔法兰克福出版的岛屿袖珍书第122号。

一百三十四

(1955 年 5 月)

声明和祝贺[1]

亲爱的托马斯·曼：

您不久前为了纪念亲爱的黑德维希·菲舍尔女士，写了一篇绝美的歌颂变化的赞歌，我觉得这属于您的小型散文中最美的文章。虽然我们作家的终身事业就是努力把变化的事物变为永恒（当然我们很清楚这个"永恒"是有限的），但正因如此，我们比其他行业的人更有资格肯定和赞美变化——古老的魔法之母马雅。

但是，老友，若您先于我"长颂尘世"（这个美丽的说法其实就是"赞美变化"之意），估计我无法赞美歌颂，而会伤心沉默。不过幸好您还在，我可以希望不久后就与您再会，和您共度一个美好而愉快的钟点。因此我很乐于加入您八十大寿祝贺者的行列。

您知道，我一向崇拜生物的两极性。所有我热爱、喜欢的东西都有两个相互矛盾的灵魂，它们吸引我，赢得我的心，我和您的关系亦然。最早引起我的关注和思考、给我留下印象的是您的中产阶级美德：勤奋、耐心和坚韧的工作态度。这些中产阶级的汉萨式美德，我越无资格自夸，就越感到敬佩。这种自律和持续的投身工作的忠诚将足以保证我对您的敬重。但是爱需要更多的东西。深得我心的恰恰是您非中产阶级和去中产阶级化的品质：宝贵的讽刺、强烈的游戏感、坦然面对自身问题的勇气，还有在《浮士德博士》和《被选中者》中充分表现出来的乐于猎奇冒险、尝试新形式新手段的艺术家之乐。

不再说您比我更熟悉的事了。大批依旧不肯放弃逼迫我俩竞争的读者永远无法理解我们的友谊和团结，正如他们无法理解库萨的尼古拉的"对立统一"[2]。

衷心祝贺您。

赫尔曼·黑塞

---

1. 发表在1955年第三期《新评论》中。
2. 库萨的尼古拉（Nikolaus Cusanus，1401—1464），德国中世纪哲学家，其主要著作《论有学识的无知》（De docta ignorantia，1440）指出，对立只存在于有限的认知中。上帝作为最后一个绝对的、无名的整体超越了对立，对立在上帝身上融合为一体。

一百三十五
1955年6月6日致托马斯·曼[1]

亲爱的托马斯·曼：

您不是前不久才祝贺过我七十岁生日吗？我们老人知道时间不可计算，不再惊讶于其形式的可变，现在我已经祝贺您八十大寿了，感觉这些年倏忽而过。我不多讲了，因为我已经在其他地方祝贺过，关于我崇拜您、热爱您的原因也写过几句话了。

我读到的最近一篇您的新作是关于契诃夫的雄文[2]。受它的诱惑，我从您宝贵的散文集《新与旧》[3]中挑了几篇重读，送给自己一段既有思想又有享受的时光。在和此书分手之前，我也查了您的随笔《最爱的诗》的结束语[4]，虽然其实我第一遍读时就记住了。目前没有哪位德语作家能效仿您。我不是指句式，而是指语气，仔细调节比例的爱和戏谑的混合，比您崇拜的冯塔纳更现代、更尖锐，但又完全继承了冯塔纳的精神。

赫尔曼·黑塞

---

1. 发表在1955年6月5日的《新苏黎世报》上。
2. "试论契诃夫"（Versuch über Tschechow）（1954年），1960年出

版的《托马斯·曼全集》第九卷第843—845页。

3. 曼氏文集《新与旧——五十年小型散文》，1953年在美因河畔法兰克福出版。

4. 随笔《最爱的诗》(Das Lieblingsgedicht)(《托马斯·曼全集》第十卷第921—923页)的结束语：

我还想说，有时候，我忘了一半、只记得碎片，根本拼凑不起来的东西最珍贵。有一首诗，我想是杜默的，开头是：

不去找你了，

定了，我发誓，

然后每晚都去……

"因为我失去了全部骄傲、全部力量，"他呻吟着，"说话啊，就说一个字吧，一个字，一个清楚的字——"

等等。描写无望的苦恋，无与伦比，虽然整首诗并不出色。这是不开口而说话、坦白、叹息。勃拉姆斯很多余地为诗谱了曲。

一百三十六

苏黎世湖畔基尔西贝格，1955年6月10日

亲爱的赫尔曼·黑塞：

您可以凭经验想见我的境况。我写了一张漂亮的卡片，已送去印刷[1]，今明两天应该就能发出，可您这儿可不是这样就算完了。写这封信也还不算完，但是我想马上写信道谢，亲爱的老友，感谢您发表在《新评论》等报刊上、盖满您心智印记的美好而独特的语句，这些语句表达了我和您都很珍视的友谊，表达了对不理解这种友谊、感到恼怒、企图干扰的愚人的嘲讽。

外表健康又随和、内心疲倦又疑虑的我近来办了很多事：先是去吕贝克出席席勒活动和国事访问[2]，然后在这儿忙生日，闹了整整四天，终于慢慢静下来了。亲爱的世界，尤其是亲爱的瑞士，尽了最大努力让我神魂颠倒，但也有相当生动的反对力量。最讨我欢心的是想象力丰富的联邦理工学院授予我"自然科学博士"学位[3]，有新意，有创意。私下告诉您，我不久后将凭借基尔西贝格市的帮助成为瑞士公民。瑞士联邦委员会好像同意特批此事，还暗示珀蒂皮埃尔[4]会出席庆典，亲临康拉德·费迪南德·迈耶尔馆，并用附带最优雅的法国口音的德语发表演讲。这些节日此外也不缺法国口音，这令我高兴，我特别承认这一点。我收到一本《法国祝贺托马斯·

曼八十大寿文集》[5]，许多法国作家和政治家写了贺词和文章。我觉得很可爱，不过还没来得及细读。

还该提一下，联邦德国文化部长施罗德也寄来一封措辞适当的贺电[6]。他肯定是在一次严肃的谈话中硬逼阿登纳[7]批准了这一做法。

祝您和妮侬女士安好。她有了伊特拉斯坎人[8]就忘了我们，我们有点恼她。一想到您坚守严肃理性的平静生活，我却在欢庆中消磨生命，我暗自惭愧。您面对此类挑战的淡定堪为榜样，不过世人又何曾认真学习过榜样呢？

托马斯·曼

---

1. 参见书后附录。
2. 托马斯·曼在斯图加特（1955年5月8日）和魏玛（5月14日）举行的席勒逝世一百五十周年纪念会上发表主题演讲，5月16日至21日住吕贝克和特拉弗明德。吕贝克市政府授予曼氏荣誉公民称号。
3. 苏黎世联邦理工学院以此为曼氏贺寿。
4. 马克斯·珀蒂皮埃尔（Max Petitpierre, 1899—1994），时任瑞士联邦主席。
5. 《法国祝贺托马斯·曼八十大寿文集》(*Hommage de la France à Thomas Mann à l'occassion de son 80. Anniversaire*)，发行人：马丁·弗林克（Martin Flinker），1955年在巴黎出版。

6. 格哈德·施罗德（Gerhard Schröder，1910—1989），1953 至 1961 年任德意志联邦共和国内政部长，1961 至 1966 年任外交部长。
7. 康拉德·阿登纳（Konrad Adenauer，1876—1967），1953 至 1963 年任德意志联邦共和国首任总理。
8. 妮侬·黑塞去苏黎世参观"伊特拉斯坎人的艺术与生活"（Kunst und Leben der Etrusker）展览，没有顺道去看望曼氏一家。

一百三十七

（邮戳：1955 年 7 月 2 日）

亲爱的托马斯·曼：

我必须承认，您特别擅长给人惊喜：生日一过就寄来一封亲切可爱的信，然后是富有大爱的雄文《试论席勒》[1]，既细致缜密又有奇思妙想，阅读此文真是享受。

谢天谢地，这一系列喜事，您都游刃有余地办好了！苏黎世的庆典我们在广播里收听了。现在我想象您和尊夫人正在荷兰海边躲清闲。即使对于不反对这种热闹、聪明地自愿参与的人来说，若是太过热闹，也会带来诸多麻烦和损害。至于我本人，我承认自己受不了太多的热闹，这一点让我生气。不过今年秋天要在法兰克福举行一场庆典[2]，幸好我们已经想出了一个法子来解决这个问题：由拙荆代表我出席。我们打算在 7 月 20 日前后再去锡尔斯玛利亚住几周，可惜此前我还得跑几趟眼科。

但愿今年我们还有机会再见！我和拙荆祝贤伉俪安好。

赫·黑塞

1.《试论席勒》(Versuch über Schiller)，1955 年在美因河畔法兰克

福发表。
2. 黑塞于1955年10月9日获德国书业和平奖（Friedenspreis des Deutschen Buchhandels）。

一百三十八

恩加丁锡尔斯玛利亚森林酒店,(邮戳:1955年8月2日)

亲爱的托马斯·曼:

我们在此地常常听到关于您的消息。惊悉您病倒了,幸好尊夫人友好地详告病况,让我们略感安心,请允许我前往探病。祝您尽快战胜病魔,长享安康。

前几日收到的一则死讯让我们心情沉重。死者是住在温特图尔的格奥尔格·莱因哈特[1],我喜欢他、欣赏他,他不但是一位有远见卓识的社交名人,而且我们的私交也很好,他在私人生活中是一个有罕见的天赋、兴趣和习惯的人。

我带到锡尔斯来的假期读物是莱辛的信件。我已经几十年没读了。多么优秀的人物,过着多么艰难的日子啊!《智者纳坦》[2]出版后,临死前两年,莱辛还写道:"若是我的《纳坦》上演,估计永远不会,若是上演,整体影响估计很小。只要有人感兴趣,只要一千名读者中有一名学会质疑宗教,那就够了。"

比比莱辛,我为自己的娇气感到羞愧,但是仍然不觉得我们生活的时代更好。

我们想念您,祝您安好。

赫·黑塞和妮侬·黑塞

1. 格奥尔格·莱因哈特（Georg Reinhart, 1877—1955），黑塞的资助人，自第一次世界大战结束后一直和黑塞交好，于1955年7月29日去世。黑塞撰写纪念文章"黑色的国王"（Der schwarze König），回忆自己和莱因哈特的友谊，见1962年在美因河畔法兰克福出版的黑塞《纪念文集》（*Gedenkblätter*）第325—327页。

2. 莱辛（Gotthold Ephraim Lessing, 1729—1781），《智者纳坦》（*Nathan der Weise*）于1779年出版。黑塞引用的信是莱辛1779年4月18日写给其弟卡尔（Karl Gotthelf Lessing）的。参见德国经典作家出版社（Deutscher Klassiker Verlag）1994年在美因河畔法兰克福出版的《莱辛1776至1781年书信集》（*Lessings Briefe 1776 bis 1781*）第247、248页。

一百三十九
致卡佳·曼

锡尔斯玛利亚，1955年8月

亲爱的曼夫人：

自从惊闻噩耗[1]，我的思念、悲伤和祝愿一直围绕着您和那个亲爱的、不可替代的人。我感到世界空荡荡的、自己被撇下了，就像两年前失去最后一个同胞姐妹[2]时一样，而且我还远未接受这一事实，我此前从不真信自己能做那个后去的人。

想到您，我的心很痛。在我的朋友圈子里，像贤伉俪这样拥有深刻持久、忠实丰富的伴侣关系的没有第二对。

若是没有您的陪伴，我们忠实的朋友不可能实现并完成这令人难以置信的丰富、勇敢、伟大的生活，平安终老，今天，每个爱过他的人都感激地、无比同情地这么想。

赫尔曼·黑塞

---

1. 1955年8月12日，托马斯·曼因血栓在苏黎世州医院去世。
2. 黑塞之妹马鲁拉于1953年3月17日去世，享年73岁。

一百四十
告别[1]

锡尔斯玛利亚，1955 年 8 月 13 日

我怀着深深的悲痛送别我的好友、伟大作家托马斯·曼，这位德国文学大师尽管获得殊荣，却被世人误解，德国广大读者数十年来都未能理解，他的讽刺和高超技艺后面隐藏着多少情感、忠诚、责任感和爱的能力，这一点将使他的作品和世人对他的怀念比我们迷茫的时代长命得多。

赫尔曼·黑塞

---

1. 发表在 1955 年 8 月 16 日的《新苏黎世报》上。

托马斯·曼，1940年左右

赫尔曼·黑塞,1934年

托马斯·曼，1946年

黑塞，1952年在蒙塔诺拉家中书桌旁

摄影：黑塞之子、瑞士摄影师马丁·黑塞

跋

数十年的交集让赫尔曼·黑塞和托马斯·曼越来越感到两人其实是"兄弟"。他们是同代人，同为德国文豪，都脱离了德国政府（黑塞于1914年、托马斯·曼于1933年）。对两人作品的比较能让人认识到这种"兄弟关系"，其亲缘性跃入眼帘："荒原狼"和阿德里安·莱韦屈恩，《圣经》故事和卡斯塔里中人约瑟夫·克乃西特。《玻璃球游戏》和《浮士德博士》的布局更是高度吻合，在处理相同的时代经验时表现出一种特殊的对称性。曼氏对刚出版的《玻璃球游戏》的第一印象很有启发意义。他在1945年4月8日给黑塞的信中写道："我拜读大作时也感到惊愕，惊愕于一种我已非首次感受到、但这回特别精确具体地感受到的亲近之情，因为我的'东方'时期结束后，一年多以来，我一直在写一部小说……也是传记体，也是谈音乐，这岂非太巧了吗？……您和我的这两部作品既差异巨大，又惊人地相似，两兄弟间的关系往往如此。"

诺瓦利斯①说："小说宛若不受约束的历史发展，宛若历史神话。"描述约瑟夫·克乃西特生活的《玻璃球游戏》和阿德里安·莱韦屈恩的传记《浮士德博士》是同类事物的两种变体。《玻璃球游戏》中卡斯塔里教团的约瑟夫·克乃西特和普林尼奥·特西格诺利（Plinio Designori）这一对矛盾角色的背后站着好几代人物：纳齐斯和戈德蒙、辛克莱和德米安、汉斯·吉本拉特（Hans Giebenrath）和赫尔曼·海尔纳（Hermann Heilner）——及至最早的就读于毛尔布隆修道院中学的黑塞本人。而起意于1901年的《浮士德博士》主角莱韦屈恩背后则站着约瑟（Joseph）、汉斯·卡斯托尔普（Hans Castorp）、菲利克斯·克鲁尔（Felix Krull）和托尼奥·克勒格尔（Tonio Kröger）。两书主角均为专注于精神或宗教使命，日益离群索居，遁世的同时却拥有多姿多彩的梦幻生活的神秘人物。而且主角身边都伴有一位性格相反的"发小"，两个角色分别体现相互矛盾的精神和世俗需求、人性和魔性。其实还不只两个，卡斯塔里教团中还有别的"部分自我"，比如隐居竹林、"灰黄麻袍裹着清瘦的身子，眼镜下的蓝眼目光从容"的"中国长老"（der chinesische Einsiedler），还有孤僻易激动的特古拉留斯（Tegularius）。而莱韦屈恩和蔡特布洛姆（Zeitblom）的对话中混杂着恶魔的声音。

克乃西特和莱韦屈恩生活在一个旧权威消失、新权威待出的末世，萧索的时代迫使人认识到自己只是一个模仿者，而卡斯塔里变

---

① 诺瓦利斯（Novalis，1772—1801），德国浪漫主义诗人，因其书中以蓝花作为浪漫主义的憧憬的象征，又称"蓝花诗人"。

逆境为在复制和再现中的精神宇宙的极致"玻璃球游戏"。"副刊时代"(die feuilletonistische Epoche)催生了描写与世隔绝的精神生活的小说，恰如黑塞创造了克乃西特。两者都把实际存在的做法化为从本身来说可能的理想状态，把这种理想状态的范例作为标准。作为对照，卡斯塔里刻划了20世纪，正如克乃西特的例子是黑塞本人艰难的少年时代的升华，黑塞少时的斗争直到1966年出版的《1900年前的童年和少年时代》(Kindheit und Jugend vor 1900)中才不加掩饰地出现。玻璃球游戏史的介绍也可在卡斯塔里规范中找到。克乃西特声明："古典音乐是我们文化的精华和典范，因为它是文化最清晰、最重要的表达。"与《浮士德博士》陶醉于尼采光芒不同，卡斯塔里描绘的是一个理想的18世纪。经典的世界主义的背后是古希腊罗马文化和中世纪、使用拉丁世界语的罗马教会和基督教修士会。

黑塞在1955年给德国作家鲁道夫·潘维茨(Rudolf Pannwitz)的信中写道，卡斯塔里旨在竖立一个不可逾越的绝对精神的例子，以对抗1933年后的权力恐怖。有趣的是，通过举例检验和模式案例，这部小说恰恰证明了模式的相对性。这一证明并非由18世纪，而是由19世纪和20世纪的历史经验提供。这种只把特权用于内心的精神在象牙塔中衰老，而不能在"世界"整体中发挥作用。最初，教团集体精神是超越个人的、决定和塑造的力量，但是总有一天，卡斯塔里又得由渐渐超过、优于它的个人精神来决定和塑造。由于被提醒对外部世界依赖性的教团不愿意或没有能力认识到它对外部世界的责任，警告者克乃西特用"突围"进入世界的办法来承担后果。《浮士德博士》将这种"突围"描述为德国的"畏世"及其特有的精神傲慢的核心问题。玻璃球游戏大师克乃西特辞去要职,决心去世俗世界当教师。他向亚历山大大师告别的话表明,他在与莱韦屈恩类似的情况下做出了相反的决定。克乃西特承认:"我品尝过游戏的滋味,知道这是世上最迷人最微妙的诱饵……然而我内心深处始终有一种本能的直觉,反对我耗费全部精力与兴趣在这种魔术里,始终有一种追求纯朴、健康和完整的自然感情提醒我防范华尔采尔的玻璃球游戏学园精神,它确乎专门而精致,是一种经过高度加工的文化,但却脱离人类生活整体,落入了孤芳自赏。"

而克乃西特的孪生兄弟莱韦屈恩则"献身"于这种傲慢的孤独的"魔法";他的艺术家觉察力对所有警告置若罔闻。有着"迅速饱和的智力"却没有"坚实的天真"的莱韦屈恩,他"绝望的心"主张的不是简单和健康,而是困难和病态,"唯一能满足骄傲感的夸张存在",作为萧索时代破例多产的条件。曼氏讲《浮士德博士》的诞生时反复强调,写这部关于艺术家与魔鬼立约的小说,他花费的心血比以前任何一本书都多,这种高度共情表明了一个自传性关键问题所造成的冲击。艺术,托尼奥·克勒格尔就已经觉得其本质上是可疑的,固有的怀疑提高了艺术的刺激性。只有随着其悖论的"难以想象的加剧"(瓦格纳):作为**绝对嫌疑犯**,艺术才能成为**最高激情**的对象。若是这样理解,艺术家与魔鬼立约给人的感觉就是划时代的,设定了方向,用"一个极其危险而罪恶的艺术家生活史"升华了自身时代的小说。

对于一个长期彻底感染神秘主义的嗜醉时代，每种麻醉剂都合适。莱韦屈恩和克乃西特都适合这一时代沾染了古风的颓废。故此最终的病容与最终的健康形象并肩出现。莱韦屈恩保留了故乡凯泽斯阿舍尔恩（Kaisersaschern）的中世纪恶魔"掘进性"（Unterteuftheit），这种特性并非经典的世界主义，而是特有的。莱韦屈恩的音乐是"一个从未逃脱者的"、仍有典型德国病的高深灵感的人的艺术。但是象征性形式赋予他的事件一种艺术的世界主义：它吸收了来自 E. T. A. 霍夫曼、尼采、陀思妥耶夫斯基、果戈理、梅列日科夫斯基、易卜生、安徒生和瓦格纳的元素，过滤出 19 世纪的群魔。《浮士德博士》利用全部"相关"材料的观点比《玻璃球游戏》更肆意、更明确。曼氏称其为"蒙太奇原则"（Prinzip der Montage），其影响贯穿全书，"真实渐变为透视画和幻想，真假难辨。这种不断让我本人也感到诧异甚至怀疑的蒙太奇手法属于该书的方法和'理念'，关乎一种奇异而放肆的松动，故事从中浮现，既隐晦又直白，具有秘作和忏悔的特征。""契约"只允许莱韦屈恩"突破式"地进入他因其来历而注定要经受的灾难。克乃西特和莱韦屈恩的道路，前者是健康地回归世界，后者是病态地躲入工作，尽管如此，两者还是共同拥有一个最终的、遗嘱性质的认识。克乃西特年轻时就写过一首题为"超越"（Transzendieren）的诗，后来把题目改为"人生台阶"（Stufen）。离开卡斯塔里时，克乃西特声明"打算把他的生命和行为置于这个标志下，使其成为每个空间和每段道路的一种超越，一种坚定而开朗的穿越、充实和胜过"。而莱韦屈恩谱曲的《浮士德博士的哀歌》(*D. Fausti Weheklag*)是对这个明亮主题的阴郁版补充。"不,"书中总结道,"这首暗调诗到最后也不容许任何安慰、和解和美化。但若是宗教的悖论同表达(悲哀的表达)诞生于整体的结构这个艺术悖论一样,若是最深的邪恶中也能诞生希望(哪怕只是作为一个小小的问题),这又会如何呢?这将会是无望对面的希望,超越绝望,会是一个超越信仰的奇迹。"

两个迥异的文本,彼此却又如此接近,或许是德语文学中唯一相似的一对。1934年写成后一度湮没、黑塞去世后才出版的《约瑟夫·克乃西特的第四篇传记》最能体现这种亲缘关系。它的背景时代应该是18世纪,即古典音乐的鼎盛时期。这份传记中的克乃西特同莱韦屈恩的来历相似。前者的老家是拥有中世纪半木结构房屋的符腾堡小镇贝特尔斯珀格(Beutelsperg),后者来自凯泽斯阿舍尔恩。同身为农民和工匠的莱韦屈恩之父一样,克乃西特之父是一个笼罩在低调而神秘光环中的凿井人,"一个神秘的、不寻常的人,熟悉水妖,住在偏僻的井房里",不适合安置安徒生的小美人鱼,但或许适合安置默里克(Eduard Friedrich Mörike)的美丽女妖。新教、音乐和大众化是克乃西特父母家的特点;他还在上学时就渴望"和谐与整体性"。他希望当上神学家,找到这个"和谐与整体性"。一位老教师带他去的"学术之庙"就像音乐一样有"晚期巴洛克的活力和有点过时的激情"。但在下一个发展阶段,作为一所施瓦本修道院学校的学生,克乃西特意识到,他的真爱并非神学,而是音乐。他内疚地承认这一点,因为有时他觉得这种爱是可疑的,让他自问

"这种爱是否不道德"。他向老师,伟大的历史神学家本格尔(Bengel),倾诉了这一疑问,本格尔告诉他,艺术具有神魔双重性:"一个写书人不该写一个临死前会让自己后悔的字。你也是这样。如果你对音乐着迷,就永远不要以你在最后时刻会后悔的方式对待音乐。艺术家和学者都要成为赞美上帝的工具;只要我们是赞美上帝的工具,上帝就会让我们的艺术变得神圣,让上帝满意。"受这些话的鼓舞,克乃西特在研究当代音乐时"不仅找到了故乡,也找到了秩序、宇宙和一条自我适应和排遣的途径"。克乃西特是一个严肃版的莱韦屈恩。文中写道,早年就任牧师的克乃西特开始接触巴赫的作品,这一经验的震撼使他有了"突破";他终于认识到:"有一个人活过,有我要找的一切,而我对此一无所知。"他研究巴赫笔记,希望能够去拜访巴赫。但是巴赫已经去世了。克乃西特辞去职务,当上了教堂合唱队主事,安静地弹奏管风琴。

《玻璃球游戏》和《浮士德博士》是对同一个时代的不同体验。正如《浮士德博士》中所述,这一时代"不但包括19世纪,而且可以追溯到中世纪末期,个人解放、自由的诞生和中产阶级人文主义时代"。两书主角是"兄弟"的一个原因是其相互映衬的原籍地:贝特尔斯珀格和凯泽斯阿舍尔恩,卡尔夫和吕贝克,北德和南德,还有同样的潜伏的中世纪的特点。身为典型的继承传统的子弟,克乃西特和莱韦屈恩都致力于神学和趋向世俗化的音乐。决定两位作家人生发展轨迹的精神世界体现了他们早年所受的教育。黑塞的精神世界是古典主义和早期浪漫主义,最终是古典音乐的巅峰。曼氏的精神世界则是19世纪末纵情肆意的"瞧！这个人"的瓦格纳和尼采。克乃西特专注于巴赫的和声，莱韦屈恩则痴迷于19世纪的巨人贝多芬。

两人的梦想生活显示了动力与精神的分裂。克乃西特带有联想和冥想的想象力源于感官感知，莱韦屈恩则借助于猜测和反思接近本质。黑塞依靠东方元素，以歌德《西东合集》（*West-östlicher Divan*）为榜样，深入印度、中国和东方神话世界，创造出广博的卡斯塔里；莱韦屈恩则在古典风范的意大利南部庆祝德国瓦尔普吉斯节（die Walpurgisnacht）。卡斯塔里世界和浮士德范例都用占有、变换、异化和戏仿等手段，由一个在经验中发展出来的原始观点来构建小说。健康和疾病双重形象的反衬再次在20世纪突显了天真和感伤文学的兄弟性质。

安妮·卡尔松（Anni Carlsson）

于1968年

附录

一、注解 4：

"我会有机会详细表明艺术整体变为表演确是精力衰败的表达……就像瓦格纳开创的艺术的全部堕落和缺陷，例如其外观的骚动，迫使随时改变其面前的位置……瓦格纳的可敬可亲只在他发明设想了最小的细节……唐豪塞序曲烦人的残酷与我们何干？乱哄哄的女武神又有何干？……"见 1888 年尼采《瓦格纳事件》，1930 年在莱比锡出版的尼采《偶像的黄昏，反基督徒》(Götzendämmerung, Der Antichrist) 文集第 19 和 21 页。"他确是细节大师。但这非他所愿！他天性更爱高墙巨画！他忽略了自己的头脑有另一种品味和倾向，一种相反的外观，最爱静静地躲在危房一角画他的真杰作，都很短，往往只有一个节拍……"见 1888 年出版的《尼采反对瓦格纳》第 54 页。

八（明信片）、注解1

1931年1月底，海因里希·曼当选为普鲁士艺术学院文学部主任，里卡达·胡赫为副主任。后来，舍费尔、科尔本海尔和黑塞退出文学部，海因里希·曼借机在《法兰克福报》上发文介绍文学部，先谈"公众的态度"：有人对文学部要求过高。"也有人就是反文学部，因为他们也反政府，并怀疑政府和文学部有关联，这包括文学部的几名成员，其退出表明了这一态度。"（海因里希·曼不点名地暗示巴黎广场文学部成员退出有内情，应该只是指舍费尔和科尔本海尔，主要是科尔本海尔。）"这些成员的意图很明确，就是把文学部变成反政府工具……为了摆脱一个不合宜的政府，他们要建立一家德国学院取代普鲁士学院。无人获悉其意。工作条件不利。多数成员以同志的态度围坐在巴黎广场4号一个明亮房间的长桌旁，衷心希望能做些发挥文学作用的益事，并视其终身事业为努力的基础。而每回都有人开始批评我们脱离德国民众，只有他本人才是民众的一员。这一局面无法改变。"

九、注解3

黑塞早在1927年3月9日就从苏黎世致函勒尔克："有一件我虽然不当真、但目前有点困扰我的事：我的学院文学部成员身份。如果能退出，我愿意花很大力气。我收到的问卷就很可怕，像应聘普鲁士铁路局似的，还有，文学部迄今为止的全部通知都让我觉得悲哀和荒谬。当我收到被选上的通知时，我以为可以提醒文学部，我不是德国公民而是瑞士公民,不能加入,用这种办法礼貌、低调地脱身。这个理由被驳回了,我就想偷个懒、别失礼……

……您若想到一个我可以体面退出的良策,请即知会一声……"见黑塞《书信选集》第16、17页。

十二、注解6

黑塞在杂文《神学摭谈》中写道:"我凭经验和阅读将人分做两大类:'理性人'和'虔诚者',用这个粗糙的分类看清世界,但是当然……只是看清片刻,然后世界立即再次成为一个无解之谜……

理性人无比相信人类的理性……理性人渴望权力……理性人容易爱上制度……理性人把世界合理化,对它施暴。理性人总是阴郁严肃。理性人是教育者。理性人从不信任自己的直觉。

虔诚者之信念和生命感源于敬畏,敬畏主要有两大表现:对大自然感觉强烈,认为世界秩序过于理性。虔诚者虽然认为理性是一种美好的天赋,但不认为理性是获得认识甚至统治世界的足够手段……虔诚者不渴望权力……虔诚者容易爱上神话……虔诚者总是喜欢玩耍。虔诚者不教育孩子,而是祝福赞美他们。"

十三、注解6

指民族主义的非理性主义和神秘主义。托马斯·曼在"当代作家的精神状况"(Die geistige Situation des Schriftstellers in unserer Zeit, 1930年)一文中写道:"当代作家站在两把火中间:既要因为坚信艺术自决而抗拒社会主义行动主义，又容易陷入一种利用灵魂和思想、情感和理智、诗人和作家的对立（怨恨地强调此种对立并做新的诠释）这一乏味倒退的反命题来批评压制艺术和文学的假虔诚。"见托马斯·曼《演讲和文章》(*Reden und Aufsätze*)，1960年在美因河畔法兰克福出版的《托马斯·曼全集》第十卷第302、303页。

十五、注解5

托马斯·曼1943年5月25日在BBC对德广播讲话节目《德国听众》(*Deutsche Hörer*)中这样回忆此事："一年后，1933年5月10日，纳粹大张旗鼓地焚烧自由作家的书籍，不只涉及德国和犹太作家，还涉及美国、捷克、奥地利和法国作家，尤其是俄国作家，简而言之，世界文学被付之一炬，这是一个野蛮、悲哀、极其不祥的笑话。我的遭遇是纳粹在德国各地发起的这一大规模象征性行动的个人序曲。"见1965年在美因河畔法兰克福出版的托马斯·曼《演讲和文章》第二卷第258—260页。

十七、注解1

《新苏黎世报》编辑部在维利·舒文章的前言中写道："在一个自由的精神国度里，反对托马斯·曼的慕尼黑宣言绝不能毫无争议。必须指出此种诋毁侮辱了在国外参与德国精神生活、既得到又付出的所有人，损害了新德国的声誉。"

维利·舒写道:"……用一份刻毒反对'贬低伟大的德国音乐天才'的'宣言'来代表瓦格纳城慕尼黑回应对瓦格纳的坚信,怎么会有这种事?……反对者中的精英今后回想自己当年签署这一文件,难道不会感到尴尬吗?"

托马斯·曼的瓦格纳散文收入1935年在柏林出版的散文集《大师们的痛苦和伟大》。

二十九、注解1

托马斯·曼在1934年3月12日从阿罗萨给埃莉诺·维甘德的信中写道:

尊敬的夫人:

非常感谢您的来信,内容多么令人悲伤啊!此种噩耗总是让人为没能及时办好的事而后悔,我现在就后悔没能及时回复尊夫的最后一封信,因为忙忙碌碌、精力不济等种种原因,结果我为了表示牵挂给他寄的明信片,就没能在他生前寄到。

医生连尊夫的死亡原因都说不出,这一点很能说明问题。但是我们知道原因:那就是逼尊夫离乡、毁掉他的生活和他本人的"德国",这位好人的离世更加深了我们的恨意。这些破坏者只带来了灾难,他们能站在我的剑前不倒,这是谎话和幻想。

我对您的悲痛感同身受。随着尊夫的离去,我失去了一位我感激并将永远怀念的好友和同行。有像黑塞夫妇这样可爱、善良又正直的人邀您做客，缓解您的痛苦，我感到欣慰。

您忠实的托马斯·曼

三十八、注解4

弗雷德里克·博克教授的文学遗产（包括托马斯·曼写给他的信）归隆德大学图书馆（Universitätsbibliothek Lund）所有。该图书馆友好地提供了信件的相关段落。关于德国推荐赫尔曼·施特尔获诺贝尔文学奖的倡议，托马斯·曼1933年1月22日写道：

我不知道诺贝尔委员会对德国的推荐有何看法。施特尔肯定是一位值得赞扬的重要作家。脱离一项似乎有利于德国的全国统一行动，令我略感尴尬。但是我不愿意隐瞒我的真实想法。我想说，另一位（德国风格的）德国作家最让我感到亲切，最让我着迷，最让我希望看到他在全世界面前加冕。您知道我指的是哪位作家，因为我以前就推荐过他，他就是《荒原狼》《纳齐斯与戈德蒙》《东方之旅》《德米安》和《卡门青》的作者赫尔曼·黑塞。所有这些作品都在德国，对德国青少年，同时在国外产生了深远的影响。现在力荐施特尔的人虽多，也无法动摇我对黑塞更高的文学品位、更大的普世性和超德国性的信念，不能改变我曾表达的意见。因此，请您不要惊讶于倡议书没有我的名字。正如我给热心的出版社的信中所述，我的缺席绝不代表对施特尔的轻视，但我的理想人选不是有点怪异的施特尔，而是凭借魔法形式、浪漫主义和现代心理元素的结合迷住我的黑塞。

教授，这就是我对此事的态度，特此告知。或许委员会的计划完全不同，根本与德国无关，但我必须问心无愧。

我和拙荆衷心祝您安好。

您忠实的托马斯·曼

1934年2月4日写道：

请允许我今天就重提一个我已经表达过的愿望！伊万·布宁获诺贝尔奖是实至名归，我非常高兴。不过现在、尤其是今天，请您再次考虑一位德国人。此人不是极权国家的囚徒或追随者，而是一个自由人：请您为赫尔曼·黑塞的文学生涯加冕！黑塞是施瓦本人，瑞士籍，住蒙塔诺拉。选择黑塞，就等于向从前那个真实、纯洁、理性、永恒的德国、并且同时向瑞士致敬！世界会理解这一点，今天沉默而痛苦的德国也会衷心感谢您。

如果有幸见您，我们可以继续商量此事。我们要在屈斯纳赫特住到7月1日，我们租了一栋漂亮的房子。之后我们打算去高山地区住上两个月。

您多保重！在斯德哥尔摩那段欢乐的日子是我心中美好的回忆。

您忠实的托马斯·曼

1934年7月18日写道：

谈到诺贝尔奖，再次激起了我的兴趣，今年的大奖花落谁家，我非常好奇。法国有机会，不过我的关注点自然是德语国家。虽然您已经了解，但是请允许我再次表明心意，我最想看到获奖的德国作家是赫尔曼·黑塞。神奇结合现代心理和传统元素的黑塞作品代表了超越德国政治边界甚至是语言边界的一块可爱的德国。我的这一旧日推荐在今日更有意义，我更为重视，您会明白我这样想的原因。应该在全世界面前向一种真实而毫无疑问的德国文学致敬，而不致引起有意顺带向其他东西致敬的误解。而若奖励如今柏林文学部的某位成员，则势必造成此种误解。

尊敬的教授先生，我衷心希望，您不觉得我发自爱恨交织的德国心的上述言论过于冒失。我不了解您对当前德国的看法。我的看法表明一个公开的事实：我放弃旧日生活的全部基础，脱离了德国。这样做很好，因为人人都知道，否则我就不在人世了。

祝您安好。

您忠实的托马斯·曼

三十八、注解7

此题出自歌德《西东合集》中的《愤怒之书》（*Rendsch Nameh*），遭遇世人批评的歌德在其中抨击自己生活的时代：

寡廉鲜耻,

无人斥;

只因权势,

你得知。

托马斯·曼写歌德的小说《绿蒂在魏玛》的箴言出自《西东合集》中的《冥想之书》(Tefkir Nameh):

万物鲜活,

我们无畏;

你的生命漫长,

你的王国持久!

由此,托马斯·曼的斗争宣言达到新境界,"愤怒"激发了他与歌德进行创作对接的勇气,曼氏在这个想象的呼应中抛弃、驳倒、战胜了引起愤怒的事物。

四十五、注解1

菲舍尔出版社在我六十岁生日时意外地送来一份精美的厚礼:一盒多国作家和艺术家手写的祝福辞。一从美国回来,我就赶紧欣赏这份美好的礼物。这些当代英杰对我生活和创作的肯定令我倍感荣幸,深受感动,它们不是要麻痹我的自我怀疑,我获得的最好成绩就应归功于这种自我怀疑，它们不是要引诱我失去对自身不足的痛苦意识，但是它们将成为我毕生的慰藉、欣喜、自信和自豪之源。我向所有参与馈赠这份珍贵礼物的人士深表谢意。

托马斯·曼
1935年7月底于苏黎世湖畔屈斯纳赫特

祝福辞出自菲舍尔出版社旗下的几乎全部作家，包括卡·雅·布克哈特（C. J. Burckhardt）、卡罗萨（Hans Carossa）、库尔提乌斯（E. R. Curtius）、爱因斯坦（Albert Einstein）、克努特·汉姆生（Knut Hamsun）、阿尔弗雷德·库宾（Alfred Kubin）、穆齐尔（R. Musil）、埃·比勒陀利乌斯（E. Preetorius）、席克勒（R. Schickele）、施罗德（R. A. Schröder）和萧伯纳（Bernard Shaw）。

五十、注解3

参与破坏菲舍尔及其出版社迁址瑞士计划的瑞士文学评论家爱德华·科罗迪于1936年2月9日写信给黑塞，以下节选部分内容：

……我大胆地给施瓦茨席尔德这类犹太人下了个定义。被攻击的托马斯·曼马上给《新苏黎世报》写了信。我正因肋骨挫伤和小腿重伤而卧床，就眼看着此信发表了。我细读后告诉自己：此人在施瓦茨席尔德面前退缩了，现在菲舍尔在苏黎世开不成业，托马斯·曼就忍不住跳出来骂德国。《民权报》已经回应，夸了他，把我说成一个可怜的傻子。

关于菲舍尔出版社，您肯定也和苏黎世方面商量过了，要偷偷帮它落户。您忘了，在苏黎世开一家犹太出版社是一件很危险的事，而且除了那些已知作家，还要来哪些作家，贝尔曼博士一直很不诚实地含糊其词。一个问题是：这样一来，苏黎世就会来更多移民，令人担忧；另一个问题是：定居瑞士的作家为何不愿意在瑞士的出版社出版作品呢？这种闹腾把氛围都弄坏了。

对，真正的瑞士人两头脱空，有才的国际小说家两头逢源，他们在美国有克诺普夫出版社和我搞不清的犹太人脉（比如茨威格）。托马斯·曼先生觉得这都无所谓，他错了。若是巴塞尔《国家报》塑造的这个闪光的半瑞士（不是我尊敬的克莱伯博士的过错）成为瑞士的一种生活态度，**我们将失去自己的瑞士**。黑塞先生，您也没有意识到这种**外来影响**的危险，要不就是您对"快乐左派的自由"的重视使得您理解不了我的悲观。(……)

托马斯·曼不会因为埃米尔·斯特劳斯而提笔教训愚蠢地攻击您的《民权》写手。瑞士的犹太报纸为施瓦茨席尔德受屈而哀号，但瑞士正在形成**德国文学**这一事实超出了这些报人的才智。

若我现在坚持原则地对所有在瑞士讨生活的犹太人说：去找不靠国家养活的报纸吧！怎么样？

我们难道没有因为混淆国际文学和歌德理解的**世界文学**而

犯过大错吗？

托马斯·曼告诉我们：戏剧和诗歌已经过时了。这种一概而论的想法很靠不住。无论世人怎么说，尽管有奥运会，德国还是**有**迎难而上、内疚地读着小说、但是热爱荷尔德林的青少年。而曼氏一家对此一无所知。

仅仅基于小说的不完整文学最为可疑，有把文学留给那些进了歌剧院却听不懂贝多芬交响乐和莫扎特弦乐四重奏、更没听说过巴赫的人的危险。

托马斯·曼发现了西方和天主教，写了大部头的《约瑟和他的兄弟们》，不是出于信仰，而是作为自由宗教学的暴发户惊恐又欣喜地从"学术"中蒸馏出小说。(……)

都是爽快人，我就坦率地告诉您，**我本人**厌恶所有这些左派移民；他们性格乖僻，**完全**没有能力为集体牺牲个人利益。(……)

我信任瑞士人的常识。我或许下场不妙，但曼氏王朝若是追求对自由文化的理解，追求无廉耻、没文化、不会也不愿生产任何东西，而用我们缴的税摧毁旧有瑞士的社会民主的享受，那我知道许多瑞士人会怎么做。托马斯·曼称施瓦茨席尔德的行为重于"所有的诗"。他是迫于裙带关系才这么说的，他自己也不信。但是我们要捍卫诗，我们要保卫自己。

您据我所知首次在瑞士报纸上宣布自己是**瑞士人**之后，您会明白做瑞士人不只是无边的快乐，也需要谦虚的英雄主义。

我们为什么该享受更好的待遇呢？

这封信有点情绪激动，不过您的智慧将使其保持应有的分寸。当瑞士骤然受到令人讶异的异国人才涌入的威胁时，您无疑会感到有些事是错误的，我们宁可没有**文学**，也不愿放弃瑞士宪法。

请您别怪我说话率性，请您考虑我的话是否全然无理，因为您了解这一棘手问题的重要性。

没人知道德国会发生什么。我不知道该如何看待这个国家，但是这个德国凭借**军事实力**成为一个强国，这一事实让作家们处于一种荒谬的境地，若是他们知道德国是如何被《凡尔赛条约》**羞辱**的，菲舍尔出版社的作家都不得替这个可畏然而健康且优秀的民族说话。而且这家出版社在浅薄的上层阶级中讨生活，现在命已该绝。

请您原谅我的直率！

事实就是事实！ 受制于一种悖论的菲舍尔作家群想要保持自己的"自由"优势，而我们知道，瑞士要想存活，**就必须是另一个瑞士**。

爱·科罗迪

黑塞1936年2月12日回信如下：

亲爱的科罗迪博士：

您显然在巨大压力下写就的来信收悉，谢谢。您是老报人了，这回却因为被曝光而如此激动，令我惊讶。不过我能理解您的反应，我本人就非常受不了侮辱，因为我的心脏和神经比头脑敏感得多。正是由于这一点，我一直只是旁观各大日报进攻反击，自从世界大战爆发以后再未对政治斗争置喙，连对文化政策也很少发言。

我很理解您的信是对眼下形势的一种反应。如果我认为重要原因是您与一度崇拜的托马斯·曼决裂了，估计我猜得也没大错。我了解这种告别——我与埃米尔·斯特劳斯的关系很类似，您知道，我虽然对斯特劳斯保持忠诚，但他在战后初期的痛苦中和我决裂了。我在德国还有一批旧朋友，必要时我会支持他们，站在他们一边，但我绝不能指望回报，因为他们已经政治化了，众所周知，受到政治和党派的影响，人不再有责任做人的事，而只对党派和战争的情感和方法负责。所以我如今不仅被流亡报刊用您所知的肮脏手段攻击，只因我在他们眼里是心头刺"菲舍尔出版社"的一员，而且自11月以来，第三帝国的每日新闻系统性地污蔑我为叛徒和流亡者，引起了越来越广泛的反响，这次行动的领导人叫威尔·弗斯佩尔，他很有希望实现让我在德国被禁的目标。

因此，我了解被不择手段公然攻击的人的窘境，虽然不是从战时就了解，但从最近的经历中深受其害。我的主业已被迫停了很久，为了不浪费时间，我最近一直在写文学评论，虽然这其实只是我的副业。

我能从来信中体会到您目前的心情，但我没有弄明白您指望我做什么，对我有何不满。我对此事既无愧意，亦无激情。

若我理解无误，您怪我意欲对自《彼得·卡门青》（1904年）以来一直出版我作品的菲舍尔出版社保持忠诚。您显然也认为，我为贝尔曼博士迁址瑞士帮了大忙。事实上，我只是签署了反对施瓦茨席尔德荒谬主张的声明书，换到今天，我照样会毫不犹豫地签的；我还在苏黎世向我的朋友贝尔曼推荐了两三个和政治无关的人士，我会为任何我想善待的朋友做此类事情。关于贝尔曼在瑞士开出版社的打算，我不同意您的看法，我不认为这是灾难。我不同意出版社属于普通商业的观点。即使瑞士出版社真有国际水平，即使老菲舍尔出版社的贝尔曼无法带来任何高端出版技能，只要这家拥有托马斯·曼和席克勒等优秀作家的出版社开在瑞士，而非开在波希米亚、维也纳或荷兰，这对瑞士就是有得无失，对瑞士的就业和收入都有益处。如果新出版社办不好，破产了，瑞士没有损失；但若它能办好，瑞士就会名利双收。

而我作为菲舍尔出版社的签约作家，根本无法选择是留在柏林菲舍尔出版社，还是跟随贝尔曼搬往新社。而新社想带走哪些作家，贝尔曼也做不了主。既然贝尔曼已经把老社卖了，老社就必须留在柏林。德国法律规定买方也获得作家合同，比如我的版权将在我和菲舍尔的合同还有效的几年里转到新东家处，我无法反抗。另一方面，我打算在老社允许的范围内为贝尔曼效劳。

因此，贝尔曼只能为新社争取到目前在德国被禁或被打压的作家，而此事完全由柏林贸易局或法院批准。

有关贝尔曼的事情就是这样。我在想，您还指望我做什么，继而想到了下面这些：

您指望身为作家的我终于也展示一点点英雄气概，公开表态。但是亲爱的同行啊，自从1914年首篇关于战争心理学的文章给我带来罗曼·罗兰的友谊后，我就一直在这样做。从1914年开始，我几乎一直遭到不愿准许对时事有宗教伦理（而非政治）态度的各种势力的批评，自从我在战时觉醒，我被迫忍受数百次报纸攻击和数千封仇恨信件，我都忍了，我的日子因此变得痛苦，工作艰难，个人生活毁了，而且我一直不是像通常的情况那样受到一方的攻击和另一方的保护，而是两方都乐意选不属于任何一派的我为发泄对象，因为这种做法没有风险。而我认为，做一个被左右夹击嘲笑的局外人和中立派，是我可以展示一点人性和基督徒精神的合适位置。

我感觉，您指望我赞同您的立场，支持瑞士反犹主义和反社会主义。我从来不是社会主义者，我也同您一样，不止一次地成为该阵营诽谤的靶子。但我也不是资本主义的信徒和有产阶级的支持者——这也是一小块政治，而我是几近狂热的不持政治立场者。关于犹太人，我从不反犹，尽管连我有时针对某些"犹太特点"都偶尔会有"雅利安情感"。我认为重视血统不属于精神思想的任务，犹太人包括施瓦茨席尔德和伯恩哈德这种讨厌鬼，也包括施特赖歇尔和弗斯佩尔等几百个雅利安人和日耳曼人。我不会改变观点，我很早就接触过反犹主义和以种族为依据的帝国标准。我希望我在所有人生大事上都像在这件事上一样有把握。犹太人若是日子舒坦，我可以接受别人嘲笑他们，而他们若是日子难过（而有些犹太流亡者就和第三帝国犹太人一样，日子过得很惨），那对于我来说，谁更需要我，是受害人还是加害人，这个问题一清二楚。所以我才为瑞典写了我现在付出昂贵代价的关于德国文学的文章。

不，我既不支持反犹主义，也不会加入某个党派。争取我也没有多大益处。但这与我是全心全意的瑞士人和共和主义者并无矛盾。若我对我国的民主政体理解无误，它并不要求各派斗个你死我活，而是要求各派会晤协商。这一点，社会主义者不做，有产阶级也不做。我任由他们争吵，但是我不会加入这些阵营。我在瑞士居住二十四年间，几乎从来不提我的瑞士出身。您无需感到奇怪。我的祖先中只有一方是瑞士人，我本人的市民权是买来的。而一个买家言必称"我们瑞士人"，这会有多招人喜欢呢。我本人很讨厌这种做法。有些人，比如那个走钢丝演员W，我觉得恶心。您和我或许没有彼此理解对方的意思，面谈会更清楚，日后可以补上。有件事我还得说一句：您暗示说，您可以办一份国际、欧洲甚至世界的副刊，对，不过这样一来，这份副刊也就不会是纯瑞士的，还有一个更大的问题：一份副刊里的文章如果九成是译文，那这份副刊的语言会非常贫瘠。难道您从未有过读完一本德文译作、再读德文原文书时感到神清气爽的经历吗？再优秀的译者（又有多少优秀译者呢？）也只能写出"世界语"，读者会渴望回到从前的。

您对托马斯·曼及其《约瑟》系列的观点，我不予置评。您这些话是一时冲动才说出口的。

您给我写信，我很高兴。您的信没有白写，我回信的详细程度表明了我的重视。(……)

赫·黑塞

五十二、注解 2

苏黎世屈斯纳赫特，1936 年 2 月 3 日

亲爱的科罗迪博士：

您发表在 1 月 26 日《新苏黎世报》周日第二版上的文章《流亡镜像中的德国文学》受到广泛关注和讨论，被各派媒体引用甚至利用。此文同我与几位朋友支持文学故园菲舍尔出版社的声明有某种松散的联系。那么，我今天可否发表一些看法，甚至提出几条批评意见呢？

您说得对：《新日书》编者声称全部或几乎全部当代文学已离开德国，"转至国外"，这是故意散布谬论。我完全理解此种信口胡言会让您这样一个中立者勃然大怒。利奥波德·施瓦茨席尔德先生是一位令人瞩目的时事评论员、表现优秀的仇恨者、实力

强劲的修辞学家；不过文学并非其专长，而且我猜测他认为（或许有道理）目前政治斗争比全部的文学更要紧、更可嘉、更关键。无论如何，其言论所体现的无知和对艺术的不公必然引起您这种文学评论家的驳斥，您举例来驳斥他的几位德国作家肯定也会驳斥他。

当然还是要提出一个问题：如果能够，部分作家是否宁愿置身事外。我不想引起盖世太保对任何人的注意，但在许多情况下，使得流亡德国文学和国内德国文学不易划清界限的关键因素或许并非精神思想的原因，而是技术原因，因为精神界限绝不等同于帝国边界。我认为住在国外的德国作家不该一概轻视自愿或被迫留在德国的人，不该把对艺术价值的判断与留在国内或流亡国外挂钩。流亡人士是在受苦，但是留在德国的人也在受苦。流亡人士不能因为自己受苦就自以为是。无论如何，那些为了欧洲观念和德国观念，放弃家国、地位和财产的作家……既不应为了德国现行政权的存在，也不应为了它的消亡而弄断所有通往德国的桥梁，而应适时地在德国发挥作用。我认为，如果某人在德国精神思想界落户事宜上，出于某种适当的，或者流亡作家不完全了解的理由，与流亡作家意见相左，流亡作家不应立即指责此人背弃人类命运。

我们还是算了吧。流亡文学当然不等于德语文学，因为德语文学也包括奥地利和瑞士文学。在世的德语作家中，我个人特别喜爱和欣赏赫尔曼·黑塞与弗朗茨·韦尔弗。两人都是小说家，同时也是优秀诗人，都不属于流亡作家，前者是瑞士人，后者是波希米亚犹太人。但像你们瑞士人这样在漫长的历史演练中学会保持中立，这是一门难度极大的艺术啊！中立者在抵御一种不公正时，是多么容易陷入另一种不公正啊！当您反对将流亡文学等同于德语文学时，您本人就做出了一个同样站不住脚的等同……您将流亡文学和犹太文学混为一谈了。

而流亡文学并不等于犹太文学，我非得一一细数吗？家兄海因里希和我不是犹太人，莱昂哈德·弗兰克、热内·席克勒、军人弗里茨·冯·翁鲁、踏实的巴伐利亚人奥斯卡·玛丽亚·格拉夫、安妮特·柯尔伯、亚·莫·弗赖，还有古斯塔夫·雷格勒、贝尔纳德·冯·布伦塔诺和恩斯特·格勒塞尔等青年才俊都不是犹太人。流亡文学中犹太作家的数量较大，这是事情的性质决定的……但我这份和您的德国作家名单同样不完整的名单……表明流亡文学并非完全或主要是犹太文学。

还有诗人贝托尔特·布莱希特和约翰内斯·罗·贝希尔，因为您说，流亡作家中根本没有诗人。您怎么能那么说呢？据我所知，您很崇拜诗人埃尔莎·拉斯克-许勒。您说流亡的主要是"小说工业"，"几个小说制造者和设计师"。工业意味着勤劳，而那些被连根拔起、在因遭受经济重创而不再慷慨大方的世界上挣扎度日的人，他们若不勤劳，就活不下去，指责他们勤劳是残忍的。问他们是否自居德国文学国宝，这也是残忍的。不，我们谁也不这么想，既非工业家，也非设计师。但是人人珍视、当代作品中鲜有能为其增光添彩者的德国民族文学历史宝藏和当代文学作品是有区别的……当今世界，小说就是起着重要的、甚至主导的作用……小说的散体文形式……意识和批判主义、手段之丰富、灵活运用塑造和探究、音乐和知识，神话和科学，其人性广度、客观性和讽刺性使小说……当今时代……成为……文艺作品的代表……风靡欧美，近年来也在德国兴起。所以，亲爱的博士，您关于德语小说流亡的说法不够谨慎。如果流亡的真是德语小说——这话不是我说的——那么政客施瓦茨席尔德就说对了，而您这位文学史学家错了，那么德语文学的重头确实会离开德国，迁到国外。

就在不久前，您还用一贯的预见和细腻，借卡尔魏斯的《瓦塞曼传》论述德语小说的欧洲化过程，谈到雅各布·瓦塞曼等人才引起了德语小说家类型的变化，您写道：德语小说由于犹太人的国际元素而国际化了。但是您看：家兄和我对这种"变化"、这种"国际化"所起的作用不亚于瓦塞曼，而我们并非犹太人。也许是我们身上的那点拉丁风（和祖母的瑞士血脉）赋予我们这种能力……是否德国人，这一点无关种族。德国或德国统治者的犹太人仇恨在精神上也不是或不全是针对犹太人的，而是针对欧洲和任何一种更高的德国主义本身；这一点越来越清楚，这种仇恨针对的是西方信仰的基督教和古希腊罗马基础；这种仇恨是（以退出国际联盟为标志）脱离文明联系的企图，有可能造成歌德之国与世界其他地区之间可怕而不祥的疏远。

千百个人性、道德和审美的个人观察和印象每天支持和培养的深刻信念，即从目前的德国政权中无法产生任何有利于德国和世界的美好事物，正是这种信念促使我离开了德国，虽然我受德国精神传统的熏陶比那些动摇了三年的人更深，即使他们敢于在全世界面前否定我的德国根。在我心底，我确信自己对得起今人和后人，我属于那位德国贵族诗人的诗句描写的人：

"奴民整日歌功，

谁若嫉恶如仇，

故乡亦不能容。

不如弃国而去，

胜过屈从巨婴

背负仇恨枷锁。"

您忠诚的托马斯·曼

见《书信集》第一卷第409—413页。

德国政府的回应是在当年年底褫夺托马斯·曼的德国国籍。1936年12月3日《人民观察员》在陈述褫夺国籍的理由时，也提到了曼氏给科罗迪的这封信："近来，他多次公开发表攻击帝国的言论。在苏黎世一家著名报纸讨论流亡文学的评价问题时，他明确站在敌视国家的流亡人士的一边，公开严重侮辱帝国，这也受到外国媒体的强烈批评。其兄海因里希、子克劳斯、女艾丽卡已在此前因在国外行为不端而被褫夺德国国籍。"

五十七、注解3

一年前，1936年，莫斯科Jourgaz出版社出版文学期刊《言论》（*Das Wort*），为"人文主义战斗阵线"代言，布莱希特、福伊希特万格（Lion Feuchtwanger）和布莱德尔（Willi Bredel）担任编辑。杂志前言中也提到托马斯·曼1936年2月3日给科罗迪的信，并写道："从来没有哪本杂志像《言论》一样，出版不需要很多理由，因为从来没有一种伟大文学的重要代表像德国多数当代作家甚至经典作家这样，处于今天这种境地。在被译成各种外语、见证社会和个人最戏剧性命运的四分之一个世纪、流亡三年多后，这种饱受折磨的文学好不容易有了自己的出版社，但是一直没有自己的刊物。直到一年前，布拉格出版《新德国散页》（*Neue deutsche Blätter*），阿姆斯特丹出版《汇编》（*Die Sammlung*）。但是这两本分头前进的文学月刊没能挺过政治和经济困境。《言论》的出版环境要有利得多，撰稿人是所有不为第三帝国服务的德语作家。"

八十、注解8

托马斯·曼常用黑塞爱用的昵称"小书"嘲弄黑塞（"'小书'，您有一回滑稽地、温柔地这样说"），曼氏本人也喜欢用这种说法来开玩笑。黑塞曾在给欧根·策勒（Eugen Zeller）教授的一封信（1951年）中谈到这一富有施瓦本地方特色的说法："您详细描述了施瓦本人（至少是好施瓦本人）在对昵称的喜爱中就表达出来的那种特有的虔诚和体贴，我很高兴。我想到《玻璃球游戏》中也有一处：吕克特（Friedrich Rückert）诗句的结尾是'……一本我们要写的小书。''lein'与施瓦本方言中的'le'都是小称。"见赫尔曼·黑塞《书信选集》第382页。

吕克特诗句见《玻璃球游戏》"传奇"（Die Legende）一章：
"我们乐意看着宝贵的日月逝去，
为了看到宝贵的事物茁壮成长：
一棵我们栽在花园里的奇异小树，
一个我们要教的小孩，一本我们要写的小书。"
随后克乃西特评论道："……你听听，多温柔，还带着一丝腼腆：一本小书，一本我们要写的小书！把'书'写成'小书'也可能不仅是深爱之意，或许也是为了委婉、调和。也许，很可能，这位诗人醉心创作，偶尔也觉得自己对写书的执着是一种激情和嗜好。若是这样，'小书'一词就不仅表达深爱，还有美化和道歉的衍生含义，就像赌徒邀人聚赌，说要'小赌'一局，酒徒要'小酌一杯'，'喝点小酒'一样。"我们不妨大胆假设克乃西特此语也是有感于托马斯·冯·德·特拉维而发。

八十、注解9

见《玻璃球游戏》"玻璃球游戏大师致最高教育当局的公开信"："在以往的历史时期里，在一些激动人心的所谓'伟大时代'中，发生战争和政权更迭时，偶尔也会有一些知识分子被要求进入政治圈子,'副刊时代'晚期尤其如此,出现了精神思想要服从政治或军事的要求。就像把教堂大钟熔铸成大炮,把学童拉去补充兵源,精神思想也要作为战争物资被没收和消耗。我们当然不能接受这种要求。"

八十、注解10

托马斯·曼认为《玻璃球游戏》一书中也有多处指出精神思想对政治负有责任。约瑟夫·克乃西特正是因此才对卡斯塔里象牙塔产生怀疑,他在写给教育部门的信中提醒道:"我们本身就是历史的组成部分,需要分担在世界历史中的责任,但是我们非常欠缺这种责任意识。"或是:"我正坐在我们卡斯塔里大楼顶层忙于玻璃球游戏……这时我的本能告诉我,我的鼻子警告我,楼下某处起火了,危及整栋楼,此刻我不该继续分析音乐、研究玻璃球游戏规则,而应赶到冒烟的地方去。"

八十、注解11

"当时的玻璃球游戏大师是游历广阔的社交名流托马斯·冯·德·特拉维,和蔼可亲,平易近人,但是对待游戏事务严肃认真。只在他身着华服主持大型游戏庆典或者接见外宾等公众场合见过他的人想象不到他是一个伟大的工作者。有人说他是一个冷静甚至冷淡的理性人,对艺术没有感情。那批年轻热情的玻璃球游戏业余爱好者中更是不时传出针对他的负面评论。这些都是误判。他若确无激情，就不会在大型公开游戏中努力避免触及刺激人的重大问题，他设计的那一场场精彩绝伦的游戏也不会因其表明对游戏世界奥秘的精通而受到行家的认可了。"见《玻璃球游戏》"研究年代"（Studienjahre）一章。

八十二、注解3

托马斯·曼在1945年9月7日给莫洛的公开信中写道："我从未羡慕过身处那边的您，在您最辉煌的时候也毫不羡慕……我羡慕的是最初几周甚至数月伴我找到安慰和力量的赫尔曼·黑塞，我羡慕他早早地获得自由，用最合适的理由及时解脱了：一个伟大、重要的民族，德国人，谁会否认？也许可以算是社会中坚。但是作为一个政治国家——根本不行！"见托马斯·曼《书信集》第二卷第441页。

八十三、注解2

弗兰克·蒂斯在文章开头提到，1933年纳粹焚书时，他的两本书也被焚烧，他在给时任帝国文化局长的辛克尔（Hans Hinkel）的信中写道："第三帝国不会从迫害非国家社会主义文学中得到任何好处，最终这种文学没有其他选择，只能'内心流亡'。""我们这些德国内心流亡者的心灵世界是希特勒尽其所能也无法征服的……我也经常被问到为什么没有流亡国外，我能给出的回答总是同一个：如果我能在亲身经历这个可怕时期后幸存下来……我必会获得精神和人性上的成长……我从中获得的知识和经验会比在国外的剧院包厢和正厅里观看德国悲剧的人更为丰富……我还想顺便指出，我们中的许多人无法流亡是因为经济状况不允许……不过个人情况对我们的决定不是关键因素，关键在于我们德国作家属于德国，无论遭遇如何，都该坚守在此。我不是要批评任何一个离开的人，因为对大多数流亡者来说，事关存亡，离开是正确的。但我也不希望我们生活的巨大负担和沉重……被误解。我认为在这里保持品格要比从远方向德国人民发送讯息更为艰难。民众中的聋子反正听不到讯息，而我们这些明白人总觉得比他们领先几个身位。……我们不指望因为留在德国而受奖。我们只是觉得留下很正常。但是，如果一个像托马斯·曼这样为德国吃了大苦、受了大罪的德国之子如今却不回来，而是想先等等看受苦的德国究竟是生是死，这就似乎很不正常了。我想，对这些人来说，最糟的莫过于回来得太晚、已经听不懂母亲的话了。"

八十三、注解4

托马斯·曼在《〈浮士德博士〉成书记：一部小说的小说》中写道："当时我傻乎乎地把纽约《新德意志人民报》卡·巴特的奇文铭记在心，同时收到了《慕尼黑报》弗兰克·蒂斯的挑衅文，文中发明了一个狂妄的'内心流亡'组织，一群'忠于德国'的知识分子'没有抛弃受难的德国'，没有'在国外的剧院包厢和正厅里观看'而是真诚分担德国的命运。若是希特勒最终胜出，这群人也会真诚分担。现在留守者们看到炉子倒了，就自诩立了大功，攻击那些饱经异国风霜的人。而蒂斯本人由于一则拥护希特勒的33年采访被曝光而出了丑，导致这支队伍失去了头领。"

八十五、注解4

黑塞在"一封给德国的信"中写道："如您所见，我和大多数德国笔友缺乏共同语言。有些事情和第一次世界大战结束时的情况差不多，当然我今天比当年老了、多疑了。我的德国朋友今天一致谴责希特勒，德意志共和国成立时，他们也一致谴责军国主义、战争和暴力，和我们这些反战者同心同德，虽然晚了点，但是很有激情，甘地和罗兰几乎被奉为圣人。当时的口号是'永不再战！'。结果不过短短几年，希特勒就得以发动慕尼黑政变。所以我并不对今天的一致谴责希特勒太当真，丝毫不认为这能保证政治信念已经转变，甚至不能保证政治见解和经验更加丰富。"见《黑塞全集》第十卷第548—550页。

九十、注解2

安德烈·纪德1933年给赫尔曼·黑塞的信内容如下：

我早就想给您写信了，有个念头折磨了我很多年：我们中的一个离世了，而您还不知道我对每部我读过的大作的激赏。我最喜欢《德米安》和《克诺尔普》，还有精巧而神秘的《东方之旅》，还有尚未读完的《戈德蒙》，我慢慢享受，生怕太快读完。崇拜您的法国读者（我也在不断为您招揽新人）或许还不多，但是很热情。没有哪位崇拜者的专注和感动程度能超过。

安德烈·纪德

黑塞这样评价此信："我由衷地感谢他，不过我们俩并未由此开始通信。毕竟都过了无忧无虑的年龄，我们满足于偶尔互赠文学礼物，互致问候。"1947年春，纪德带着女儿女婿拜访了黑塞。"那是我第一次、也是唯一的一次见纪德。他比我想象中的矮一些、更苍老、更安静、更从容，但是他严肃而聪慧的面孔，明亮的双眼，探索和沉思的表情具有我见过的寥寥几张照片表明并承诺的一切……我70岁那年，纪德写了一篇关于我的文章，德文版发表在《新苏黎世报》上。后来《东方之旅》法文版出了，纪德写了一篇短的书评，收在他最后一本文集里，我过了很久才向他致谢。"

1951年1月，纪德去世前不久，黑塞又给纪德写了一封信：

同道中人渐少，令人感到孤独，知道您依然是自由、个性、我行我素和个人责任的爱好者和捍卫者，深感喜悦和安慰。大多数年轻同行，遗憾的是同辈中也有一些人，他们的追求完全不同，他们信奉"一体化"，认同罗马天主教、路德新教、共产主义或其他派别。无数人已经一体化了，直至自我毁灭。每个旧日同道转向教会和集体时……我们的世界就更穷一点,生活更难一点……

一个不愿同某个大型机制一体化的老个人主义者再次向您问好。

见黑塞《书信选集》第365页。

九十三、注解2

托马斯·曼提到的《玻璃球游戏》这段话见"两个宗教团体"一章。克乃西特受卡斯塔里委派去玛丽亚费尔本笃会修道院短期交流,他很钦佩学识渊博的本笃会历史学家雅各布斯神父(隐喻瑞士历史学家雅各布·布克哈特)。有一天,雅各布斯神父邀请克乃西特去自己的房间。"'您会发现,'他的声音很轻,近乎羞怯,但却抑扬顿挫,悦耳动听,'我既非卡斯塔里历史专家,更不擅长玻璃球游戏。但是如今看来,我们这两个截然不同的宗教团体关系越来越好,我不想置身事外,恰逢您光临本院,我愿不时求教一二。'他说话的态度很严肃,但他低低的声音和苍老睿智的面孔使得这番过于客气的言语产生了某种含混的多义,既严肃又讥讽,既尊敬又嘲笑,既有激情又有戏谑,就像两位圣人或教廷贵人相见时没完没了地打躬作揖,比拼礼貌和耐心一样。这种克乃西特已从中国人那里领教过的混合尊严和讥讽、智慧和客套的礼节让他神清气爽。他想起自己已有很长时间没有听到这种语调了,玻璃球游戏大师托马斯也擅长此道,他高兴而感激地接受了邀请。"

九十四、注解1

黑塞在1947年9月16日给德累斯顿的保罗·艾希勒博士（Dr. Paul Eichler）的信中写道："我很难过，您和我的数百名读者和笔友一样，无法在欣赏黑塞的同时不贬低托马斯·曼。我一点也不喜欢这样……如果您无法理解和正确对待这个德语世界中可爱而独特的人物，这与我无关。但我不仅是托马斯·曼的私人朋友，也是他长期的忠实崇拜者，我非常讨厌不断被人利用来贬低他。"见黑塞《书信选集》第241页。

黑塞1950年12月28日致信K. B. 博士：

来信收悉。信中若是没有关于我亲爱的同行和朋友托马斯·曼的论述就好了。

你们德国人褫夺此人的国籍，盗走他的财产，威胁他的生命，对他进行各种迫害和谩骂，现在你们却在那里考虑是否能原谅他的这一步、接受他的那句话！我们可怜的外国人简直觉得毛骨悚然。你们应该停止批评谩骂，向此人下跪道歉。但是众所周知，德国1933年以后给世界和自身造成的灾难，德国人是毫无责任的。

你们不承担责任，若是换了我，就会为这些不可饶恕的事情感到羞愧。

见黑塞《书信选集》第303、304页。

九十八、注解 11

1947 年 10 月 26 日，托马斯·曼从加利福尼亚致信《浮士德博士》首篇书评作者马克斯·里希纳（Max Rychner）："您关于这本痛苦之书的言论中的温暖让我深受感动。我不知道此书有何特殊之处，但只要一认真谈它，我就热泪盈眶。大作是此书第一篇公开发表的读后感，对我来说有些震撼，也有些不安，因为我原以为此书已无后文。能受到这样的讨论和评价的一本书以后可能会遭到各种指责和拒绝，不过我想它或许不会因此而有什么大损失。"见托马斯·曼《书信集》第二卷第 562 页。

一百零六、注解 3

1949 年在阿姆斯特丹出版的托马斯·曼《〈浮士德博士〉成书记：一部小说的小说》第 68、69 页写道："收到瑞士寄来的赫尔曼·黑塞《玻璃球游戏》两卷。经过多年努力，朋友终于在遥远的蒙塔诺拉完成了艰辛而美丽的晚年著作。我此前只读过《新德意志报》预登的长篇介绍。我此前常说此书离我很近，'就像是我本人的一部分'。现在读全书，我几乎被它与我心中迫切想做的事的亲缘关系惊呆了。都是虚构传记的点子，具有这种形式带来的戏仿的特点。重头都是音乐。都是对文化和时代的批判，尽管主要不是批判性的苦难爆发和对我们的悲剧的认定，而是梦幻的文化乌托邦和哲学。相似点的数量惊人，还有日记中的按语：'发现世上并不只有你一个人，总是不快的'，直截了当地反映了我感受的这一面。这是歌德

《西东合集》中的问题'若是世上还有别人活着,那你还算活着吗?'的另一个版本,顺便说一句,它呼应了绍尔·菲特尔伯格(Saul Fitelberg)关于艺术家不愿相互了解的观点。不过我本人并不这样认为。我承认自己真心看不起庸人,庸人没见识过高水平,浑浑噩噩地轻松度日。我认为写作的人太多了。但在同样有创作需求的人中,我可以说出一位优秀的同行,他不会出于畏惧而对身边发生的美好伟大的事情视而不见,他喜欢别人崇拜他,他非常自信,不认为人死后才有资格享受崇拜。几乎没有比这更好的机会让我们能够产生温暖而互相尊敬的同道情谊,欣赏成熟高手凭借深刻而充满忧虑的默默努力,凭借幽默和艺术保持可玩、可行的晚年精神风貌,因此这种比较能有好的结果。此书堪称黑塞晚年巨著。'托马斯·冯·德·特拉维大师'和'约瑟夫·克乃西特'对待玻璃球游戏的不同方式写得很精彩……整体的环环相扣令人惊讶。我的书或许更尖锐、犀利、辛辣、紧张(因为更辩证)、现时性更强、更感人。而他的更柔和、梦幻、怪诞、浪漫、轻快(一种高层次的轻快)。音乐部分较为虔诚古板。普赛尔之后再无高贵音乐。书中没有写到爱情的痛苦和欲望,也很难想象这些话题在其中出现。书的结局,克乃西特之死,温柔的同性恋情。精神领域和文化知识视野极广。加上很多传记研究风格的玩笑和姓名游戏。我在给他的信中强调指出了此书诙谐的一面,他很高兴。"

一百零六、注解 6

1949年3月19日，托马斯·曼致信汉斯·莱西格尔，谈到访问德国的事："一切都极其复杂……因为存在隔阂，而且意识到这么多年来双方差距巨大。"但是来自法兰克福和慕尼黑的邀请，曼氏也不愿轻易拒绝。"……这个可能性让我深受困扰。我还没有答应，但我恐怕必须答应，我的安生日子结束了。我应该别把这事看得那么严重，但我忍不住想，去国十六年后再回去，是一次恐怖的冒险，一个艰难的考验。"见托马斯·曼《书信集》第三卷第83页。

一百十八、注解 1

关于"绝望的战争畏惧和布尔什维克恐慌"（verzweifelte Kriegsangst und Bolschewiken-Panik），黑塞写道："我绝不希望你们在现实面前闭上双眼，耽于美梦。世界危机四伏，战争一触即发，'布尔什维克'绝非唯一的威胁，他们也受到了同样的蛊惑，估计大多数布尔什维克同我们一样不爱杀人和被杀。威胁世界和每个和平的是好战分子，好战分子策划战争，还企图凭借对未来和平的模糊承诺或对外来攻击的畏惧，诱惑我们参与策划战争。在好战分子和团体看来，战争是一门生意，而且是一门比和平更有赚头的生意。亲爱的朋友，若是听信、配合这些投毒者和巫师，您对可能爆发的战争就难辞其咎。您本该汇集并增强心灵中的全部聪慧、警觉、勇敢和开朗，现在却垂头丧气地继续背负盲目和畏惧的毒药，听任无谓的恐怖控制自己和身边的人。"见黑塞《书信选集》第360页。

一百十八、注解 2

编辑部前言为:"虽然本报观点与之相悖,但是本报认为不该向读者隐瞒这位作家和诺贝尔奖得主的回信。以下这封给作家的回信表达了编辑部的意见。"格哈德·蒂姆回信结尾写道:"他希望理性获胜,放弃暴力……他应当理解那些因自身骇人经历而被畏惧折磨的人,他不应责备他们,而要安慰他们,他不应诉诸不确定和无效的思想转变,而应指出消除战争畏惧的唯一正途和手段在于:决心抗击世界各地任一侵略者的自由民族团结起来。"

一百二十六、注解 4

托马斯·曼 1954 年 9 月 6 日致信埃米尔·普里托吕斯:"我状况不佳,痛感精力匮乏,创作力似已耗尽。说到底,这是生理性的,我应该顺其自然,向黑塞学习,他已决定退休,偶尔写写短文和友人通函,安度晚年。可惜我不擅长此道,不工作就不知该何以度日,我一心想出成绩,却找不到所需的活力。这种状态实在难受。"

一百三十六、注解 1

"我想感谢很多很多人,如果身体允许,我想亲笔给每个人写信。在我年满八十岁的这些日子里,我从世界各地收获了以信件、电报、花朵和精美礼物等各种形式表达的对我生活、奋斗和工作的欣赏和关切,数量之多叹为观止,我又惊又愧、又是欢喜,不得不借助这几行印刷的词句,告诉每位问候者,我素知自己的为人处事和对美好正义的文字宣传都不周到完美,却仍然有幸交到这么多的朋友,我不胜欣慰。

歌德称之为'善意':

'同时代人的善意

终是最牢靠的幸福。'

我请求收到此卡的每位朋友忽略卡片的粗陋,体会我对他或她个人的谢意。"

编者注

　　为了纪念托马斯·曼百岁诞辰，苏尔坎普和菲舍尔两家出版社于1975年出版了经过扩充的《托马斯·曼和赫尔曼·黑塞书信集》第三版，这也是当时最完整的版本。曼氏与"在同代作家中很早就选定为最亲最近之人，欣喜地（这种喜爱源于两人既迥异又相似）观察他的成长"的黑塞的对话，由于这对旗鼓相当又坚定而独立的伙伴充分而精妙地表达了出身、气质和生活态度的差异，他们的对话具有特殊的吸引力。

　　书信集第一版于1968年出版后，又发现了一批具有重大传记和历史意义的文献，也为关于流亡文学的讨论开辟了一个新维度，发现了黑塞写给曼氏的另外二十封信和写给曼氏夫人卡佳的吊唁信，以及曼氏写给黑塞夫人妮侬的一封电报和一封信。目前尚缺约十三封由于曼氏房屋财产被纳粹没收和流亡期间频繁搬家而下落不明的黑塞信件。本书新收入的黑塞早年信件（1932年至1937年）即第

十四、二十四、二十八、三十、三十四、三十五、三十七、四十、四十二、五十、五十八、五十九、六十四和六十六封信是1972年在出版商埃米尔·奥普雷希特（Emil Oprecht）租用的苏黎世的一个地窖里找到的。曼氏流亡美国前曾将一口装有几百封他在慕尼黑最后几年和流亡苏黎世期间（1933—1938）收到的信的箱子寄存在此处。在卡佳·曼女士和戈洛·曼教授的帮助下，还在基尔西贝格的曼氏住房中找到了此前未知的黑塞1948到1955年的信件，包括第一百零四、一百零六、一百二十九、一百三十四、一百三十五和一百三十六封信以及黑塞给卡佳、艾丽卡、克劳斯和戈洛·曼的信。信件原本均存于苏黎世联邦理工学院托马斯·曼档案馆（Thomas Mann-Archiv der E. T. H. Zürich），感谢前馆长汉斯·维斯林（Hans Wysling）教授及全体馆员提供信息和帮助。

新版书信集也于同期在美国纽约由哈珀与罗（Harper & Row）出版社出版，感谢该出版社的凯蒂·本尼迪克特（Kitty Benedict）小姐帮助将所有补充内容编入筹备已久的美国版中。

曼氏去世后，通过德国进行的文学研究，他的作品和人格得到越来越适当客观的认可和展示，但是关于曼氏的"精神兄弟"黑塞、曼氏一再推荐授予诺贝尔文学奖的唯一的一位作家，德国的讨论却大多偏向情绪化、不客观。这是一个引人深思的悖论，因为曼氏恰恰认可黑塞是德国传统和语言最纯洁的化身，并在程式化的"德国气质"即将在政治上长期损害这一传统的时刻尖锐地表明了这一点。"我们又可以诚心……接受'德国气质'，"曼氏在1937年关于黑塞的文章中写道,"感受深藏的、复杂的德国自豪感。因为没有比这位作家的人生和作品'更德国'的了:没人比他'更德国'地书写传统、快乐、自由和精神,而这些正是德国之名的令誉和人类对其喜爱的源头。"

黑塞受到人类的喜爱,的确如此,但还远未受到德国政府的喜爱。"当然,德国人正因为您坚持真理,"曼氏在1946年给黑塞的信中写道,"才不原谅您的。他们又能原谅哪一个坚持真理的人呢?他们不爱真理,不愿了解真理,不懂真理的魅力和净化力量。他们喜欢云里雾里、迷迷糊糊、腐朽败坏、哭哭啼啼,身上有一种残忍的'气质'。直到在'沦为世上的烂泥和垃圾'后的今天,他们仍恨不得除掉每个试图败坏他们的心灵劣酒的人。"

但是,二十五年后,出现了一个从文化史角度看极不寻常的壮观现象:心无成见的外国又记起了黑塞超民族的"德国气质"。曼氏预言的"人类的喜爱"以一种真正的国际方式实现了。美国青年一代一马当先,日本、拉美、斯堪的纳维亚国家青年紧随其后,连苏联青年也加入了发现黑塞的行列,他们还把黑塞送回到了德国,不仅德国各大高校,"基层"也以德语世界此前未能达到的程度深入研究黑塞作品。

几乎在同一时间,由彼得·德·门德尔松(Peter de Mendelssohn)1979年开始编写、英格·延斯(Inge Jens)1995年完成的十卷本托马斯·曼日记开始出版。日记不仅包含学界近二十年才发现的两位作家的众多信件,还包含表明两人关系及其在纳粹时期出版作品的重要的新情况，因此必须在出版本书（书信集第五版及第二个扩充版）时顾及这些内容。新版中补充完整的注解、更多此前不为人知的文件、照片和摹本，以及新的序言，使我们得以呈现这段从文化和当代史角度来看也极为丰厚的作家友谊之发展的最新研究成果，以飨读者。

福尔克·米歇尔斯

1975/1998 年于美因河畔法兰克福

Hermann Hesse
Thomas Mann
Hermann Hesse Thomas Mann：Briefwechsel
Simplified Chinese edition copyright：
2022 SHANGHAI TRANSLATION PUBLISHING HOUSE（STPH）
All rights reserved.

图书在版编目（CIP）数据

赫尔曼·黑塞与托马斯·曼书信集/（德）托马斯·曼，（德）赫尔曼·黑塞著；黄霄翎译. —上海：上海译文出版社，2022.10

书名原文：Hermann Hesse Thomas Mann：Briefwechsel

ISBN 978-7-5327-8924-5

Ⅰ.①赫… Ⅱ.①托…②赫…③黄… Ⅲ.①书信集-德国-近代 Ⅳ.①I516.74

中国版本图书馆CIP数据核字（2022）第182572号

赫尔曼·黑塞与托马斯·曼书信集
[德] 赫尔曼·黑塞 托马斯·曼 著 黄霄翎 译
责任编辑/杨懿晶 装帧设计/人马艺术设计·储平

上海译文出版社有限公司出版、发行
网址：www.yiwen.com.cn
201101 上海市闵行区号景路159弄B座
上海盛通时代印刷有限公司

开本890×1240 1/32 印张13.75 插页5 字数166,000
2022年12月第1版 2022年12月第1次印刷
印数：0,001—8,000册

ISBN 978-7-5327-8924-5/I·5526
定价：88.00元

本书中文简体字专有出版权归本社独家所有，非经本社同意不得转载、摘编或复制
如有质量问题，请与承印厂质量科联系。T：021-37910000